KB201705

의젓한 사람들

의젓한 ____ 사람들

다정함을
넘어
책임지는
존재로

김지수
인터뷰집

양양하다

의젓한 ______________________ 에게

의젓함의 탄생

10년 전 온라인 공간에 닻을 내린 인터뷰 칼럼 '김지수의 인터스텔라'는 크리스토퍼 놀란 감독의 영화 〈인터스텔라〉에서 딴 이름이다. 그때부터 지금까지 나는 놀란 감독의 시간 여행을 흥미롭게 바라보고 있다.

코로나 시기에 개봉했던 영화 〈테넷〉은 인간이 주인공이 아니라 아예 시간이 주인공인 영화이다. 감독은 시간이라는 스토리텔러에 스파이라는 흥미진진한 옷을 입히고, 그 순행과 역행의 역동적인 움직임을 스크린이라는 공간 안에 흥미롭게 '플레이팅'한다.

그렇게 감독의 편집증적인 집요함으로 구현된 다차원의 시간보다 더 끌리는 것은, 사랑하는 이를 구하기 위해 과거의 사건에 개입하려는 인간의 의지이다. 이미 벌어진 사고와 재난을 돌이켜, 더 나은 상태로 바로잡고 싶은 인간의 보편적인 욕망.

그러나 엎질러진 물이 되담기고 날아간 총알이 총구로 되돌아가는 일이, 영화에서처럼 가능할까? 과거로 돌아가

'실수'를 바로잡는 상상은, 그것이 선이든 악이든 달리는 고속도로에서 후진 기어를 넣고, 태어난 아기를 엄마 뱃속으로 집어넣는 것만큼이나 부질없는 짓이다. 〈테넷〉에서 모든 것을 알고 있는 듯한 주인공 닐(로버트 패틴슨)이 반복적으로 던지는 대사가 있다.

'일어날 일은 일어난다'.

*

'정해진 미래'는 영화 〈컨택트〉와 〈인터스텔라〉에서도 경험한 시간이다. 살 만한 행성을 찾아 우주로 떠난 아빠와 병들어 가는 지구에 남은 딸의 어긋난 시간을 다룬 〈인터스텔라〉에서 부성애 강한 주인공은 마지막 순간에 멸망하는 지구의 시간으로 들어가기 위해 블랙홀로 돌진하고, 기적처럼 5차원의 공간에 떨어져 딸 머피에게 모스 부호로 희망의 메시지를 전한다. '아빠는 지구를 떠났지만, 동시에 여기 있다'는 그 동시성의 기적!

테드 창의 소설을 영화로 만든 〈컨택트〉의 시간도 '정해진 운명'에 관한 질문을 다룬다. 주인공인 언어학자 루이스 뱅크스는 다차원의 시간을 동시에 인지하는 외계인의 언어를 배워, 자신의 미래를 보고 만다. 다가오는 연인은 떠나가고, 태어날 아이는 병으로 일찍 죽으리라는 것을. 미래를 알고 현재를 이어간다는 것은 어떤 느낌일까. 불행을 보고도 현재의 사랑을 선택하는 것. 한 발 내디뎌 나아가는 것. 그것은 실수가 아니라 실존이고 자유의지이며, 열린 운명이라는 것을 〈컨택트〉는 보여준다.

어쩌면 인간이 시간을 이해하는 능력은 우리가 짐작하는 것보다 더 크고 깊은지도 모른다. '야망이 앞서면 일을 그르치니 늘 능력과 체력의 10%는 남겨두라'던 90대 현역 디자이너 노라노 선생이나, '죽음을 기다리며 탄생의 신비를 배웠노라'던 고 이어령 선생의 말은 시간의 단면이 아닌 전체를 본 자의 고백이다. 시간의 시작부터 끝을 바라본 노라노 선생, 시간의 끝에서 시작을 목격한 이어령 선생이야말로 의젓한 시간의 선지자가 아닌가.

*

살면서 간간이 자문해 보곤 했다. 인터뷰 작가로 인생의 절반을 보내게 될 거라는 것을, 어린 날의 나는 알았을까. 바닷가 버스 종점 슈퍼마켓에서 과자와 사이다를 팔면서도 위인전기를 손에서 놓지 않았을 때, 그 마음 안에 싹튼 것은 무엇일까. 나는 무엇에 이끌렸던 걸까. 누가 나를 이 길로 인도했을까. 더 멀리서 더 넓은 시야에서 조각을 맞춰가다 보면 무엇을 만나게 될까.

생각해 보면 2015년 인터스텔라 인터뷰를 시작하던 그때나, 느슨하게 흐름을 이어가고 있는 2025년이나, 내 관심사는 일관되게 '구원 서사'였다. 나는 묻고 또 물었다. 한치 앞도 몰라 겁에 질린 아이에서, 더 많은 시간을 견딜 수 있는 어른(궁극은 소멸에 이르기까지)으로 성장하기까지 우리를 버티게 한 힘에 대해.

시간의 여행자로서 우리는 얼마나 담대해질 수 있을까. 그 담대함의 발원지는 어디일까.

'경험과 예지, 사랑과 질문, 호기심과 지식, 우연과 필연…'.

인터뷰라는 창문으로 수많은 사람들의 인생을 관찰한 결과, 시간을 버틸 수 있는 가장 강력한 힘은 책임적 존재로의 자각이었다. 몰입은 시간을 미학적으로 승화시키지만, 책임적 존재로의 자각은 시간을 윤리적으로 확장시킨다. 더 많이 보았기에, 더 멀리 보았기에 혹은 그렇게 상상했기에 조금이라도 더 책임지려고 결정한 순간부터, 사람들은 조금 더 나아갔다. 시간의 미아가 될 것을 알면서도 딸을 구하러 우주의 블랙홀로 돌진한 〈인터스텔라〉의 아버지처럼. 폭풍 치는 바다에서도 끝끝내 돌아오던 〈폭싹 속았수다〉의 젊은 아버지 박보검처럼. 사정없이 휘몰아치는 시간의 매질 앞에서 오직 '사랑'이 시키는 일을 감내하면서 그들은 늠름해졌다.

*

인터뷰집 제목을 '의젓한 사람들'로 한다고 했을 때, 친구들은 의아한 눈으로 물었다.

"의젓한 사람이 구체적으로 어떤 사람이야?"

의젓한 사람이란 어떤 사람일까? 사전에는 '의젓하다; 말이나 행동 따위가 점잖고 무게가 있다'라고 짧게 설명돼 있다. 사례는 한 줄뿐이다. '그 소년은 어린 나이에도 의젓해 보였다'.

'의젓하다'의 출발은 '당장의 욕구를 통제하는 자제력'이지만, 그 자제력의 씨앗이 내 것을 내어놓는 상호 돌봄으로 이어지고, 그 경험이 재난을 통과하는 '의젓한 정신'을 떠받친다.

의젓함의 시원을 나는 우리의 선조들에게서 찾았다. 박경리의《토지》나 김훈의《하얼빈》, 이민진의《파친코》에서 이국을 배회하면서도 멋과 기품을 잃지 않던 독립군과 이민자들. X축으로 나보다 큰 공동체, Y축으로 더 먼 시간을 상상해 본 의젓한 사람의 위치 에너지는 얼마나 높은가. 시선이 높아질수록 더 많은 전체를 볼 수 있고, 더 많은 전체를 볼수록 포용과 인내의 체급이 달라졌다.

그렇게 '의젓하다'는 고통과 시간, 인내와 책임이 인과관계의 실로 연결되어 있다. 그리고 그 의미의 출발점은

'타인에게 의젓한 사람이 되어보는 것'이다. 의젓함이 지닌 아름답고 깊은 층위는 지금 당장 부조리해 보이는 고통의 시간보다 더 멀리 있는 순리의 시간을 상상하는 능력에서 시작한다.

*

80~100년 단위로 반복되는 역사의 순환주기로 보면 지금은 모든 것이 해체되고 전환되는 겨울이다. 역사학자 닐 하우에 따르면 일촉즉발의 내전 위기와 극심한 불황은 2030년 즈음에야 끝날 것이다. 그리고 봄이 올 것이다. 과거에도 그랬다. 우리를 경악케 하는 폭력과 혐오와 부조리, 높은 변동성과 윤리적 퇴행, 역대급 빌런들… 진실의 사각지대에서도 회복과 시작의 깊은 패턴을 감지하고 변하지 않는 것을 이야기하는 사람들이 있다.

나의 네 번째 인터뷰집인《위대한 대화》가 '함께 가기 위해 약해지라'는 캐치프레이즈로 '다정한 사람들'의 시대를 선포했다면,《의젓한 사람들》은 '다정함'에서 더 나아간 '책임적 존재'로의 자각을 촉구한다. 핸디캡을 공유하는 의존적 자아에서 책임을 피하지 않는 의지적 자아로의 이동.

첫 신호탄을 쏘아올린 사람은 기독교 영성가 김기석 선생이었다. '타인에게 의젓한 존재가 되어보라'는 그의 말은 이 인터뷰집 전체를 엮는 언어의 금실이다. '나의 멍에를 메고 내게 배우라'고 했던 예수처럼, 윤동주와 욥, 조르바와 한나 아렌트, 칼 세이건과 정현종 시인이 받치고 선 그의 세계에서, 의롭되 외롭지 않은 수많은 길을 볼 수 있다. 양희은의 의젓함은 가을 아침에 어울리는 그의 청아한 목소리에서 온다. 매일 아침 라디오에서 그가 툭툭 불러주는 수많은 갑남을녀의 이름 속에서 숨어있는 은인을 찾아보라. '그러라 그래' '그럴 수 있어' '도무지' '문득'…. 그가 습관처럼 써온 접속사형 언어 모듈이 서로를 이어주는 의젓함의 키트처럼 느껴질 것이다.

독일에 살면서 미래의 고전을 쓰는 현대 음악 작곡가 진은숙의 의젓함은 겹겹의 마이너였던 자신의 불가사의한 '지속성' 그 자체에 있다. 매일 밤 벌레가 되는 유폐의 시간을 견뎌 그가 창조해 낸 시간의 고공 점프는 우리의 좁아진 시야를 우주적 시야로 넓힌다.

*

《의젓한 사람들》은 '의젓한 마음'과 '의젓한 인생'이라는 두 개의 챕터, 14명의 사람들로 구성돼 있다. '의젓한 마음'에는 앞서 소개한 김기석, 양희은, 진은숙을 비롯해 배우 박정민, 프랑스 전 디지털 장관인 플뢰르 펠르랭, 일본의 노년내과 의사인 가마타 미노루와 시인 나태주 선생의 인터뷰가 이어진다. 험난한 시절 속에서도 과거와 현재와 미래를 동시에 아우르는 복안의 시야, 더 큰 인과관계 속에서 현재를 온전히 볼 수 있게 된 사려 깊은 사람들이다. 배우 박정민은 상대적으로 젊지만, 영화라는 인생 무대의 시간 여행자로, 의인과 악인, 소인과 범인의 인생을 두루 책임져 본 대리자의 의젓한 아우라가 있다.

1부 '의젓한 마음'이 서사와 증언을 통해 '정해진 미래'를 시뮬레이션해 준다면, 2부 '의젓한 인생'은 그 단단한 목표점에 이르는 실천법을 제시한다. '최고의 선택을 위해 너무 고민하지 말고 '주문의 수'를 늘리라'는 경제학자 러셀 로버츠의 실용적인 가이드, '우리 모두 그만두기 코치가 필요하다'는 애니 듀크의 정교한 설득, '삶은 가치 있는 고통을 선택해서 책임을 지는 것'이라는 마크 맨슨의 매서운 통찰, '앓는 소리는 그만하고 몸으로 관심사를 탐구하라'는 뉴욕 목수 마크 엘리슨의 경험에서 우러난 충고, '네 부고는 네가 직접 쓰라'는 월스리트 저널 부고 기자 제임스 R. 해거티의 직언까지….

극심한 사회 갈등 속에 출간된 이번 인터뷰집《의젓한 사람들》의 가장 큰 특징은 책임을 피하지 않는 의지적 자아를 가진 사람들의 출현이다. 크든 작든 책임을 지면 성장한다.

*

사실은 인터뷰를 쓸 때마다 도망가고 싶었다. 너무 좋아서 그리고 너무 싫어서. 인간이 지닐 수 있는 품위와 지성, 지향의 극한을 보았는데, 그것을 표현할 도리가 없어서. 인터뷰어로서 질 수 있는 책임의 범위를 정하는 일, 높은 시선으로 윤곽이 정확한 언어를 쏘아올리는 일은 늘 벅차다. 그럼에도 나의 의젓한 인터뷰이들이 발설한 언어는 시선을 모으고 에너지를 갖는다. 매순간 소심하기 그지없는 내가 독자들에게 '의젓해지라'고 하는 건 어불성설이다. 한 번쯤 두 번쯤 의젓한 사람이 '되어보는' 경험…. 그 안내자로 이 책이 쓰이길 바란다.

《의젓한 사람들》은 '김지수의 인터스텔라'를 기반으로 한 다섯 번째 인터뷰집이다. 정기적으로 인터뷰집을 낼 수 있도록 늠름한 마음의 전진을 이끌어 준 독자 여러분께 감사한다.

2025년 6월

차례

2

의젓한 인생

1

의젓한 ______ 마음

단 한 번이라도
타인에게 의젓한 존재가
되어보세요

순례자　김기석

"생명을 받는다는 건 사실
어려움, 고통 속으로 들어오는 거예요.
어떤 철학자는 탄생을 '세상에
내동댕이쳐졌다'라고도 했습니다.
선택하지 않았는데 던져졌으니, 암담하죠.
그런데 그렇게 던져진 존재는
하나의 존재가 아니라 '함께의 존재'입니다.
직면한 기본 정서는 불안과 암담이지만,
관계 속에서 선한 영향을 주고받으면
'불안의 악력'이 현저히 약해져요.
반대로 삶에 보람이 없으면
운명의 손아귀에 붙들리고
수순처럼 우울의 늪에 빠집니다.
그래서 신은 권유합니다. 단 한 번이라도
'타자에게 의젓한 존재'가 되어보라고."

순례자 김기석

/

오랫동안 우리 시대의 설교자 김기석의 언어들을 찾아 다녔다. 신학과 인문학을 경계 없이 아우르는 그의 강연은 우리를 멈춰 서게 한다. 처음엔 다정한 목소리와 형형한 눈빛으로, 그다음엔 인간의 영성과 하나님의 신성을 잇는 것이 이토록 아름답다는 증명으로.

할머니가 옛이야기를 들려주듯 개울처럼 졸졸 흘러나오는 그의 언어는 세상의 질서와 은총의 질서가 만나는 풍경 속으로 우리를 데려다 놓는다. 43년 동안 섬기던 청파교회 담임 목사직을 내려놓은 후 펴낸《고백의 언어들》은 가히 김기석 언어의 정수라 할 만했다.

천문학자 칼 세이건의《창백한 푸른 점》에서 시작하여 괴테의《파우스트》와 단테의《신곡》, 시몬 베유의《머뭇거림》을 지나 샤갈과 렘브란트의 그림 앞으로 안내하는 이 책은 종교 서적이라기보다 곁에 두고 오래 참고할 만한 인문 바이블에 가깝다.

“사도 바울은 진실을 드러내기 위해 스토아 철학과 다른 철학의 이미지를 사용하는 데 주저함이 없습니다. 하지만 한 번도 예수라는 중심에서 벗어난 적이 없습니다…. ‘나는 모든 종류의 사람에게 모든 것이 다 되었습니다.’ 바울은 임기응변의 대가입니다.”라고 그는 책에 쓰고 있다.

좋을 때도 나쁠 때도 미지의 전능자에게 기도하는 모든 신실한 이들을 대신하여 기독교 사상가 김기석에게 만남을 청했다. 은퇴 후 지인들이 서재로 마련해 주었다는 아담한 오피스텔의 초인종을 누르자, 반짝이는 눈이 웃으며 나타났다. 여기서 저 너머를 보는 듯한 시인의 눈, 감옥에서 오래 수련한 사람에게서 보이는 형형한 눈이었다.

불 켜진 등대가 표정을 지으면 저런 모습이겠구나! 서가와 책상, 실내자전거만 놓인 단출한 공간에 햇빛과 바람이 자유롭게 쉬고 있었다.

^

은퇴한 목사가 체리와 자두를 손수 씻어 접시 위에 놓아주었다. 테이블 위에 펼쳐진 보자기 속 산수화가 근사했다.

멋진 수묵화네요. 절벽이 마치 거대한 파이프 오르간 같습니다.

이 그림을 보면 나는 저 바위 위에 그냥 '우두커니' 앉아 있고 싶습니다(웃음).

우두커니요?

내 꿈이 우두커니 있는 거예요. 그 이야기를 했더니, 아는 분이 '우두커니'라는 제목의 책을 사진으로 찍어서 보내주더군요.

미소가 동심원처럼 퍼지는 얼굴 위로 바람이 들이치자, 그가 사뿐사뿐 걸어가 창문을 닫았다. 편백나무 서가에 배인 나무향이 공기 중에 찻물처럼 풀어졌다. 거

장들이 초대된 티파티처럼 장르의 진폭이 큰 책들이 경계 없이 수더분하게 꽂혀 우리를 바라보았다.《노자와 장자》《이슬람의 기원》《열하일기》《연옥의 탄생》《빛과 그림자》…. 저 경계 없는 인문의 향연을 어디서 또 만날까.

《연옥의 탄생》은 뭔가요?

(미소 지으며)연옥이라는 건 애당초 있던 게 아니라 13세기에 교회에서 만든 거예요. 왜 연옥이라는 교리를 만들 수밖에 없었는지, 중세 전문가가 분석한 책입니다. 그런데 나는 체계를 갖춰서 독서하지 않아요. 그냥 줄기를 쳐 나가요. 꼬리에 꼬리를 물고.

요즘엔 어떤 꼬리를 물고 있나요?

하랄트 얘너의《늑대의 시간》이라는 책입니다. 패전 이후 독일이 1945년부터 1955년 사이에 정말 치열하게 문명을 복구하기 위해 애를 쓰던 시간의 이야기지요. 여기서 '늑대의 시간'은 제로의 시간이에요. 깊은 낙망 속에 있었을 것 같은데 그 속에서도 삶에 대한 긍정성을 잃지 않고 어떻게 난관을 이겨냈는지를 그리고 있지요. 동시에 히틀러 시대에 본인들이 했던 홀로코스트의 야만과 침묵을 합리화하기 위해 어떻게 변명을 했는지… 매우 자기반성적인 글입니다.

요즘엔 역사책보다 미술책을 더 좋아한다고 했다.

이건 에드워드 호퍼의 그림을 가지고 소설가들이 한 점당 한 편씩 단편을 써서 모은 책이에요. 예를 들면 〈여름날의 저녁〉이라는 그림을 보고 소설적인 상상력을 펼치는 거죠.

책장을 넘기는 그의 손끝이 기쁨으로 가늘게 떨렸다.

호퍼의 그림에는 내러티브가, 마그리트의 그림에는 시가, 일리야 레핀의 그림에는 감정이 배어있어요. 목사님은 '우두커니' 누리는 시간 속에서 어떤 감정을 느끼시나요?
즐거움이죠. 전철을 타고 오면서 책을 보는 시간은 정말 소중해요. 잠시 핸드폰만 안 보면 누릴 수 있는 시간인데… 30분이라는 시간이 너무 짧아서 아쉬울 정도죠. 독서의 시간은 나를 잊는 시간이에요.

나를 잊는 게 왜 그렇게 좋은가요?
어느 교수가 암에 걸려서 시한부 인생을 살게 되었다고 해요. 6개월 남은 시간을 뭐에 쓸까 하다가 암벽 등반을 했더랍니다. 그런데 바위를 타고 있으면 '내가 죽으면 아내는 어떻게 살지, 자식은 어떻게 살지, 학교는 어떻게 끝내지' 같은 근심 걱정이 하나도 안 떠오르더래요. 그렇게 바위 앞에서 나를 잊는 시간 동안 서서히 건강이 회복되어, 병을 잊고 오래 살았다고 합니다. 나를 잊는다는 건 그런 거죠.

요즘 사람들은 나를 잊을 새가 없어요. 다들 운동하고 독서하고 기록하고, 빽빽한 루틴을 만들어 '더 나은 나'를 향해 돌진합니다.

자기 관리 그 자체는 아름다운 일입니다. 철저히 자기 삶을 살 수 있도록 준비하는 것도 용기이고요. 그러나 일상을 규정하는 게 '카피'라면 문제가 있겠지요. 다른 사람이 누리는 건 나도 누려야 해, 다른 사람이 근육을 키우면 나도 키워야 해… 이렇게 유행을 따라 하면 카피죠.

어떤 철학자는 '미지근하게 살면 지옥에도 못 간다'는 단테의 신곡을 인용하면서 최선의 길을 가지 않는 게으름이 죄라고 하더군요. 어떻게 생각하세요?

종교 개혁자들은 차라리 '과감하게 죄를 지으라'고도 했습니다. 종교적인 계율의 두려움 때문에 아무것도 못 하고, 내게 주어진 자유를 낭비하지 말라는 거죠. 주어진 시간을 한껏 살아내고, 설사 그 삶의 가능성이 죄로 귀착된다고 해도, 그건 차후의 문제니 일단 뭐라도 하는 게 낫다고요.

요즘엔 '자기다움'조차 고정된 오리지널리티가 아니라 흐르

며 확장되는 '네트워크 그 자체'로 봅니다. 나를 알려면 '내가 어디에 노출되어 있는가'를 파악해야 한다고요.

핵심은 지향입니다. 내 삶이 어느 방향으로 가고 있는지 알아차리는 게 중요해요. 삶은 여행이라기보다는 순례에 가깝습니다. 특정 장소로 간다기보다 지향하는 바를 알고 계속 나아가는 거죠. 중세 격언 중에 '여행자는 요구하고 순례자는 감사한다'라는 말이 있어요. 여행자는 비용을 지불하기 때문에 서비스가 만족스럽지 않으면 불평하죠. 그러나 순례자는 길에서 방해물을 만나도 가고자 하는 지향이 분명하기에 걸림돌조차 안내자로 인식합니다.

순례자이신가요?

순례자이고 싶습니다.

확정할 수는 없고요?

순례자는 기꺼이 위험 속으로 갑니다. 불확실성과 모험 속으로 몸을 던지죠. 저는 삶에 익숙해져서 그렇지 못할 때가 많았습니다.

기독교 사상가, 목회자, 문학평론가, 강연가… 세상이 부여한 여러 정체성의 옷을 입고 사셨는데, 스스로는 자신을 뭐라고 부르시나요?

"핵심은 지향입니다.
내 삶이 어떤 방향으로 가고 있는지
그걸 알아차리는 게 중요해요.
삶은 여행이라기보다는 순례에 가까워요.
특정 장소로 간다기보다
지향하는 바를 알고 계속 나아가는 거죠."

진실을 찾아가는 구도자라고 생각합니다. 순례자와도 연결되지요. 목회자로서는 뛰어나지 못했습니다. 사람을 돌보고 섬기는 일에 서툴렀어요. 가장 편안할 때는 수도원에 가서 침묵하는 시간이었습니다.

은퇴가 곧 진정한 자기로의 진입이군요!

바흐의 칸타타 중에 〈시므온의 노래〉가 있어요. 평생을 메시아가 오기를 기다렸는데 예수님이 그인 걸 알아차린 후 '이제야 이 종을 평안히 놓아주세요. 나는 만족합니다'라고 합니다. 사람들이 '은퇴 축하드려야 하나요?' 할 때마다 '축하받고 싶다'고 해요. 은퇴해도 여전히 분주하지만 힘들지 않습니다.

일하는 동안 아쉬움은 없으셨나요?

(미소 지으며)칭얼대는 사람을 더 따뜻하게 다독여 주지 못한 것 같아 미안한 마음이 있습니다. 제 기질이 좀 그래요. 내색 안 하고 참는 사람에게는 다가가 격려하지만, 습관적으로 칭얼대는 사람에겐 좀 차가워요. 모두 품기엔 에너지가 부족했지요.

개인적으로 수많은 설교 중에 시편 8편 '인간이 무엇이관데 주께서 나를 생각하시고, 인자가 무엇이관데 주께서 나를 돌

보시나이까'라는 문장이 마음에 꽂혔습니다. '인간이 무엇이관데'는 마음을 울리는 심오한 질문입니다.

밤하늘의 총총한 별을 바라보고 무한을 생각하는 사람은 '인간이 무엇이관데'라는 소리가 절로 나올 수밖에 없지요. 광대무변한 세계에 '나'는 없을 수도 있는 존재인데, 세상에 있잖아요. 인간은 자기를 돌이켜 생각하는 존재입니다.

'이 광막한 우주에 나는 왜 있는가'.

질문에 답은 없어도 느낄 수는 있습니다. 이 광대한 세계가 나로 하여금 느끼게 합니다. '나는 이토록 작구나'. 이렇게 작은 내가 저렇게 큰 세계를 사유할 수 있으니 얼마나 놀라워요.

현대인이 경외심을 잃은 까닭은 큰 세계를 보지 않기 때문이라고. 압도적으로 큰 세계 앞에 서지 않고 땅만 보고 살면 혼돈만 깊어진다고 했다.

큰 세계란 무엇인가요?

에베레스트산처럼 우뚝한 산이나 밤하늘의 별도 있지만, 제가 생각하는 큰 세계는 큰 정신입니다. 이스라엘 사람들이 바빌로니아에 포로로 잡혀갔을 때, 식민지 백성으로 온갖 서러움과 천대를 겪으면서도 신을 원망하거나 염세적 운명에 사로잡히지 않고, 고난받는 종의 노래를 부릅니다. '그가 찔림은 우리의 허물 때문이요…'라고요.

타자의 고통을 자기 안으로 끌어들여서 정화하는 이런 모습이 큰 정신입니다. 예수 그리스도가 우리 죄를 대속했다는 게 어려운 이야기가 아닙니다. 나와 무관한 타자가 없고 모두 하나님이 내게 보내주신 사람으로 여기는 거지요.
서예가이신 무의당 장일순 선생이 하신 이야기가 있어요. 요단강은 아주 작은 강이지만 세례자 요한과 예수 같은 분이 나왔기에 큰 강이라고요. 크다는 것은 계량할 수 있는 수치가 아니라 포용의 사이즈입니다.

절대자를 믿지 않는 사람조차 내가 이해할 수 없는 큰 질서가 있다는 것은 감지할 수 있다고 했다.

저는 최근에 클레어 키건의 《이처럼 사소한 것들》을 읽고, '큰 정신'이란 이런 것이구나 하고 깨달았습니다. 크리스마스에 수녀원에서 학대받는 맨발의 고아 소녀를 구한 주인공이 엄청난 두려움 속에서도 자문합니다. '돕지 않는다면 삶에 무슨 의미가 있을까'. 그 모습에서 '인간이 무엇이관데'라는 질문의 답을 보았습니다.
(미소 지으며)사실 '큰 정신'이라고 해서 엄청 심오한 건 아닙니다. 내가 받은 친절을 기억하면 됩니다. '남의 눈에 티끌 대신 숨겨진 눈물을 보려 했던 예수의 마음'에 답이 있습니다. 타자의 어둠은 덥석 끌어안아야 하는 영역이지요.

윤동주의 〈팔복〉이라는 시가 있습니다. 원래 성경의 '팔복'은 심령이 가난한 자는 복이 있나니, 천국이 그의 것이요, 슬퍼하는 자는 복이 있나니 그가 위로를 얻을 것이요…. 이와 같은 대구로 여덟 문항이 이어지는데, 윤동주의 공책을 보면 그 모든 걸 썼다 지웠다 했습니다.
'슬퍼하는 사람은 복이 있나니, 슬퍼하는 사람은 복이 있나니, 슬퍼하는 사람은 복이 있나니(8번 반복)… 저가 영원히 슬플 것이요'로 끝이 나지요.

저가 영원히 슬플 것이라니요….
영원한 슬픔이지요. 혹자는 윤동주가 일제의 어둠으로 깊은 좌절에 빠진 것으로 해석하지만, 아닙니다.

그럼 무엇인가요, 그 슬픔은?
여기 김기석의 슬픔이 있고, 김지수의 슬픔이 있고, 또 누군가의 슬픔이 있다고 해보죠. 각자 자기 슬픔의 우물만 길어서 마시다 보면 자기 슬픔밖에는 안 보입니다. 그런데 우물 저 깊은 곳으로 내려가면 지하 수맥으로 다 연결되어 있잖아요. 그 자리에 가면 너와 내가 둘이 아니지요. 윤동주는 그걸 알아차린 겁니다. 슬픔은 단순히 애상이 아니라 우리를 연결해 주는 중요한 매개인 거죠. 〈서시〉에서 '모든 죽어가는 것을 사랑해야지'라는 구절과도 연결되고요.

필멸의 동지로 모든 생명체를 인식하면 서로의 사무침을 헤아리는 '편안한 슬픔'에 이르게 된다고 배웠습니다. 목사님은 《고백의 언어들》에서 인간의 기본 정조를 '불안'이라고 하셨어요. 불안 덕분에 인간답게 된다고요. 그건 또 무슨 뜻인가요?

불안은 마음속이 근본적으로 비어있음으로 생기지요. 그런데 그 빈터는 다른 걸로 메워지지 않아요. 개별 인간 속에 도사린 불안의 공터를 채울 유일한 해결책은 '의미'입니다. 그 의미가 발생하는 지점이 바로 타자를 책임지려 할 때죠.

〈마태복음〉에 '수고하고 무거운 짐 진 자들아, 다 내게로 오라'는 구절이 있습니다. 예수는 '내가 그 짐을 다 맡아줄게'라고 하지 않아요. '내 멍에는 쉽고 내 짐은 가벼우니, 나의 멍에를 메고 내게 배우라'고 하죠. 그 역설 속에 진실이 있습니다. 내 생애 문제로 골똘할 때는 문제가 안 풀려요. 오히려 나의 시련을 공적 자산으로 삼아 타인의 어려움을 해결하려 할 때 놀라운 힘이 생깁니다.

그렇게 의미와 보람을 찾을 때 생기는 감사와 기쁨이 불안의 유일한 해독제라고 했다.

예일대 심리학자 폴 블룸은 《최선의 고통》에서 인간은 행복하기 위해 창조된 게 아니라 고난과 성장이라는 진화의 원리로 설계되었다고 주장합니다. 목사님이 《고백의 언어들》에서

소개한 칼 야스퍼스의 한계상황도 그와 유사한가요?

한계상황은 일종의 벼랑 끝 체험입니다. 예컨대 죽음, 질병, 무기력 등의 상황이죠. 서양인이 느끼는 한계상황의 또 다른 측면은 죄책감입니다. 키르케고르는 자기 아버지가 신을 저주했다는 죄책감을 해결하지 못해서 괴로워하죠.

서양은 죄책의 문화예요. 서양이 신 앞에서 느끼는 죄스러움, 존재의 무게를 고민한다면, 동양은 수치의 문화죠. 타자에게 내가 어떻게 비칠까, 어떻게 하면 공동체에서 수치를 당하지 않고 괜찮게 보일까를 염려합니다.

어떤 상황이든 벼랑 끝에 이르면 실존적 도약을 할 수 있습니다. 갑자기 암에 걸리면 승진이나 주식 가치가 다 무슨 소용이겠어요? 모든 게 상대화되면서 '내 삶은 뭐지?' '내가 잘 살았나?' 근본적인 질문을 할 수밖에 없죠. 한계상황은 불유쾌한 경험이지만, 우리를 새로운 삶으로 안내하는 초대장입니다.

반면 행복은 실존적 도약을 만들어 내지 못하는군요?

행복은 돌이켜 보면서 '참 좋았지'라고 느끼는 감정입니다. 행복은 결과지 목표가 아닙니다. 그런 의미에서 저는 가끔 충격 요법으로 '불행해질 수 있는 최고의 가능성은 행복을 꿈꾸는 거다'라고 말하곤 합니다. 그럼에도 지금 행복하려면 향유로 한 발짝씩 걸어가야 하죠.

향유와 소유는 아우구스티누스가 구분했습니다. 내 앞에 꽃 한 송이가 있을 때 '참 좋다'라고 느끼면 향유이고, 꺾어서 내 것으로 만들면 소유죠. 그런데 자기 결정권이 사라지면서 다들 가벼운 소비로 '뭔가를 했다'는 성취감을 채우려 드니 안타까워요. 사실 하나님도 우리에겐 향유의 대상입니다.

신도 향유의 대상이라고요?

네. 좋아서 믿는 거지 받아내려고 믿는 건 아니거든요. 출세가 보장되고 불행이 없어질 거라고 믿는다면, 그건 신을 사용하는 거예요.

제가 재밌게 본 영화 중에 〈브루스 올마이티〉가 있어요. 신에게 불평불만이 가득한 브루스라는 인물이 전능자가 되어보는 이야기지요. 가령 브루스는 보름달을 좋아하는 연인에게 사랑 고백을 할 때 달을 끌어오거든요. 그런데 달이 지구와 가까워지면 반대편에선 해일과 지진이 일어나요. 누군가에게 좋은 일이 누군가에겐 재앙이 될 수도 있지요. 그래서 하나님은 땅에서 올라오는 기도를 다 들어줄 수 없습니다.

나의 욕망을 긍정하는 동시에 그물처럼 이어진 타자의 선한 미래와 충돌하지 않으려면, 대체 어떤 언어로 나의 필요를 구해야 할까요?

'하나님이 보시기에 좋았더라'가 향유를 담은 성경 구절입니다. 신에게 요구하기를 그만두고, 신의 생명 사역과 기쁨에 동참할 때 비로소 우리는 진정한 '나다움' '인간다움'을 느낄 수 있습니다.

그것이 '인간이 무엇이관데'에 대한 궁극적인 대구이고, 신과 인간의 연합이라고 했다.

그럼에도 시편의 탄식 시에 가장 많이 등장하는 구절이 '어찌하여'와 '언제까지'입니다. 심판에도 시간이 필요한가요? 당장 악을 심판할 수 있는 전능자가 '언제까지' 기다리고, '어찌하여' 인간과 연합하려 하십니까?

(미소 지으며)수생(受生)은 수난이라고 합니다. 생명을 받는다는 건 사실 어려움, 고통 속으로 들어오는 거예요. 어떤 철학자는 탄생을 '세상에 내동댕이쳐졌다'라고도 했습니다. 선택하지 않았는데 던져졌으니 암담하죠. 그런데 그렇게 던져진 존재는 하나의 존재가 아니라 '함께의 존재'입니다.
직면한 기본 정서는 불안과 암담함이지만, 관계 속에서 선한 영향을 주고받으면 '불안의 악력'이 현저히 약해져요. 반대로 삶에 보람이 없으면 운명의 손아귀에 붙들리고 수순처럼 우울의 늪에 빠집니다. 그래서 신은 권유합니다. 단 한 번이라도 '타자에게 의젓한 존재'가 되어보라고.

의젓한 존재라….

사무엘 베케트의 희곡《고도를 기다리며》에 이런 장면이 있어요. 에스트라공이 너무 권태로워서 신발을 벗었다가 모자를 벗었다가, 나중엔 '너무 심심한데 목이나 맬까' 하던 차에, 어디선가 '살려 달라'는 외침을 들어요. 처음엔 '저 외침은 우리랑 관계없어. 인류를 향한 걸 거야. 우리를 특정한 게 아니잖아'라고 해요. 조금 있다가 '그런데 지금 여기 우리밖에 없잖아. 그러면 우리가 인류네'라고 깨닫죠.

무의미를 이기는 유일한 길은 고통받는 타자에게 다가서는 것. 베케트가 전하고 싶은 핵심 메시지가 그거였어요. 책임윤리! 그것이 결국 레비나스의 철학이고 데리다의 철학이죠.

고통받는 타자에게 다가서는 것이 곧 의젓한 마음이네요.

네. 나의 불안을 해소하는 동시에 타자를 구하는 마음이죠. 정현종 시인의 시 중에 〈비스듬히〉라는 시를 좋아합니다. 우린 각자 비스듬히 다른 비스듬히를 받치고 있지요. 나에게 꿈이 있다면 누군가가 나에게 잠시 기대고 돌아가서, 좀 더 맑아지면 좋겠다는 거예요.

문득 궁금하군요. 기독교인이지만 허무를 느낄 때는 없는지요? 가톨릭계의 김기석이라고 할 수 있는 최대환 신부는 '부활을 믿으면서도 공허에 직면할 수 있다'고 하더군요.

"정현종 시인의 시 중에
〈비스듬히〉라는 시를 좋아해요.
우린 각자 비스듬히 다른 비스듬히를
받치고 있어요.
나에게 꿈이 있다면 누군가가
나에게 잠시 기대고 돌아가서,
좀 더 맑아지면 좋겠다는 거예요."

사실 청년 시절, 저를 가장 괴롭혔던 감정이 허무감입니다. 인간은 무에서 창조되었기에, 무로 돌아가려는 성향이 있습니다. 원래의 질료로 돌아가려는 근원적 끌림이 허무 의식이죠. 민주화 운동이 한창이던 시절이었고, 역사에 대한 책무 의식이 있었음에도 저는 엄청난 허무감에 시달렸습니다. 30대 중반에 이르러서야 그런 감정이 조금씩 희석되었죠. 허무를 극복한 게 아니라 그저 익숙해졌을 뿐입니다. 그리고 40대에 이르러서야 허무의 세례를 받았던 게 도움이 되었습니다.

허무의 세례라니요?

제 안에 집착과 애착이 없다 보니 모든 가치가 상대화되더군요. 예컨대 '이걸 놓치면 끝나는 거야' '인정받지 못해서 속상해' 이런 마음이 거의 없었어요. 지금도 사람들이 알아보고 좋아해 주시면 감사하지만, 별로 들썩이지 않습니다. 환호는 언제든 거둬질 수 있기에 일희일비하지 않아요. 동요하지 않음이 젊은 날 허무 의식이 준 선물입니다.

흑백의 당위를 요구받던 한 시절을 지나오면서, 그가 느낀 것은 '어디에도 속하지 못한다'는 뿌리뽑힘의 감정이었다. 흑과 백이 아닌 회색지대에서 김기석의 '머뭇거림'은 무르익었다.

신념 가진 자는 위험하다고 이어령 선생도 당부했습니다.

저는 지나친 확신을 갖는 사람들을 신뢰하지 않아요. 신념이 배제와 폭력을 낳는 것을 익히 보았기 때문이죠.

떨어져서 조망의 거리를 확보하는군요. 종종 칼 세이건이 우주에서 바라본 지구를 묘사한 《창백한 푸른 점》을 인용하시는 모습이 인상적이었습니다. '우리는 모두 별의 먼지'라는 천문학자의 말에 공감하시나요?

인간이 별의 먼지라는 건 은유적 표현이 아니라 사실이죠. 별들이 탄생하면서 생겨난 원소가 우리 몸을 이루고 있잖아요. 그 물리적 현실을 직시하는 게 시입니다.

박정만이라는 시인이 있는데, 그는 1987년 9월 6일 새벽 1시 50분, 새벽 2시 30분에 오는 시를 막 받아 적었답니다. '나는 사라진다, 저 광활한 우주 속으로…'.

나는 시가 갖는 이런 쓸쓸함과 광활함을 몸으로 느낍니다. 박정만 시인은 안기부에 끌려가 고초를 겪고, 그 수치심을 견딜 수 없어서 매일 소주만 마시다가 우주에서 쏟아져 내리는 시를 받아 적고 죽었지요.

> *문득 우주 그 자체가 신의 몸인지, 분리된 피조 세계인지 우리의 인지로는 분류도 측량도 할 수 없다는 사실에 아득한 안도감이 들었다.*

성경의 〈욥기〉에는 욥이 자식도 재산도 건강도 잃고 고통 속에서 신을 원망하다, 하나님에게 혼나는 장면이 나옵니다. 그때 들리는 신의 호통이 너무 크고 아름다워 말문이 막혔습니다. '내가 땅의 기초를 놓을 때 네가 어디 있었느냐? 네가 바다의 근원에 들어가 보았느냐? 이슬방울은 누가 낳았느냐? 얼음과 서리의 어미는 누구냐? 독수리가 높은 곳에 집을 짓는 것이 네 명령이냐? 네가 아직도 전능자와 다투겠느냐?'

나를 중심에 두고 생각할 때와 큰 세계 속에서 나를 바라볼 때 그렇게 달라지는 겁니다. 큰 세계 앞에서 욥이 고백하죠. '내가 이제까지 하나님에 대해서 귀로만 알고 있었는데, 이제 눈으로 당신을 뵈옵니다'. 에필로그에서 신은 욥에게 다시 아들 일곱과 딸 셋을 주십니다. 재산은 두 배로 주시고요.

이미 그만큼의 아들딸을 잃었는데, 상처 입은 욥은 다시 행복할 수 있었을까요?

잃은 만큼의 아들딸을 또 낳았다는 건, 그 상처에 머물지 않고 삶을 이어갔다는 걸 의미합니다. 그게 욥의 아름다움입니다. 납득할 수 없는 현실이 닥쳐도 삶을 계속하는 것, 아니 새롭게 시작하는 것, 초연하게.

뭉클하네요.

그게 인간의 위대함입니다. 한나 아렌트의 《전체주의의 기원》에는 '탄생성'이라는 개념이 나옵니다. '시작은 끝이 줄 수 있는 약속이며 유일한 메시지다… 실제로 모든 인간이 시작이다'. 〈욥기〉에서도 아들딸을 다시 낳아서 행복했을까, 이런 질문을 할 수도 있지만, 들여다보아야 할 것은 다시 살아내는 그의 용기입니다.

사는 건 사실 우울하고 힘들어요. 간간이 웃으며 지나갈 뿐이죠. 매일 행복하면 그건 광기겠지요.

시련을 만날 때는 군대에서 야간정숙보행하듯 지나가야 한다고 했다.

군목이 되기 위해서 군에서 훈련받을 때 야간에 적진을 걷는 모의 훈련을 했어요. 실제로는 대낮이었는데, 앞을 못 보는 사람처럼 팔다리를 휘휘 저어가며 걷다가 조명탄 소리를 들으면, 총을 바닥에 던지고 냅다 엎드립니다. 그렇게 한참 가만히 있다가 고개를 들어 가야 할 방향을 확인하는 거죠.

인생도 그래요. 장애물을 만나 꼼짝 못 할 때가 있잖아요. 따지고 보면 오도 가도 못한 덕분에 갈 길을 가늠할 수 있는 겁니다. '난 아무것도 할 수 없어. 이게 내 운명이야' 믿음의 사람들은 이런 숙명론의 너울을 벗어버려야 합니다.

실례지만 연세가 어떻게 되십니까?

만 68세입니다.

68세는 어떤 나이인가요?

하루하루 잘 노는 꿈을 꿀 나이죠. 아낌없이 자기를 내어주는 우정의 공동체를 누릴 나이입니다. 유대교와 로마 사회는 철저한 기브앤테이크 사회였지만 예수가 보여준 세상은 되받을 것을 생각하지 않는 흘러넘침의 세상이었습니다.

외로운 청년들에게는 뭐라고 하시겠어요?

내가 여기 있다는 것, 그건 기막힌 기적입니다. 우리가 사는 이 '창백한 푸른 점' 말고는 우주에서 어떤 지적인 생명체도 발견된 적이 없어요. '넌 공부를 못해, 키가 작아…'. 세상이 우리에게 무수히 수모를 안겨주려 해도, 나만큼은 나를 수용해야 합니다. 기적으로서의 내 삶을 살아내야죠.

저는 제레미 리프킨이 들려준 행복의 수학 공식을 좋아합니다. H(Happiness)=C(Capital)/D(Desire). 사람들은 행복값(H)이 커지려면 자본값(C)이 커져야 한다고 생각하지만, 그렇지 않습니다. 욕망값(D)을 줄이면 자연히 행복값이 커지죠. 욕망값을 조절하는 비법은 소유보다 향유에 가치를 두는 겁니다. '이 정도면 됐어. 이것으로 충분해'. 꽃 한 송이의 신비를 향유하면 명품백 없다고 불행해지지 않아요. 청년들에게 당부합니다. 혹시 내가 속고 사는 건 아닌지, 돌아보라고요.

'이 정도는 누려야 행복한 거지' 하며 남들 기준에 내 인생을 떠맡기는 건 아닌지.

소유에서 향유로 잘 전환할 수 있는 팁이 있을까요?

저는 '됐거든' 소리를 입에 달고 삽니다(웃음). 누가 좋은 차를 타도 '난 됐어. 필요하지 않아' 이 말을 입에 붙이면 평정심이 더해지죠. 그렇게 해도 우리 안에는 식민지가 있어서 '좋아요' 댓글 하나에 내 자유와 행복을 덥석덥석 넘겨줍니다. 그래서 연약한 저는 칭찬 댓글도 보지 않아요(웃음). 휘둘리고 싶지 않습니다.

크고 부드럽고 연결된 언어를 쓰는 비결이 있습니까?

적당한 독서와 다층적 사고가 도움이 됩니다. 중학교 시절부터 새벽에 일어난 게 평생 습관이 되었죠. 새벽에 깨어서 공부하고 책 읽는 시간이 참 좋았습니다. 함석헌 선생의 막힘없이 흘러넘치는 큰 정신과 언어에 감화를 받았고, 밀란 쿤데라, 가브리엘 가르시아 마르케스, 오르한 파묵, 니코스 카잔차키스, 도스토옙스키의 책으로도 많이 배웠습니다.

성경도 수많은 이야기와 감정의 총합입니다. 왜 신은 이야기로 자신을 드러냅니까? 문학에 등장하는 하나님은 또 어떤 모습입니까?

하나님은 개념으로 설명할 수 없어요. 각 사람의 인생에 어떻게 개입했는지, 독특한 이야기의 형태로 나타날 뿐이지요. 그래서 우리는 신을 다 알 수 없습니다. 특별히 제가 좋아하는 니코스 카잔차키스의 소설《그리스인 조르바》에는 이런 명대사가 있습니다. '하나님은 굉장한 임금이시라… 그냥 용서해 버리는 거지요'. 죽은 혼령이 와서 자기 죄를 조목조목 고해도 하나님은 하품하며 꾸짖으시고 '가거라, 천당으로 썩 꺼져. 베드로. 이 잡것도 넣어줘' 그래요. 재밌지요? 큰 틀에서 보면 인생은 다 가엾으니까요.

마지막으로 무신론자들에게는 어떤 말씀을 들려주시겠어요?
신을 믿거나 안 믿거나, 기독교 신앙은 인류가 가진 매우 가치 있는 유산입니다. 종교가 다르다고 그 가치를 향유하지 못한다면 그 또한 낭비지요. 저는 비기독교인들에게 '예수 믿으세요'라는 말은 거의 하지 않아요. '저 사람 곁에 가면 참 좋다, 끌린다, 알고 보니 예수 믿네' 정도면 좋겠어요. 다짜고짜 '예수천국 불신지옥' 외치면 싫잖아요(웃음).
어쩌면 선교도 매력의 감염입니다. 내가 매력 있는 존재가 되는 것보다 더 큰 선교가 어디 있겠어요. 슬픔도 지층 아래로 내려가면 다 통하는 것처럼, 결국 우리는 근원적인 자리에서 다 만날 수 있습니다.

2024.07.12.

김기석의 의젓함, 비스듬히

유튜브 알고리즘이 김기석 선생을 처음 제 앞에 데려다놓았던 순간이 생각납니다. 청년들의 고민에 답해주는 내용이었는데, 그 언어의 그릇이 유튜브 세계에서는 한 번도 본 적 없던 새것이었습니다. 저렇게 힘을 뺀 말투로 저렇게 완전한 미소로 저렇게 평안한 문장으로 삶의 고통과 의미를 연결할 수 있다니…. 속된 말로 한눈에 반하고 말았지요. 언젠가 저 분을 만나고 싶다는 마음이 개울물처럼 흘러들었습니다.

만나보니 김기석 선생은 더 작고 더 마르고 더 다정하고 더 깊은 어른이었습니다. 이어령 선생이 신을 시학으로, 성경을 문학으로 읽어내려 했다면, 김기석 선생은 문학 속의 입말들을 절대자의 다정과 암시로 해석하곤 했습니다. 정현종 시인의 시 〈비스듬히〉와 윤동주 시인의 시 〈팔복〉, 그리고 사무엘 베케트의 희곡 《고도를 기다리며》와 니코스 카잔차키스의 소설 《그리스인 조르바》는 연관이 없는 것 같으면서도 다 연결되어 있지요. 특히 《그리스인 조르바》 속의 신의 호통은 우리를 자유롭게 합니다.

자기 죄를 조목조목 고하는 혼령을 꾸짖으며 하는 말이 "가거라. 천당으로 썩 꺼져!"라니요.

인터뷰를 끝내고 선생의 단골 식당으로 걸어가서 건강한 나물밥을 먹었습니다. 비스듬히 햇살이 비쳐 드는 창가 테이블 옆에는 정현종 시인의 시 〈비스듬히〉가 붙어있었습니다.

> '생명은 그래요/어디 기대지 않으면 살아갈 수 있나요?/공기에 기대고 서 있는 나무들 좀 보세요… 비스듬히 다른 비스듬히를 바치고 있는 이여'

비스듬한 자세로 웃으며 말했습니다. 쓸쓸할 때 찾아와서 언제든 먹고 쉬어 가라고. 돌아오는 길에 '의젓한 사람들'이라는 키워드가 머릿속에 해처럼 솟아올랐습니다.

노래도 삶도 평생 힘 빼는 연습이 아닌가 싶어요

가수 양희은

"노래는 첫 소절, 시작이 반이에요.
시작을 잘하면 끝까지 잘 풀려요.
처음에 힘 조절을 못 하면 끝까지 헤매지요.
〈상록수〉는 높은 음으로 지르는 노래라
힘 빼고 시작하기가 정말 힘들어요.
힘을 내듯 또 살짝 빼면서… 결국
노래도 삶도 평생 힘 빼는 연습이 아닌가
싶어요."

가수 양희은

70년대 통기타 줄 위로 솟구치던 양희은의 노래는 그 음색의 청아함으로 씩씩함과 쓸쓸함의 급커브를 돌았다. 한때 저항의 노래로 거리를 휩쓸었으나, 기실 그의 목소리는 목련이 지는 봄밤이나 계곡물의 온도가 변하는 가을 아침에 혼자서 듣기에 더 좋았다.

깨어짐과 헤어짐을 감당하며 흐르듯 노래하던 내 젊은 날의 가수가 저렇게 묵직하고 투명하게 거침없이 나이 드는 모습을 보니 그 기백에 눈물이 날 지경이었다.

햇빛이 정수리에 내리꽂히던 무더운 어느 날, 시간의 단차를 두고 양희은을 두 번 만났다. 코엑스 스타필드 별마당 무대에서 관객을 앞에 둔 공개 인터뷰로 한 번, 일주일 후 상암 MBC 근처 카페에서 다정하게 마주 보고 또 한 번. 두 번 다 캔디 컬러 셔츠와 안경이 맞춘 듯 화사했고, 청바지가 잘 어울렸다.

서울 사람이라 또박또박 타자를 치듯 정확히 말할 뿐, 실상 남 앞에 쉽게 나서지 못하는 수동적인 사람이라고, 그는 인터뷰 무대에서 하염없이 떨리는 마음을 드러냈다. 글 쓰는 건 너무 어렵고 나이 들면 머리도 물기 없는 사막 같아 미완성의 노랫말들만 잔뜩 쌓여있다고.

나는 이 관록의 어른이 뿜어내는 정처 없는 정직에 깊이 매료되었다. 에스키모를 좋아하고 파브르 곤충기를 읽는 70대 여성, 스스로를 성인 ADHD라고 진단하는 국민 언니를 만나보자.

《그러라 그래》에 이어 《그럴 수 있어》, 연작시 같은 책이 나왔어요. 참으로 양희은답다는 생각을 했습니다.

후배들에게 툭툭 던진 말들이 모아졌어요. 사람들 말에 가타부타 속 끓이는 후배를 만나면 신경 쓰지 마. 그 사람들 그냥 '그러라 그래' 하고 툭 쳐줘요. 자기가 한 행동에 노심초사하는 후배들한테는 네 입장에서 '그럴 수 있어' 두둔도 하고요. 한쪽이 한쪽을 밟아버리면 그건 좀 가슴 아픈 일이니까. 상대 입장에서 보면 그쪽도 살려고 그러는 거니 '그럴 수 있어' 그랬죠.

양희은의 책을 읽다 보면 명사, 동사, 형용사, 접속사처럼 목적이 분명한 똑똑한 말들보다 '도무지' '문득' 같은 변두리 부사들이 사소하고 헛헛한 이야기를 끌어올리는 것 같았다.

언젠가 〈사랑 그 쓸쓸함에 대하여〉의 가사는 '도무지'가 길어 올린 이야기라고 읽은 적이 있어요. 뉴욕에서 기타리스트 이

병우와 노래를 만들 때, '사랑'이라고 쓰고 나니 도무지 무슨 말을 써야 할지 모르겠더라고요.

그랬어요. 도무지 모르겠다, 도무지 모르겠다… 그랬더니 도무지가 뒷말을 끌고 왔어요. '도무지 알 수 없는 한 가지, 사람을 사랑한다는 그 일 참 쓸쓸한 일인 것 같아'. 그렇게 나왔죠. 그때는 참 산다는 게 쓸쓸했어요. '문득'이라는 말도 참 놀라운 말이에요. 뭘 써야 할지 모를 땐 '도무지, 문득'이 도우러 달려오더라고요.

'문득' 궁금합니다. 가수가 된 건 운명인가요?

저는 가수가 되고 싶지 않았어요. 그냥 인생이 이 길로 끌고 왔어요. 나무 그루터기로 가려다 화단 경계석을 들이받은 자전거처럼. 언젠가 강화도에서 자전거 타다 몇 미터 아래 밭두렁으로 굴러떨어질 때도 그 생각을 했어요. 인생이 참 이상한 곳으로 날 끌고 가는구나. 저는 오십 줄에 자전거를 처음 배웠어요. 자전거 교실에서 수료증까지 받았는데, 그때 제일 먼저 넘어지는 걸 배워요. 가만 보면 인생은 넘어진 자전거를 일으켜서 끌고 가는 일 같아요.

일찌감치 꿈을 이룬 분으로 알았습니다.

(미소 지으며)저는 초등학교 1학년 때 통지표에 적혀 있던 문구를 정확히 기억해요. '주의산만, 인내력 부족'. 인내력은

살면서 나아졌지만 주의산만은 여전해요. 어른 ADHD죠. 그냥 무계획으로 살아요. 가수도 그랬어요. 저한텐 노래가 생계였어요. 노래를 사랑했지만, 직업이 되면서 사랑을 느끼기는 힘들었어요.

그래도 성취감은 있으시죠?
이거 아닌데, 이거 아닌데… 하다 '이거다!' 하는 짧은 순간을 보고 가는 거죠.

주의산만한 어린이가 삼청공원으로 가회동 언덕으로 동네 남자애들 끌고 다니며 대장 노릇하다 십 대가 됐고, 돌아가신 아버지를 대신해 사방팔방 노래로 빚 갚으며 가장 노릇하다 보니 이십 대가 됐다.

그렇게 세끼 밥 차리고 강아지 돌보며 방송국과 목욕탕, 수영장과 정발산을 오가다 보니 칠십 줄에 들어섰다. 암도 걸려봤고, 우울증도 앓았다. 그동안 사람 보는 촉은 좀 생겼으나 노래 보는 촉은 여전히 모르겠다고 했다.

노래의 운명은 부르는 가수도 예측할 수 없다고 들었습니다.
그런 것 같아요. 내 노래 중에 〈한계령〉은 음반 회사 사장이 아주 싫어했어요. '너는 대학 다닐 때는 〈아침이슬〉 〈상록

"그랬어요. 도무지 모르겠다,
도무지 모르겠다… 그랬더니 도무지가
뒷말을 끌고 왔어요. '도무지 알 수 없는
한 가지, 사람을 사랑한다는 그 일
참 쓸쓸한 일인 것 같아' 그렇게 나왔죠.
그때는 참 산다는 게 쓸쓸했어요.
'문득'이라는 말도 참 놀라운 말이에요.
뭘 써야 할지 모를 땐 '도무지, 문득'이
도우러 달려오더라고요."

가수 양희은

수〉 같은 노래로 나를 남산에 끌려가게 만들더니 대학 졸업하고는 왜 또 장사 안 될 노래만 골라서 부르니?' 면박을 줬죠. 그런데 그 노래를 사람들이 찾아내서 퍼뜨려 줬어요. 〈사랑 그 쓸쓸함에 대하여〉도 드라마에 배경 음악으로 나오면서 알려졌어요. 유명 연속극, 단막극, 심지어 〈전원일기〉에서 복길이도 그 노래를 울면서 따라 불렀어요. 제가 이병우와 뉴욕에서 만들어서 왔을 땐 모든 음반사에서 거절했던 앨범이거든요. 그렇게 쓸쓸하게 흘러가다 결국 대중에게 발견되는 순간이 있어요. 그걸 예측할 수는 없어요.

대중이 좋아할 만한 스타일을 편곡해 틱톡이나 릴스로 단숨에 띄우는 세상에서, 여전히 '노래의 운명은 예측할 수 없다'는 양희은의 말은 신비롭게 들렸다.

저는 〈한계령〉을 들으며 그 바람길을 나침반 삼아 젊은 날 지리산을 헤매고 다녔어요. 그 시절 양희은의 노래가 없었다면 어떻게 그 스산한 시간을 견뎠을까 싶어요. 노래를 부를 때마다 가사를 얼마나 생각하시는지요?

노래를 부를 때도 사연을 읽을 때도 깊이 잠수해 들어가요. 이야기 안으로 쑥 들어가지요. 특히 말하듯 노래하고 노래하듯 말하기 위해서 치아 구조까지 연구해요. 발음이 깔끔하게 딱 떨어져야 정확히 전달되니까요.

저는 노래와 방송을 거의 동시에 시작했어요. 70년대에 한 섬마을 소년이 겨울방학에 트랜지스터로 제 목소리를 들으며 외로움을 견뎠다는 사연을 보내왔어요. 제 방송을 들으면 공동묘지 곁을 지나도 무섭지 않다고요. 저는 그 말이 너무 무서웠어요.

무엇이 그렇게 무서우셨어요?

누군가에게 영향을 미친다는 사실이… 나는요, 당시에 아무도 없었어요. 내 편이 아무도 없었어요. YMCA 청소년 공간인 청개구리에 드나들다 발탁되어 19살에 방송국에 왔는데 아무도 날 보고 웃어주지 않았어요. 그래서 이걸 어떻게 해야 오래할 수 있을까, 골똘히 생각했죠. 많은 사람이 듣고 아껴주면 살아남겠더라고요. 그렇게 쥐뿔도 모르는 애가 지금까지 온 거예요. 라디오는… 사기를 못 쳐요. 눈 가리고 아웅을 못해요. 금방 들통이 나요.

양희은의 군더더기 없는 입말은 그의 창법처럼 천진하게 휘몰아치며 정곡을 찔렀다.

무대공포증도 여전한가요?

여전해요. 그런데 달리 생각하면 익숙한 게 좋은 건 아니에요. 남편은 저보고 40~50년이 지나도 처음인 것처럼 그렇게 긴장되고 떨리면 '때려치워라' 그래요.
때려치워야 하나 고민했는데 두려움이 있다는 건 좋은 거예요. 저는 감기 기운이 있을 때 더 노래를 잘해요. 목소리가 아주 맑을 때보다 컨디션이 좀 으슬으슬할 때 더 잘 나와요. 다른 사람은 모르지만, 난 놀듯이 하는 것보다 떨리는 게 더 나은 것 같아요.

생각해 보니 윤여정 선생도 카메라 앞에서 매번 긴장한다고 했다. 긴장한다는 것은 항상 '신인의 자리'에 선다는 것. 다 아는 꼰대의 자리가 아니라 겸손한 신인의 자리로 돌아가 젊은이들과 함께 떨며 섞이는 것. 필사적으로 권위의 자리를 마다하는 것, 그것이 내가 만난 만년 현역들의 공통점이었다.

함께 작업한 후배 아티스트 중 특별히 기억에 남는 사람이 있나요?
다 좋았어요. 김반장이라는 친구와는 〈요즘 어때〉라는 곡을 함께 했는데, 요즘 어떻게 지내는지 마음이 쓰여요. 〈엄마가 딸에게〉는 악뮤와 부른 버전이 TV에 나오면서 더 널리 알려졌어요. 젊은 아티스트와 섞일 수 있다는 건 영광이고 기쁨이에요.
사람의 귀는 묵은 소리를 좋아하고 사람의 눈은 새것을 좋아한다지만, 저는 후배들한테 '날 좀 가르쳐줘라'고 해요. 그들 덕에 제가 가진 옛날 '쪼'를 떨칠 수 있었어요. 젊은이들의 나누는 마음이 정말 귀해요.

선배 가수들 중엔 누구를 좋아했나요?
스탠더드 팝을 기막히게 부른 윤복희 씨. 〈청실홍실〉 〈바닷가에서〉를 불렀던 안다성 씨.

습윤한 채 찰랑찰랑 뻗어가는 목소리는 마음에 드세요?
더 허스키하면 좋겠어요. 젊은 날보다는 중저음이 늘어난 게 마음에 들긴 해요.

코로나가 한창이던 시절에 한계령에 올라 〈한계령〉을 부를 땐 어땠습니까?
과거에 〈한계령〉을 부를 땐 한계령이 뭔지도 모르고 불렀어요. 대관령, 진부령은 알아도 한계령은 몰랐어요. 노래를 내놨는데 '이건 PR할 필요도 없는 망한 노래'라고 레코드 회사 사장이 단언했어요. 노래 없는 세상으로 도망가고 싶었죠. 그래서 결혼해서 미국으로 갔어요. 나는 〈한계령〉이 나를 시집보냈다고 생각해요(웃음).
지인들이 '한계령 좋더라' 할 때마다 나는 그게 여행지 이야기인 줄 알았어요. 내 노래라는 건 나중에 알았어요. 나를 떠난 노래를 대중이 발견해서 나에게 되돌려 주는구나 생각하며, 엄혹한 코로나 시절에 바람을 맞으며 골룸 머리가 되어 그 노래를 불렀어요. 당시엔 아무런 생각도 안 났어요. 그저 무관객으로 한계령 앞에서 노래를 부르니 그 기운에 가슴이 뻥 뚫렸지요.

스스로가 자랑스럽다는 벅찬 느낌을 받을 때는 언제인가요?
나는 자아도취하지 않아요. 노래도 눈 감고 부르지 않아요. 나 자신에게 후한 점수를 주지도 않아요. 내 인생이 그렇게 자랑스럽지도 않아요. 재미있어서 살지도 않았어요. 휘리릭 시간이 흘러서 때가 되면 떠나겠지요. 거창한 계획도 없고 어떤 큰일이 닥쳐도 별로 놀라지 않아요. 누가 나를 놀라게 하면, 그냥 씩 웃어요.

강심장은 아닌데, 사람 어려워할 줄은 모른다고 했다. 낮다고 얕잡아 본 적도 높은 사람 앞이라고 주눅 들어 본 적도 없노라고. 누군가에게 잘 보이고 싶을 때, 누군가가 나의 생살여탈권을 쥐고 있다고 생각할 때 우리는 위축된다.

타인에게 잘 보이고 싶은 마음이 없어 덤덤한 일흔 살 양희은을 앞에 두고 있자니, 왜 그가 부르는 노래 〈상록수〉가 늘 푸르고 서늘한지 알 것만 같았다.

독립군 인생이로군요!

독립군이지요. 소속사도 없고 선 계약금 받아 갚아야 할 돈도 없고. 난 고등학교 때도 그런 마음이었어요. 1평짜리 담배 가게를 해도 내 맘대로 하고 싶다고. 그런 인생은 비교할 수 없잖아요. 흘러가고 싶은 대로 흘러가고 싶어요.

노래도 글도 배꼽 밑에서 시작된다는 건 무슨 말일까요?

우뚝한 마음이라고 할까요. 사람은 '배알, 배짱'이라는 게 있어야 해요. 둥둥 떠 있는 욕심 말고, 뭔가 빡 진심으로 끌어당기는 힘 같은 거, 그런 건 배꼽 밑에서 나와요.

각별히 사랑했던 이는 누구였나요?

각별히 사랑한 건 동생들이었어요. 동생들이 내 에너지원이었죠. 내가 희생해서 가세를 굴려 동생들이 공부하고 학교만 다니면 좋겠다… 그렇게 가슴이 저리고 또 가슴을 졸이며 지냈어요. 70년대 초에 아르바이트로 노래한다는 건 편안한 직장이 아니었어요. 술꾼들이 무대로 오니까…. 동생들이 '내 편'이고, 같은 울타리에 사는 식구라는 힘으로 견뎌냈어요.

인생의 은인은 만나셨나요?

제 젊은 날은 끔찍한 빚더미의 시간이었어요. 아버지가 돌아가시고 엄마가 빚보증을 잘못 선 데다 운영하던 양장점마저 불에 타 버렸죠. 20대 내내 단벌 청바지에 차비도 없어 걸어 다녔어요. 이자가 눈덩이처럼 불었는데 쥐어짜도 돈 나올 구멍이 없었어요. 파산선고라는 것도 할 줄 몰랐으니까. 그때는 하늘에 삿대질을 했어요. 아버지 몫을 내가 하고 있는데, 아이들을 이렇게 개고생시키면 어떡하느냐고. 신이 있다면 무슨 일이라도 일어나야 하는 거 아니냐고요.
그렇게 빚의 구렁텅이에서 헤매고 있으니, 내 얼굴이 얼마나 우울했겠어요. 그런데 그때 클럽에 노래 들으러 오던 분 중에 1950년대 한국에 오신 외국 선교사 분들이 사연을 묻고 선뜻 도와주셨어요. 그 뒤로 킹레코드사와 계약해서 빚을 다 갚았죠.

인생 고비마다 생각지도 못한 도움이 툭툭 나타나더라고 배짱 두둑한 목소리로 그가 말했다.

기적은 그렇게 툭툭 오는 건가요?
툭툭 오죠, 기적은. 막다른 곳에서 툭툭 쳐주듯이.

보고 싶은 사람은 누굽니까?
아버지. 엄마는 자기중심적인 사람이에요. 뭐든지 당연하고 당당하고 좋은 건 당신이 먼저 하세요(웃음).

누가 선생 인생에서 엄마가 되어주었나요?

선배 언니들이죠. 언니들이 나를 붙여주고, 이래라저래라 잔소리하지 않고, 그냥 툭툭 쳐주었어요. 시스터후드라고 하지요? 나이 들면서 그런 게 더 좋아요.

30대 난소암 투병 전후 인생관이 달라졌나요?

저는 언제 밥 한번 먹자는 말을 정말 싫어해요. 그럴 땐 '언제? 어디서? 우리가 돈이 없지, 시간이 없니?' 하면서 막 추궁해요(웃음). 어려울 게 뭐 있어요. 마음이 있으면 그 자리에서 툭툭 하면 되죠.

암에 걸려 기운 없이 누워 지내면 다 보여요. 겉으로는 '어떠니?' 해도 속으로는 '지금 내가 네가 아닌 게 정말 다행이다' 하는 눈빛이 다 읽혔어요. 진심으로 위하는 사이는 쉽지 않아요. 슬플 때 같이 슬퍼하는 것만큼 기쁠 때 같이 기뻐하는 것도 쉽지 않아요. 그래서 오지랖 넓었던 관계가 많이 정리됐어요. 사는 데 사람 많이 필요 없어요.

언제 행복하세요?

일상을 충실히 살아내면… 행복은 멀리 있지 않더라고요. 요즘엔 집 근처 단골 목욕탕에서 목욕할 때 불투명 창으로 빛이 스며들면 그게 얼마나 행복하고 개운한지 몰라요. 변함없이 살아내는 하루하루가 다 노래가 되더라고요. 예쁜 종지 하나가 깨졌다, 된장찌개가 보글보글 맛있게 끓었다…
그런 게 다 하루하루의 노래였어요.

배꼽 밑에 꾹꾹 쟁여둔 일상 밑천이 결국 노래로 돌아온다고 했다. 노래를 안 할 때 노래를 잘살고 있는 거라고.

저는 젊은 날 아껴 듣던 양희은의 촉촉한 목소리가 '여성시대' 라디오에서 집밥처럼 슴슴하게 흘러나올 때 살짝 낭패감이 들기도 했어요(웃음). 노래를 부르는 것과 누군가의 이름을 부르는 것, 양희은에겐 어떤 쪽이 더 끌리나요?
둘 다 비슷해요. 저는 1971년 가을부터 라디오를 했어요. 〈아침이슬〉 노래도 1971년 9월 1일에 나왔죠. 거의 동시에 나온 거예요. 이름을 부르는 거, 제가 살던 어린 시절엔 아주 자연스러운 거였어요.
기독교 문화가 들어간 이북 사람들이 특히 더 그랬어요. 제 아버지도 평안도 분인데 친척이나 이웃들이 모이면 꼭 이름 석 자를 따박따박 불러주었어요.
'너 이름이 뭐니?'란 유행어는 이성미에서 시작됐어요. 방송국 소파에서 먹고 자며 아침 방송하는 리포터가 있다는데, 왠지 짠했어요. 어느 날 야구모자 쓰고 지나가는 그 쪼끄만 애를 불렀어요. "너 이름이 뭐니? 우리 집에 와. 밥 차려줄게."

이성미가 나중에 그래요. 자기한테 처음 밥상 차려준 사람이 나라고.

이름을 부르면 함부로 할 수 없다. 호명은 관계의 시작이다. 양희은은 만 24년 4개월 진행한 '여성시대'를 그렇게 이름 불린 자들의 거대한 어깨동무라고 했다.

호명이 관계의 시작이라고요?

처음에는 돈 때문에 병 때문에 폭력 때문에 무너져 내리는 아픈 사람들의 이름을 불러주고 이야기를 전하는 게 그들의 삶에 무슨 효용이 있을까, 그 무용함에 우울했어요. 그런데 아니었어요. 누군가는 컴퓨터를 배워 글을 쓰고, 누군가는 읽고 누군가 듣는 동안 '나 같은 사람이 또 있구나!' 그 마음으로 힘을 얻어 하나둘 어두운 동굴을 박차고 나왔어요.

아름다운 웨이브네요.

맞아요. 세상 크기만한 어깨동무가 생기는 거예요. 그런다고 돈벼락이 떨어지거나 병이 낫는다거나 남편이 착해진다거나 경천동지할 일이 일어나진 않아요. 그냥 어깨동무의 동심원이 계속 커지는 거지요.

사람을 살리는 건 대체 뭘까요?

걱정도 나누고 좋은 것도 나누고 먹을 것도 나누고. 내 속사정을 털어놓으면 듣는 사람도 자기 객관화가 돼요. 그래서 하지 못하던 결단도 내리죠. 자기 이야기를 꺼내는 사람은 매우 용감한 사람이에요.

그래도 억울하고 슬플 땐 어떻게 합니까?

인디언, 에스키모들은 화가 나면 화가 풀릴 때까지 산허리를, 얼음 평원을 걷고 또 걷는다고 해요. 한참을 걷고 나서 분이 가라앉으면 그때 멈춰 서서 걸어온 길을 되돌아온다고. 그렇게 돌아오는 길은 떠날 때의 길하고는 달라요. 억울할 때 슬플 때 복잡할 때 햇빛 받고 걸으세요. 걷다 보면 정리되고 걷다 보면 나아질 거예요.

그 자신, 가장 큰 걱정은 백 살 가까운 노모와 열일곱 살 넘은 노견이라고 했다. 잘 못 걷고 잘 못 듣고 잘 못 보는 그들을 돌보며 '저것이 나의 길이다' '저것이 나의 앞날이다'를 되새기는 삶.

그럼에도 매일 아침 6시에 일어나 도시락 싸고, 방송국에 나와 누군가의 이름을 부르고, 시장 보고 된장찌개를 끓여내는 양희은의 쳇바퀴 삶이 그의 배꼽 아래 쌓여 세상을 보살피는 은은한 노래로 나오는 걸 우리는 목격한다.

"일상을 충실히 살아내면…
행복은 멀리 있지 않더라고요.
요즘엔 집 근처 단골 목욕탕에서
목욕할 때 불투명 창으로 빛이 스며들면
그게 얼마나 행복하고 개운한지 몰라요.
변함없이 살아내는 하루하루가
다 노래가 되더라고요.
예쁜 종지 하나가 깨졌다,
된장찌개가 보글보글 맛있게 끓었다…
그런 게 다 하루하루의 노래였어요."

가수 양희은

50년 넘게 노래해 보니 힘주기와 힘 빼기 중에 무엇이 더 어렵던가요?

노래는 첫 소절, 시작이 반이에요. 시작을 잘하면 끝까지 잘 풀려요. 처음에 힘 조절을 못 하면 끝까지 헤매지요. 〈상록수〉라는 노래는 높은 음으로 지르는 노래라 힘 빼고 시작하기가 정말 힘들어요. 힘을 내듯 또 살짝 빼면서… 결국 노래도 삶도 평생 힘 빼는 연습이 아닌가 싶어요. 그래서 제일 좋은 노래는 콧노래예요. 아무도 듣지 않고 나 혼자 부르는 노래…. 그게 가장 살아 있는 노래 같아요.

다시 태어나면 어른 아이 할 것 없이 쉬다 가는 마을 어귀의 느티나무로 태어나고 싶다고 했다. 바람에 힘 빼고 나부끼는 잎새처럼, 바람에도 뱃심으로 지탱하는 나무처럼, 그렇게 주의산만한 채로 명랑하게 뚱딴지같이 늙어가겠다는 양희은. 나무가 되어가는 그를 보며, 그의 노래로 가을을 맞는다.

2023.08.16.

양희은의 의젓함, 도무지, 문득, 툭툭

어떤 부사들은 마치 기별도 없이 문 앞에 당도한 고향 언니의 택배 상자 같습니다. 칠십 대의 현역 가수는 생의 불가사의에 토 달지 않는 평안함, 그럼에도 시무룩한 젊은 기세가 느껴지는 말투로 '도무지, 툭툭, 문득' 같은 말들을 발랄하게 내뱉었습니다.

'도무지'의 효능은 항상 데리고 다니는 동무인 '모르겠다'에 있습니다. '툭툭'의 매력은 애써 생색내지 않으려는 그 가벼운 터치, '문득'은 인과를 갖추지 않은 우연한 등장에 있지요.

'살면서 은인은 만났는가?'라는 나의 질문에 양희은은 '어느 날 문득 기적이 툭툭 내게로 왔다'고 했습니다. 눈덩이처럼 불어난 부친의 빚을 노래로 갚으며 하늘에 삿대질을 하며 울던 이십 대의 어느 날, 클럽에 노래 들으러 온 선교사가 선뜻 빚을 갚아주더라고.

도무지 모르겠다, 도무지 모르겠다… 막막한 순간에

도 일단 뛰어들면, 기대했던 힘센 친구가 아니라 페이스북의 변두리 지인이나, 네트워크 바깥의 편견 없는 누군가가 나타나 슥 매듭을 풀어주었다는 경험자들을 자주 만납니다. 절박했던 순간의 도움들은 그렇게 불현듯 바깥에서 찾아온 것들입니다. 햇빛에 여문 밤송이가 때마침 지나가는 바람의 도움으로 툭 떨어지듯이. 예기치 않은 좋은 손님을 데리고 오듯 '도무지, 문득, 툭툭…' 저 멀리서 은인이 다가오는 소리가 들립니다.

그저 오늘
최선을 다해 살아요

작곡가 진은숙

"지금은 알아요. 그냥 그날그날 사는 거구나,
물 흐르듯이 흘러가면서 어떤 구조를
갖춰가는 거구나. 젊을 때는
그런 인생이 한없이 갈 것 같은데,
나이 드니까 또 알겠어요.
지금 좋은 순간이 다시는 오지 않는다는 걸.
그래서 최선을 다해 살아요."

작곡가 진은숙

/

2024년 4월 벚꽃이 눈발처럼 흩날리는 날, 진은숙을 만났다. 출렁이는 흑발, 검은 마스카라가 번진 눈매, 드넓은 광대뼈…. 이국적인 여성이 낙화를 뒤로 한 채 호텔 로비에 홀로 앉아 있었다. 서울시립교향악단 황금기 시절(정명훈이 예술감독으로, 진은숙이 상임 작곡가로 일하던 꿈같은 시절)에 처음 만났으니, 7년 만의 해후였다.

《별들의 아이들의 노래》라는 대작을 정명훈 지휘로 한국 초연하고, 영국 로열 오페라단을 위해《거울 속의 앨리스》를 쓰던 50대의 진은숙도 웅장했는데, 60대의 그는 더 멀리 나아갔다.

2024년 1월 독일 에른스포지멘스 재단과 바이에른예술원은 진은숙을 지멘스 음악상 수상자로 발표했다. 클래식계의 노벨상이라 불리는 지멘스상은 작곡, 지휘, 기악, 성악, 음악학 분야를 통틀어 매년 한 명을 수상하며, 인류 문화에 대한 기여도가 수상 기준이다.

카라얀, 번스타인, 메시앙 등이 역대 수상자이며, 아시아인으로서는 진은숙이 처음으로 감격적인 수상의 영예를 안았다.

'진은숙의 곡은 상상적 모호함과 구조적 정교함, 유동성과 안정성, 신비로움과 화려함 사이에 있다'라는 바이에른 예술원 회원들의 심사평은 일찍이 그를 알아봤던 베를린 필하모닉 수석 지휘자 사이먼 래틀의 말을 상기시킨다.

'바흐의 곡을 동시대 현대 작곡가의 곡처럼 연주하는 것, 진은숙의 곡을 과거 대가 작곡가의 곡처럼 연주하는 것이 베를린 필의 목표'라고 사이먼 래틀은 음악계에 진은숙의 위상을 공표했다.

그렇게 절정에 올라 '클래식은 너무 늙었고 현대 음악은 너무 젊다'는 우리의 편견을 일거에 깨뜨린 진은숙. 그는 여전히 기백이 넘쳤다. 막 '순간의 영원'이라는 테마로 열린 통영국제음악제 예술감독 임무를 수행한 뒤였고, 과학계의 파우스트를 다룬 새로운 오페라 대작을 쓰느라 뇌가 반쯤 열린 상태였다.

우리가 다시 마주한 서머셋 호텔 객실 창밖엔 멀리 경복궁의 검은 기와가 가지런했고, 거리엔 추락한 분홍 꽃잎이 수북했다.

^

진은숙의 생황 협주곡을 들으며 이 자리에 왔던 나는 금속과 나무와 현과 관이 부딪히는 소리에 몹시 격앙되었다. 각각의 음들이 비벼질 때 쏟아지는 풍성한 텍스처와 서스펜스에 고무되어, 영화 〈듄〉의 한스 짐머처럼 그가 영화 음악을 해도 좋겠다는 생각이 들었다.

차 안에서 생황 협주곡을 듣고 왔어요. 고전과 미래가 뒤섞인 메탈릭한 서사가 쏟아져서, 〈콘택트〉와 〈듄〉을 만든 드니 빌뇌브 감독의 SF 영화와도 잘 붙겠다는 생각이 들었어요.

(미소 지으며)영화 음악은 클래식 작곡하고는 완전히 다른 장르예요. 굉장히 빠른 작업 스케줄을 요구하기 때문에, 그런 걸 맞출 수는 없어요. 다만 제 작품 중에 맞는 걸 가져다 쓰는 건 반대하지 않아요. 특히 생황은 소리 자체가 단순하고 이국적이라 어울리겠네요.

현대 음악은 '아름답다'보다는 다른 차원의 형용사를 요구하는 것 같아요. 특히 진은숙의 사운드는 음표 하나하나가 낭비

없이 웅장해요. 여하튼 지멘스상 수상자로 결정되었다는 소식은 언제 들었나요?

(심상하게)지난해 여름, 베를린 집에서 곡을 쓰고 있었어요. 핸드폰 통화를 거의 안 하는데, 모르는 번호가 떴더라고요. 하도 전화를 안 받으니 전화 받으라는 이메일이 도착했어요. '위원회에서 마지막 회의를 했는데 당신이 수상자로 결정되었다'고 하더군요.

예상했나요?

전혀요. 지난해 제 친구인 영국 작곡가 조지 벤저민이 이 상을 타서 파티에 갔는데, 조지가 귓속말로 '너도 이 상을 빨리 타면 좋겠다'고 하는 거예요. 그래서 '말도 안 돼. 독일 사람들이 과연 나에게 이 상을 줄까? 탄다 해도 상이 필요 없는 80대나 되어서야 주겠지' 하며 농담을 했는데… 믿어지지 않았어요. 이게 진짜가…(웃음).

클래식계 거물들이 모이는 페스티벌에서 단연 화제는 '올해 지멘스상은 누가 탈까'였고, 그때마다 그는 모른 척 시치미를 뗐다고 했다.

지멘스상은 통보를 받고도 6개월간 비밀에 부쳐야 하잖아요.

시벨리우스상은 1년 전, 레오니소닝상은 거의 2년 전에 알았어요. 음악 하는 사람들은 대부분 공연 스케줄이 몇 년 단위로 미리 짜여 있어, 수상자에겐 일찌감치 통보해요. 남편(마리스 고토니)에게만 알렸는데, 연신 베리굿, 베리굿… 했어요. 상금(25만 유로, 대략 4억 원) 받으니까 좋아하죠. 하하. 특히 젊을 때 그라베마이어상(2004년)을 받았을 때는 정말 큰 도움이 됐어요. 프리랜서 작곡가에게 상금은 큰 도움이 돼요.

클래식계의 큰 상인 시벨리우스상(2017년), 레오니소닝상(2021년)을 탈 때처럼 지멘스상도 진은숙이 최초의 아시아인 수상자다. '상은 운일 뿐, 좋은 작품을 쓰는 게 자신의 일'이라지만, 시기마다 상을 받지 않았다면 스스로 '벌레의 시간'이라고 부르는 창작의 시간을 어떻게 견뎠을까.

당신을 생각하면 늘 '이상한 나라의 진은숙'이라는 문장이 떠오릅니다. 2007년 바이에른 국립 오페라 극장에서 초연된《이상한 나라의 앨리스》의 역동적 고상함이 자동 재생되는 느낌이랄까요. 왜 진은숙에겐 항상 무국적, 스펙터클, 꿈… 이라는 이미지가 따라나올까요?

글쎄요. 저는 제 작품과는 거리를 두는 편이에요. 일단 제 작품에 한국적이라거나 민족적 지향이 없다고 느끼는 분들이 많더군요. 그런데 판소리나 민속 음악 등 한국의 전통 음악도 생동감은 있지만… 지금 우리의 삶과는 거의 관련이 없어요. 또 지금 시대에 무엇이 한국적이냐고 하면 딱 정의하기 힘들기도 하고요.

그렇다면 현대 음악은 뭐라고 정의하나요?
현대 음악은 현대의 어법으로 만들어가는 클래식이에요. 대중과 괴리가 커져서 '현대 음악'을 특별한 장르로 오해하는데, 그렇지 않아요. 과거의 클래식도 그 시대의 현대 음악이었어요.

황병기 선생의 가야금 〈미궁〉을 처음 들었을 때가 생각나네요. 황병기, 백남준, 윤이상, 진은숙 모두 코즈모폴리턴이고, 다양한 스펙트럼의 현대 음악을 했다고 봐도 될까요?
네. 〈미궁〉은 지금 들어도 잘 만든 음악이에요. 서양 음악을 가야금으로 세련되게 풀었죠. 그런데 제가 생각하기에 진정한 오리지널은 백남준 선생이에요. 전에 없던 완전히 새로운 것을 하셨죠.
음악적인 면으로는 전통을 부수는 플럭서스 사조의 흐름을 따라갔는데, 비디오아트는 완전히 그분만의 독창적인 것이었어요. 그게 한국적인 거죠. 저는 해외에서 한류 음악을 자랑할 때도 K팝 스타만 따로 띄우지 말고 윤이상, 백남준, 정명훈의 계보로 서두를 열면 좋겠다고 말해요.

한류의 맥을 그렇게 본다면, 클래식 작곡가 입장에서는 좀 외로울 것 같습니다.

유럽에서 전 이방인이에요. 수용되고 인정받기까지 갖은 애를 써야 해요. 그런데 한국에 돌아와도 홈그라운드의 튼튼함이 없어 좀 쓸쓸하지요(웃음).

진은숙은 1962년 가난한 개척 교회 목사 집안에 4남매 중 둘째로 태어났다. 초등학교 시절부터 교회 예배 반주를 맡았고, 근처 예식장에서 결혼식 반주 아르바이트를 했다. 멘델스존의 〈결혼 행진곡〉과 축가 반주를 하면서 50원을 받았다. 당시 한 끼 식사비가 20원이었던 것에 비하면 큰돈이었다.

레슨을 받는 것은 꿈도 못 꿨던 터라, 독학으로 음악 이론과 대위법을 공부했다. 그녀의 열정을 헤아린 중학교 선생님이 작곡을 권하며 말했다. "너는 아주 유명한 사람이 될 거야." 서울대 음대에서 그를 가르쳤던 강석희 교수(윤이상의 제자)도 당시 진은숙에게 비슷한 예언을 했다. "네가 작곡한 곡은 곧 국제적인 수준에 도달하게 될 게다."

대학 시절 진은숙은 바흐의 첼로 모음곡 〈프렐류드〉를 딱 한 번 듣고 오선지에 그대로 옮겨서 동기생들을 절망시키기도 했다. 스물네 살에 그는 독일 함부

르크 음대로 유학을 떠났다.

한국의 가난한 개척 교회 목사의 딸에서 지금은 얼마나 멀리 왔습니까?

멀리 왔죠. 아주 멀리요. 한국의 70년대를 생각하면 너무 가난했고 불안했고 폭력적이었어요. 아이들 인권은 바닥이었고요. 어른들은 윽박지르고 학교 선생은 쥐어패고…. 함부로 취급당하면 자존감의 뿌리가 잘려요.

돈도 없어 레슨도 못 받고 대입은 낙방해서 아무런 희망이 없을 때, 억세게 운이 좋아서 서울대 음대를 삼수 만에 미달로 들어갔어요. 얼마나 살얼음판 같은 인생을 살았나 몰라요. 뭐 하나 삐끗했어도 부서져 버릴 것 같았어요. 그런데 그렇게 성인이 된 어른들은 커서도 열등감에 시달려요. 제가 그 시절에서 얼마나 와 있을까…(침묵).

진은숙의 미간에 어둠이 고였다. 사는 게 벌 받는 것 같은 무거운 청춘을 두 발로 끌고, 두 손으로 흩어진 상형문자 같은 음표를 채집해 악보를 채워가던 지독한 나그네의 시간들. 베토벤과 모차르트의 후손인 유럽의 작곡가들이 제 손으로 휘갈긴 악보를 들고 매번 만족해하는 모습을 보며 그는 당황했다.

영국 독일 프랑스 사람들은 늘 자신감이 넘쳐요. 그런데 나는… 항상 나한테 너무 비판적이었어요. 어릴 때 영향이 남아 스스로를 못 믿는 거죠.

글 쓰는 사람도 자기를 해치기 직전까지 갑니다(웃음). 몸에 먼지처럼 붙은 그 자학을 어떻게 털어냈나요?
음악 없이는 못 살 것 같으니까(웃음). 음악만이 나의 인생이고 해방구니까. 음을 붙들고 있으면 마약을 한 것 같았어요. 그게 뭐 엄청 대단한 것도 아니에요. 그냥 머리부터 발끝까지 음악에 푹 잠겨 있는 거죠. 그런데 세상일이 다 그렇지만, 음악 하는 사람도 두 부류가 있어요. 음악이 곧 삶인 사람, 음악으로 돈과 유명세를 바라는 사람….

창작과 돈이라는 말이 잘 붙나요?
잘 안 붙죠. 성공을 해도 그 성공이 너무 미미하니까. 유명해져도 그 유명세를 유지하지 못하는 사람도 많고요. 향유의 시간이 너무 짧잖아요. 그래서 오늘 지멘스상을 받아도 내일 또 머리를 움켜쥐고 책상 앞에 앉아요. 그 고된 일을 왜 하느냐고요? 그게 삶이니까.

'그게 삶이니까'라는 말이 산뜻한 체념처럼 귓가를 울렸다.

작곡가로서 어떤 소리를 추구하세요? 매번 작품이 야심만만 하고 스펙터클해서 에너지 소모가 크겠구나 싶었습니다.

전에 없던 다른 구조, 다른 세상을 추구해요. 완벽하다는 착각으로 곡을 쓰는 사람도 있지만, 난 늘 불완전해요. 그런데 그게 또 나의 문제예요. 음 몇 개로 사이즈가 작은 소품을 쓰면 내가 나를 인정하지 않아요. 항상 맥시멈을 다해 소리를 질러야 내 존재를 알아주는 세상을 살아오다 보니…. 그런데 이번 통영국제음악제에서 비올리스트 앙투안 타메스티가 연주하는 걸 들으니 한 음 한 음에 우주가 다 들어있더라고요. 창작도 저렇게 해야 하는 거 아닌가 싶었어요.

'날 좀 봐달라'는 아우성으로 웅장한 스케일이 나온 거네요?

그런 셈이죠. 유럽이 대개 그렇지만, 독일 사회도 외국인에게 관대하고 포용적으로 보여도 어느 수준에 이르면 '여기까지'라고 선을 그어요.

네덜란드, 폴란드에서는 80년대부터 작곡 위촉을 받았고 영국, 프랑스, 미국 세계 각국에서 90년대부터 작업하고 CD를 냈어도… 35년 살았던 독일에서는 쉽지 않았다고 했다.

언제 그 선을 넘어 인정받았다고 느꼈나요?

몇십 년 동안 서서히 그렇게 됐어요. 지금은 조금 나아졌지만, 아시아인이 유럽의 주류 음악계에서 활동하고 인정받는 건 쉽지 않아요. 그들의 자긍심에 도전하지 않는 카테고리, 예를 들어 민속적인 장르라든가, 여성 작곡가로서의 스토리텔링 같은 이슈로 맞추길 바라죠. 그런데 나는 그 길을 거부하고 그냥 음악으로 정면 돌파했어요.
다행히 어느 정도 시간이 흐른 뒤부터 지휘자 켄트 나가노나 베를린 필하모닉의 음악 감독 사이먼 래틀 같은 분이 제 작품을 연주하고 높이 평가해 주었어요.

유럽인들은 자신들의 고유영역에 거침없이 새로운 음표를 꽂아 넣는 아시아 여성, 그것도 소품이나 액세서리 정도가 아니라 소리의 근본을 꿰뚫어 현대적인 대작을 내놓는 진은숙을 인정하기까지 오래 뜸을 들였다.

시험의 시간이 너무나 길었군요.
다행이었다고 생각해요. 결국 곡을 쓰면서 누가 바깥에서 나를 인정하고 안 하고, 성공하고 안 하고가 중요하지 않게 되었어요. 단련이 되었달까요. 지금도 나는 내가 어떤 작품을 쓰느냐만 중요해요.

영국 로열 오페라단이 의뢰한 《거울 속 앨리스》는 왜 그만두

셨나요?

여러 복잡한 사정이 있었어요. 브렉시트 상황이었고, 영국은 자국의 유산을 브리티시 스타일로 유지하고 싶었던 것 같아요. 나 자신도 그만두게 된 순간 흥미를 잃었고요. 이젠 관심사가 자연스럽게 볼프강 파울리로 넘어왔어요. 그런데 이것도 쉽지는 않아요. 한국 여자가 오스트리아 물리학자에게 관심을 두고 새로운 버전의 파우스트를 만들겠다, 이것도 그들이 원하는 그림은 아니니까요. 하하.

평생이 인정 투쟁인 시간을 살면서도 부서지지 않고 팽창할 수 있다는 게 경이로웠다.

당신 영혼의 저장고엔 무엇이 들어있나요?

복잡해요. 나는 내면에 소용돌이가 많은 사람이라… 지금은 또 물리학자 볼프강 파울리로 가득 차 있어요.

크리스토퍼 놀란 감독이 〈오펜하이머〉를 만들었듯이 진은숙만의 물리학 오페라가 나올 거라고 예상했어요. 어쩌면 평생 이끌렸던 주제죠? 시, 혼성합창, 파이프 오르간, 어린이 합창, 대편성 관현악으로 우주 탄생의 비밀을 열었던 《별들의 아이들의 노래》에서부터 시작해서요.

수학과 물리학, 우주 천체에 관해서는 늘 관심이 많았어요.

주인공이 물리학자이지만, 한 천재가 인간이 도달할 수 없는 신의 영역에 접근하고 싶어 하는 그런 열망을 담았어요. 물리학자 파울리가 자신의 꿈을 해석하기 위해 칼 융과 교류했다는 에피소드에 착안했지요.

늘 느끼는 거지만 소리의 입자감에 서스펜스가 더해져서 이야기의 사이즈가 증폭된다는 느낌을 받아요. 음악이 커질수록 더 강한 사람이 되어간다고 느끼나요?
글쎄요. 그건 모르겠어요. 제 생각엔 한 인간이 다 하나의 우주가 아닐까 해요. 달리 말해 작품이 커지고 좋아진다고 내가 더 커지고 좋아지는 것 같지는 않아요. 행위자로 볼 때 음악가 진은숙과 생활인 진은숙은 분리되지 않아요. 밥도 하고 곡도 쓰고 청소도 하고 피아노도 치죠. 제 몸엔 사랑과 학대가 함께 웅크리고 있고, 저는 선악의 경계를 넘어 한 인간의 정신세계가 얼마나 복잡한가에 몰두하는 것 같아요.

나아가 인격과 재능이 통합될 수 있는가, 라는 질문을 화두로 우리는 몇몇 영화감독과 그 작품에 대한 이야기를 나누었다. 박찬욱의 〈헤어질 결심〉과 봉준호의 〈설국열차〉와 김기덕의 〈봄 여름 가을 겨울 그리고 봄〉 같은 작품들에 관해.

변방에서 객사하는 것으로 스스로를 벌했던 끝끝

"자기 언어, 자기 세계를 갖는다는 건
힘겨운 투쟁이에요. 그래서 젊은 시절,
내 또래 독일, 오스트리아 작곡가들이
잘나가는 모습을 볼 때도
나는 질투하지 않았어요.
그들이 스포트라이트를 받는 동안
나는 내 것을 할 수 있구나,
그런 시간을 가져서 다행이다, 그랬어요."

작곡가 진은숙

내 한국 영화계의 죄의식으로 남은 김기덕, 동화적 웅장함 속에 동시대의 양심을 버려 넣는 봉준호의 선량함, 박찬욱 영화의 바로크적인 아름다움에 대해. 한편, 진은숙은 박찬욱이 〈헤어질 결심〉의 이야기의 사이즈를 더 키우지 않은 것을 아쉬워했다.

이야기의 크기를 얼마나 중요하게 생각하나요?
영화건 그림이건 음악이건 그 작품이 포함하고 있는 크기가 있어요. 가령 베토벤도 별 볼 일 없는 것 같은 소재로 피아노 소나타를 시작해요. 하지만 그가 만들어 내는 우주는 굉장하잖아요. 모든 분야가 그렇지 않나요?

포용력의 체급이 남다르다는 게 거장의 특징이지요. 이민진이 쓴 소설《파칭코》의 첫 문장 '역사가 날 망쳐놨지만 상관없다'도 코리안 디아스포아라의 엄청난 힘이 느껴지잖아요. 혹시 작곡가도 첫 음을 쓸 때 신경을 많이 쓰는지요?
아무래도 첫 음은 중요하지요. 내 생각에 딱 들어맞는 첫 줄이 나와야 다음으로 넘어갈 수 있어요. 마치 무당이 굿하듯이 몸속에서 어떤 음이 딱 치고 나오는 그런 느낌이 있으면 계속 나아가고, 안 되면 머뭇거리고 버리고 힘들어요.

지금도 연필로 작곡합니까?

그럼요. 몸을 써서 음악을 만드는 게 중요해요. 컴퓨터로 악보를 만드는 행위를 나는 상당히 위험하다고 봐요. 너무 쉽게 음표를 찍을 수 있으니까. 음표를 그린다는 건, 한 음 한 음 생각하고 결정하고, 쓰는 순간 어떤 에너지를 느끼고 다음 음을 쓸 때까지 생각하는 거예요. 그만큼 시간이 걸리는 숙고의 과정인데, 그걸 컴퓨터로 하면 아주 쉬워져요. 어떤 사람은 컴퓨터로 작업해서 그걸 또 복사해서 붙이고 짜깁기하고 즉석에서 들어보더라고요. 나는 생각만 해도 끔찍해요. 그 자리에서 결정하고 수정한다는 게. 하여튼 끔찍해요.

손바느질하듯 악보에 음을 새겨온 고단한 '음표 노동자'가 몸서리를 쳤다.

지금은 AI가 대중의 취향에 맞춰서 히트곡도 쓰는 시대입니다만.

(얼굴을 찡그리며)상당히 위험해요. 물론 피아노도 로봇이 치면 더 정확하게 연주해요. 그런데 연주도 작곡도 한 사람의 정신세계와 경험이 농축되어 나오는 거잖아요. 그런데 AI가 경험이 있나요? 데이터나 프로그래밍은 진짜 같은 가짜만 만들어 내죠.

과거에도 그런 일이 있었어요. 알고리즘을 입력해서 50개 이상의 컴퓨터 옵션을 믹스한 작곡가가 성공한 사례가. 그런

곡들은 퍼스낼리티가 느껴지지 않아서 금방 딴생각이 들어요. 연주는 허수아비가 하고 작곡가는 진작에 떠났구나 하는.

악보는 당신에게 얼마만큼 중요한가요?

중요하죠. 나는 직접 쓰니까. 내 인생이, 살아온 시간이 다 거기에 투영되어 있어요. 악보가 불타 없어지는 악몽도 꿔요. 지금은 다 복사가 되니까 괜찮지만, 스트라빈스키 시대만 해도 지휘자가 원본을 가지고 지휘를 하니 유실되면 끝이었어요. 작품이 소멸하는 거죠.

연주자, 지휘자, 관객은 작곡가에게 괜찮은 동료인가요?

멕시코의 시인 옥타비오 파스가 그랬어요. 머릿속에 시상을 떠올리면 너무 완벽한데, 그걸 꺼내서 쓰면 완벽성이 깨진다고. 나도 똑같아요. 머릿속에 악상이 있는데 꺼내서 쓰는 순간 더 이상 완벽했던 형태가 아니게 되는 거죠.
50% 망가진 상태로 악보화하면 이상한 연주자가 와서 깨고 또 이상한 오케스트라 감독이 와서 망치고, 청중들이 와서 욕을 하고… 그렇게 쪼끄맣고 납작해져 버리는 거죠. 결국 내가 쓰지 않았더라면 완벽했을 텐데 말이에요.

최악의 상황을 가정하시는군요!

그만큼 이데아를 현실화하는 게 힘들다는 이야기예요. 물론 반대도 있죠. 일단 꺼냈는데 그걸 놀라운 관점으로 살려내는 연주자나 지휘자가 분명 있어요. 김선욱이 피아노 콘체르토를 재발견하다시피 훌륭한 연주를 해낸다든가, 바이올리니스트 레오니다스 카바코스가 완벽한 선율을 들려줄 때…. 그런데 대개는 마지막까지 어떤 형태로 나올지 알 수 없어요. 객석에 앉아 청중들과 내 곡을 듣는 순간이 가장 조마조마해요.

어떤 음을 만들어 낼 때 가장 흥분되나요?
창작하면서 흥분되는 순간은 없어요. 이쪽 길로 잘 풀릴 것 같아서 시작하면 어느새 답답한 미로를 만나고, 다음 장 쓸 때 또 잠깐 잘됐다가 저쪽 길로 가면 다시 힘들어요.

스승이었던 죄르지 리게티가 자기만의 언어를 찾으라고 했는데, 찾았나요?
곡을 쓸 때 내가 형편없어지는 비참함과 작곡가라는 높은 정체성 사이의 괴리를 나는 중학생 때 깨달았어요. 화려한 흉내만 내다 끝나는 사람들이 얼마나 많아요.
자기 언어, 자기 세계를 갖는다는 건 힘겨운 투쟁이에요. 그래서 젊은 시절, 내 또래 독일, 오스트리아 작곡가들이 잘나가는 모습을 볼 때도 나는 질투하지 않았어요. 그들이 스포트라이트를 받는 동안 나는 내 것을 할 수 있구나, 그런 시간을 가져서 다행이다, 그랬어요. 각자의 시간 속에서 힘겹게 자기 언어를 찾아가는 거죠. 작곡가는 글 쓰는 작가와도 달라요. 클래식 작곡가는 대중의 마음에 들기 위해 쓰지 않아요. 경험의 수치가 다 다른 대중을 맞추려는 노력은 쉽게 망하는 지름길이죠. 접근도를 높여주는 노력은 하지만, 결국 작곡가는 자기 이상향을 믿고 갈 수밖에 없어요.

당대의 마음을 얻는 일이 아닌 인류의 유산을 만드는 일, 현재를 살며 미래의 고전을 쓰는 일이란 얼마나 엄중한가. 과학자는 숫자로, 작곡가는 음표로, 우주의 천장에 닿으려 손을 뻗지만, 어쩌면 그 눈부신 블랙홀을 여는 가장 분명한 열쇠는 그리움이나 갈망 같은 것일지도 모르겠다.

종교는 있으신가요?

무신론자입니다. 베토벤도 무신론자였어요. 바흐는 교회 음악을 많이 했지만, 그 당시 독일에 기독교 분위기가 강했다는 걸 감안해야죠. 예술가의 일은 자기 학대와 믿음 사이에 끝없는 균형 잡기예요.

안식이 없겠습니다.

(미소 지으며)매 순간 실패를 딛고 다시 써요. 친구에게 '내가

내 작품에 만족하면 나를 총살해 달라'고 우스갯소리를 한 적도 있어요. 예술가들은 슬픈 존재입니다.

슬픔과 스트레스에는 어떻게 대처합니까?
피아노 앞에 앉아서 바흐의 푸가를 칩니다. 약간의 요가도 도움이 되고요.

슬럼프는 언제였죠?
인생 전체가 슬럼프였다고 보는 게 맞아요.

이상하게 위로가 되는 말이네요.
인생이 그냥 슬럼프의 연속이에요. 슬럼프를 사는 거죠. 저는 베를린에 살지만 아는 사람도 별로 없어요. 온종일 장 보러 나가는 것 빼고는 나갈 일도 없죠. 사람들 만나는 데 쓸 에너지도 없어요. 나이가 들면 시간이 더 줄어들어요. 작곡하다가 한 번씩 기지개를 켜면 시간이 훌쩍이에요. 지금 쓰는 오페라도 시간이 촉박해요.

어떻게 대작 오페라를 대본도 작곡도 홀로 감당할 생각을 했습니까?
예순 살도 넘었으니 이런 모험을 하지, 스무 살 때는 엄두도 못냈어요.

클래식 음악가들을 인터뷰할 때마다 느끼는 것은 그들의 삶이 절대 녹록지 않았다는 것이다.

우주의 별을 향해 온몸으로 모스 부호를 쏘아올리듯 음표의 바벨탑을 쌓고도, 다시 늘어나는 빚처럼 몇 년 후의 작곡 스케줄에 일상을 저당 잡힌 예술 채무자의 삶. 63년의 세월 동안 '긴 지옥(악보와 사투를 벌이는)'과 '짧은 환호'의 시간을 반복적으로 치러온 진은숙의 내구성이 놀라울 뿐.

지금은 알아요. 그냥 그날그날 사는 거구나, 물 흐르듯이 흘러가면서 어떤 구조를 갖춰가는 거구나. 젊을 때는 그런 인생이 한없이 갈 것 같은데, 나이 드니까 또 알겠어요. 지금 좋은 순간이 다시는 오지 않는다는 걸. 그래서 최선을 다해 살아요.
어제도 통영에서 서울로 오며 미켈란젤리가 연주하는 라흐마니노프 피아노 협주곡 4번을 들었어요. 빛나는 소리의 물결에 휩쓸려 순간이 영원처럼 느껴지더라고요.

몰아치듯 첨언했다. 우주는 비어있어 초신성이 터져도 모깃소리만큼도 안 들리지만, 오직 지구만이 공기의 실핏줄을 타고 터지는 소리를 감각할 수 있으니 얼마나 놀라운 기적이냐고.

“매 순간 실패를 딛고 다시 써요. 친구에게 ‘내가 내 작품에 만족하면 나를 총살해 달라’고 우스갯소리를 한 적도 있어요. 예술가들은 슬픈 존재입니다.”

작곡가 진은숙

작곡가로 사는 게 행복하냐고는 못 묻겠습니다. 그래도 작곡을 사랑하시죠?

(망설이다)글쎄요. 나는 1년에 한 곡을 써요. 오케스트라 의뢰가 많아서 곡의 개수는 적어도 작업할 양은 정말 많아요. 곡 쓰는 일을 사랑하느냐고 묻는다면, 정말 모르겠어요. 사랑한다는 말은 너무 나이브해서 가짜 같아요. 인스턴트 같잖아요. 사랑보다는 그냥 헌신의 마음이라고 해두죠.

매 순간 고전을 만들고자 합니까?

현재의 내 작업이 어떤지 나는 몰라요. 심판자는 시간이니, 내가 죽고 나서 한참 더 시간이 지나야 알겠죠.

무엇이 두려우세요?

두렵진 않지만 유감이에요. 나이 들면서 창작의 에너지가 떨어질까봐(웃음). 여든 살이 넘어서도 호랑이처럼 피아노를 치는 마르타 아르헤리치처럼 그 터치, 그 위력을 나도 유지하려면 노력밖엔 없어요. 점점 더 '인생은 짧고 예술은 길다'라는 말을 실감합니다.

2024.05.17.

진은숙의 의젓함, 인생은 슬럼프

진은숙을 인터뷰하면서 의외의 지점에서 큰 위로를 받았습니다. 슬럼프는 언제였느냐는 제 물음에 그는 한 치의 망설임도 없이 말했습니다.

"인생 전체가 그냥 슬럼프의 연속이에요. 슬럼프를 사는 거죠."

그 거침없고 담백한 악센트 때문에 처음엔 슬럼프를 슬로프(slope)로 잘못 알아들었습니다. 가볍게 신나게 미끄러지듯, 인생도 그렇게 체중을 실어 활강하는 스키 슬로프 같다면 얼마나 좋을까요. 그러나 육중한 돌덩이를 등에 지고 매번 언덕을 오르는 것 같은 반복의 시간을 진은숙이 먼저 웃으며 고백하니 크게 위로가 되더군요.

'나만 그런 게 아니었구나!'.

곡을 의뢰했던 사람이 꿈에 나타나 '그 곡 취소했습니다'라는 통보를 하는 날 아침이면, 머릿속에 방 하나를 마련해서 괴로움을 전부 털어넣고 문을 잠가버렸다고 했습니다.

몬스터의 시간, 지옥의 시간, 자학으로 꿈틀대는 벌레의 시간은 예외가 없습니다. 인터뷰 칼럼 하나를 써도 '내가 부족해서 이 훌륭한 사람을 독자에게서 멀어지게 만드는구나' 벽에 쿵쿵 머리를 박는데, 하물며 당대의 갈채 없이 미래에 생존할 고전을 쓰는 클래식 작곡가는 오죽할까요. 그렇게 일희일비조차 뭉근해져 부드러운 슬럼프가 되는 동안 인류의 유산은 무르익고, 인간은 조금씩 의젓해지는가 봅니다.

나도 매일
포기하고 싶어요.
그러나…

배우　박정민

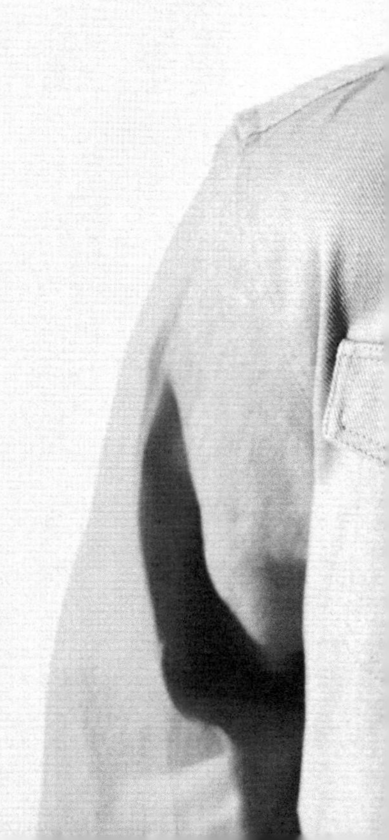

"저는 늘 포기하고 싶어요.
어제도 포기하고 싶었고
오늘 아침에도 포기하고 싶었어요.
포기하지 않는 마음이 조금 더 강할 뿐이죠.
365일 중 65일은 그만둔다고 속으로
소리치면서도, 300일은 버텨요."

배우 박정민

'가끔 텔레비전이나 영화에 나오는 당신의 평범한 옆집 남자'. 박정민이 자신을 소개하는 말이다. 그런데 자칭 '옆집 남자'는 매우 양면적이라 자신을 드러내기 싫어하면서도, 가공할 만한 열심으로 자신이 드러나지 않을 수 없는 환경을 만들곤 한다.

평범한 옆집 남자는《쓸 만한 인간》이라는 책도 썼다. 상수동의 작은 동네 서점 주인이었을 때는 손님에게 책 속 문장을 뽑아 적은 카드를 건네고, 읽던 책을 키핑해 주며, 음료도 싹싹하게 서빙하고, 가끔 배우의 얼굴로 조용히 사인도 해주면서. 그리고 지금은《살리는 일》《자매일기》라는 책을 낸 출판사 '무제'의 대표로, 옳다고 굳게 믿고 있는 사람들에게 옳다고 말할 수 있는 기회를 만들어 주고 싶다는 소망을 실천하면서.

충동적인 자아와 반성하는 자아를 한 몸에 지닌 '문제적 모범생'. '잘하는 친구들 옆에서 꿋꿋하게 서 있으려고 더 바들바들 떨어가며 열심히 했다'고 겸손을 떨지만, 그는 박정민이다. 영화 〈파수꾼〉의 이제훈, 〈동주〉의 강하늘, 〈그것만 이 내 세상〉의 이병헌, 〈변산〉의 김고은 옆에서도 조금도 꿀리지 않는. '설마 이것도 할 수 있어?' 충무로가 시험하듯 안기는 고난의 미션을 꼼수 없이 돌파해 낸 정석의 배우.

그렇게 좌충우돌하며 그가 도달한 종착지가 '쓸모 있는 인간'이 아니라 '쓸 만한 인간'이라는 게 얼마나 다행인지.

박정민을 만났다. 온통 화이트로 채색된 상수동 그의 작업실에서였다. TV와 책, 커피머신이 있는 간결한 공간이었다. 초콜릿과 갓 내린 커피 한 잔을 들고 그가 들어왔다. 내일이면 다음 영화 촬영을 위해 태국으로 떠나야 한다고 했다. 긴박한 일정이었으나 긴 인터뷰 내내 대화의 즐거움이 공기의 밀도를 채웠다. 고구마 같은 진지함과 사이다 같은 시원함이 조화롭게 펴져갔다. 자기가 무엇을 하고 있는지, 어떤 상태인지 정확히 아는 자, 자아의 해상도가 높은 인간을 만나는 일은 얼마나 상쾌한가.

인터뷰 중 가장 많이 했던 말은 '충동과 반성'이었다. "열심히 한다고 잘할 수는 없다."고 했다. "적정 포인트에 이르고 뭘 좀 알아야 좋아진다."고. "어제도 포기하고 싶었고 오늘도 포기하고 싶지만, 포기하지 않는 마음이 조금 더 강해 여기까지 왔을 뿐"이라고도 토로했다.

서점 주인이면서 책을 낸 작가, 동시에 배우로 살고 있어요. 30대 젊은이가 하고 싶은 걸 다 하고 살다니, 축복입니다.

일단 저지르고 후회하고 반성하면서 고쳐나갑니다(웃음). 충동적인 인간이죠. 책방은 처음엔 몰래 열었는데, 너무 알려져서 고민이 많았어요. 사실 전 관심 받는 걸 안 좋아해요. 박정민이 빠져도 공간에 힘이 생기는 게 목표였을 정도예요.

하지만 당신의 원래 의도와는 반대로 박정민이라는 취향의 키워드가 공간에 스며있더군요. 예컨대 책 속에서 발췌한 문장 카드와 10% 할인 쿠폰, 양주처럼 읽던 책을 키핑하는 시스템, 당신이 여행 중에 사들인 외국책들까지…. 취향 공동체의 느낌이 강했어요. 책 속 문장은 직접 뽑나요?

초반엔 제가 다 뽑았어요. 이후엔 직원들도 손님들도 쓰면서 참여했죠(웃음). 그것도 딜레마가 있었어요. 처음엔 내가 공감하는 문장에 밑줄을 그었는데, 어느 정도 시간이 지나자 손님들이 좋아할 만한 문장을 찾고 있더라고요(웃음).

'내가 좋아하는'과 '남이 좋아하는' 두 개의 욕망이 충돌하면 딜레마에 빠지는 건 당연해요.

하하. 그뿐이 아니에요. 유럽 여행 가면 좋아하는 책의 원서를 사요.《드라큘라》《테레즈 라캥》《너무 시끄러운 고독》….

그런데 내가 좋아하는 책들을 유럽에서 발견하고 DHL로 부치면, 정작 서점에선 손님들의 외면을 받고 한구석에서 썩어갔죠. 제 취향이 마이너일까요?

글쎄요.

가령 보후밀 흐라발의《너무 시끄러운 고독》을 프라하의 셰익스피어 서점에서 발견했을 땐 보물을 찾은 느낌이었어요. 밀란 쿤데라는 유명하지만, 흐라발을 만날 줄은 생각도 못했거든요.

흐라발은 소설 속에서도 끝없이 책 이야기를 해요. 버려지는 책을 압축하는 지하의 폐지 압축 노동자가 35년 동안 그 속에서 아끼는 책을 골라 읽어치우죠. 그사이 산업혁명이 일어나고, 대량 압축 시설과 파쇄 기계를 본 늙은 노동자는 충격을 받고요….

책 속 폐지 노동자에게 동병상련을 느끼는 듯 상심에 젖은 표정을 지었다. 딜레마는 박정민을 이루는 중요한 키워드인 듯했다.

송강호나 최민식이 배우들의 배우이듯, 흐라발은 작가들의 작가지요. 또 누구를 좋아합니까?

조지 오웰, 알베르 카뮈, 다자이 오사무를 좋아합니다. 다자이 오사무의 《인간 실격》은 여성 인권 이슈로 대놓고 추천할 순 없지만, 당시 데카당스 문학을 대표하는 좋은 작품이라고 생각해요. 사회에서 겪는 감정 상태가 변화무쌍해질수록 부끄러움 많은 인생을 살았던 한 젊은이가 더 깊게 다가와요.

패배와 실패에 민감한 편인가요?

패배감, 열패감, 열등감에 시달리는 사람이 《인간 실격》의 요조라는 인물이죠. 비극적이고 나르시스트적인 인물이지만, 예술이라는 카테고리에서 일하는 많은 사람은 그 감정 상태를 이해합니다.

《인간 실격》의 텍스트와는 다른 의미에서 나는 류승범, 류준열과 함께 박정민을 '흙수저의 아이콘'으로 인정합니다. 당신들을 보면 특별히 누군가에게 잘 보이려 하거나 매달리지 않아요. 부모 세대의 성공 신화를 좇아 비명을 지르며 (남의 인생을)사는 대신, 스스로 침착하게 자기 인생을 사는 것처럼 보입니다.

〈타짜, 원 아이드 잭(이하 타짜)〉에 함께한 류승범 선배님은 예전부터 굉장히 존경했어요. 준열이도 그렇고요. 그 친구의 행보를 보면 그 베풂과 선행이 존경스러워요. 다만 제가 흙수저 청춘을 대변하거나 위로한다는 어쭙잖은 생각은 안 해요. 저는 보통 젊은 친구들보다 돈도 많고 유명하고, 또 하고 싶은 걸 하고 사는데 위로라니요, 오만이죠.

한편, 연기적으로는 항상 애를 쓴다는 느낌을 받습니다. 들어가는 작품마다 신기술을 마스터하는 방식으로, 화투, 피아노, 랩을 하시더라고요. 왜 그렇게 초인적으로 열심인가요?
(진지하게)다들 열심히 살지 않나요? 들여다보면 다들 자기 직업 세계에서 정말 열심이잖아요. 특히 영화 현장에서 감독의 열심은 아무도 못 따라가요. 배우는 잠깐 왔다 가지만, 그분들은 7~8년을 한 영화에만 매달리거든요.

이 시대에 열심은 약간 촌스럽게 해석되기도 하지요.
관객으로선 노력 마케팅이 불편할 수도 있겠다 생각해요. 저 역시 '열심히 했으니 재밌게 봐주세요'라는 말은 좀 창피해요. 열심은 제 몫이고, 관객은 좋은 결과물을 봐야죠.

그런 면에선 스웩 넘치는 랩을 선보였던 영화 〈변산〉의 흥행 실패가 아쉽더군요. 당시 이준익 감독의 실망이 이만저만이 아니었죠.

〈변산〉은 결과 빼고는 다 좋은 영화였어요. 배우와 감독과 스태프가 다 행복했는데, 결과는 좋지 않아서 슬펐어요. 우리가 너무 우리 행복에만 급급했구나, 우리 진심에 취해서 이야기가 어떻게 받아들여질지 점검을 못했구나…. 주인공인 학수와 아버지의 불화가 너무 쉽게 봉합되었다는 피드백을 들었어요. 실제 그런 경험이 있는 관객이 감정적으로 불편했다는 거죠.

혹시 공감에 실패한 게 자기 책임이라고 느끼나요?
이준익 감독은 어른으로서 많은 걸 품어주고 싶어 했어요. 하지만 저는 주인공이고 발언권이 있었어요. 중간에 제가 의견을 냈어야 했는데… 당시엔 랩을 소화하느라 정신이 없었어요.

매번 그렇게 반성하나요?
모두의 감정을 다 맞출 순 없어요. 하지만 비슷한 상처가 있는 사람들이 불편함을 느꼈다면 제 부족을 뼈저리게 생각하게 되죠. 영화 〈사바하〉도 〈타짜〉도 비슷한 궤적으로 반성해요. 배우는 한 역할을 연기하면서, 영화적으로 사건을 만나 크고 작은 메시지를 전하게 돼요. 감독의 디렉션과 관객의 정서 사이에서 선을 지키려면 늘 깨어있어야 하죠.

'내 고향은 폐항. 가난해서 보여줄 건 노을밖에 없네'
영화 〈변산〉은 한 줄의 시에서 시작한 영화다. 노을과 바다와 랩과 시가 어우러진 영화에서 박정민은 한 곡을 제외한 전 곡의 랩을 직접 쓰고 불렀다.

스스로 랩을 쓸 만한 인간이라는 건, 어떻게 알았죠?
셰익스피어나 소네트를 우리나라 말로 번역하면 그 맛이 떨어지잖아요. 희곡도 영어 운율에 맞춰야 멋이 있더라고요. 랩에 맞는 라임과 박자, 말맛이 있는데, 그 단어의 배열을 제 언어로 하고 싶었어요. 저는 글을 취미로 써서 실력이 미천하지만 내가 아니면 쓸 수 없는 가사가 있지 않을까 생각했어요.

나는 그가 작가로서 낸 첫 책《쓸 만한 인간》에서 '찌질하다의 반대말은 찌질했다'라는 문장을 읽고 한참을 웃었다.

오사카 도톤보리의 한국 술집에서 〈파수꾼〉에 나온 이제훈의 팬과 장근석 팬에 둘러싸여 술 마시다 주인장에게 된통 바가지 쓴 사연, 〈응답하라 1988〉에 성보라 쓰레기 남친으로 3분 나와 3천 개의 욕을 먹은 이야기, 〈변산〉에 래퍼로 출연한다니 "너 아빠 닮아 노래 못해."라며 단숨에 이중 '디스'를 성공시킨 어머니까

지. 배우 박정민보다 작가 박정민은 훨씬 더 가볍고 제멋대로고 눈치보지 않고 명랑했다.

자신을 아낌없이 제물로 던지는 인간, 회피하지 않는 인간, 단어를 굴려서 놀 줄 아는 인간. 누군가를 위로하기보다는 웃기고 싶다는 박정민. "모든 글은 웃으라고 쓴 거예요. 내가 사실은 이런 찌질이였답니다. 나 이렇게 살았어요. 웃기죠?"라고. 그러면서 그는 자신의 책을 '그냥 보통 사람들이 살 법한 인생을 보통 사람들이 쓸 법한 문장으로 적은 종이 뭉치'라고 표현했다.

기분 좋게 자기를 하대하는 풍경이, 읽기에 참 좋았어요.

저는 〈무한도전〉에서 마흔 넘은 아저씨들이, 그분들도 사실 한 가정의 가장이면서, 카메라 앞에서 어설픈 척 모자란 척 웃겨주는 게 너무 좋았어요. 내가 좀 망가져서 내 인생에 지장 없고, 남들이 웃으면 그게 참 좋아요.

자기를 던지는 건 굉장히 위험하고 놀라운 일이에요. 연기도 연주도 그림도 글도. 그런데 그걸 해내는 사람들이 있죠. 관객은, 독자는 그럴 때 굉장한 안도와 황홀을 느껴요. 저렇게 해도 무너지지 않는구나, 괜찮구나, 아름답구나, 나와 다르지 않구나!

그런 것 같아요. 다행히 영화는 기본 100명이 그 작업을 함께 해요. 그런데 책은 작가 혼자서, 그 투신을 감당하더군요. 그걸 알고 무서워졌어요. 두려움을 알기 전에 책을 내서 다행이에요(웃음).

강박증에 관한 고백을 보고 놀랐습니다. 심리 질환이 어떻게 극복되는지를 보여준 좋은 사례더군요.

2006년 군대에 가서 알았어요. 탈영병 잡는 헌병대 소속이라 핸드폰이 있었는데, 밤마다 핸드폰이 모포 모서리를 조금이라도 벗어날까 봐 잠을 못 잤어요. 불안해서 깨어있으니 점점 좀비가 되어갔어요. 컵이나 수건, 관물대에 물건이 조금만 흐트러져도 식은땀이 났죠. 죽을 것 같아 의사 선생님을 찾아갔더니 첫 질문이 '살면서 구속을 많이 받았느냐?'였어요.

그 말에 고장 난 수도꼭지처럼 눈물을 쏟았다고 했다.

저는 중학교 1학년 때도 새벽 2시까지 독서실에서 공부했어요. 그만큼 잘해야 한다는 압박이 심했어요. 그때 의사 선생님이 그랬죠. '지금은 힘들지만, 결국 도움이 될 거예요'. 그 말이 예언처럼 맞았어요. 강박을 잘 쓰면 부족한 걸 느끼고 노력을 쏟아붓게 돼요.

피아노를 모르던 당신이 영화 〈그것만이 내 세상〉에서 쇼팽의 〈녹턴〉을 유려하게 연주하는 걸 보고 놀랐어요. 연주하는 흉내가 아니라 완전히 빠져서 연주를 하고 있더군요.

(나지막하게)처음엔 피아노를 한 5시간 정도 연습하고 가야지, 해요. 그러다 조금만 더… 조금만 더를 하게 돼요. 랩 가사도 한 줄만 더… 한 줄만 더 쓰다 보면 어느새 동이 트더라고요. 박자 안에 단어를 쪼개 넣는 일이 재미있었어요. 사실 저는 매 영화, 매 장면을 다 잘하고 싶어요. 잘 못하면 그 고통이 너무 심해요. 하지만 알아요. 다 잘할 수는 없다는 걸, 어제 잘 못했어도 오늘 앞으로 나가야 한다는 걸. 개봉 후에도 '아 저 장면!' 하면서 괴로워하면 심신만 피폐해지죠.

요즘 당신을 지배하는 가장 강렬한 감정은 무엇인가요?

여전히 '불안'입니다. 꽤 오랫동안 이 상태로 살아온 것 같아요.

뭐가 가장 불안한가요?

들킬까 봐. 저의 부족이 '뽀록'날까 봐 두렵습니다.

저도 그 마음 상태를 잘 압니다. 능력을 충분히 인정받고 있는데도 스스로를 의심하고 부정하는 마음을 떨칠 수 없을 때가 많죠!

"사실 저는 매 영화,
매 장면을 다 잘하고 싶어요.
잘 못하면 그 고통이 너무 심해요.
하지만 알아요. 다 잘할 수는 없다는 걸,
어제 잘 못했어도 오늘 앞으로 나가야
한다는 걸. 개봉 후에도 '아 저 장면!' 하면서
괴로워하면 심신만 피폐해지죠."

배우 박정민

그걸 사기꾼 콤플렉스라고 하더군요. 내가 사람들을 속이고 있고, 들켜서 손가락질 받을까 봐 두려운 증세. 나는 능력 있는 상태가 아닌데 언젠가 그게 대중 앞에서 뽀록날까 봐 불안해하는 상태. 태생적으로 재능을 타고나지 않았다고 믿는 사람들이 느끼는 감정이랍니다. 어느 날 라디오에서 들었어요.

위로가 되는군요!

그런 의미에서 웬만하면 다 나 같은 사람, 비슷한 사기꾼이라고 생각해요(웃음). 우리 모두 잘 속이려고 애쓰며 사는 거죠.

그렇게 조금씩 쓸 만한 사람이 되어가고 있습니까?

그랬으면 좋겠어요. 때로는 겉으로만 그럴듯하고 속은 썩은 것처럼 느껴지기도 하죠. 어느 날은 내가 너무 좋은 사람이었다가 어느 날은 결핍이 심한 사람이 되기도 해요. 다행히 어릴 적 친구들이 한없이 우울해하는 저를 지금까지 잘 지켜주고 있어요(웃음).

불안에 끌려다니는 상태가 아니라, 불안을 달래서 데리고 다니는 상태인 듯했다. 자기 불안을 관찰하고 정리하는 동안, 박정민의 연기와 글은 깊어졌다. 이목구

비는 점점 실용적으로 잘 생겨졌다. 나는 박정민의 희고 반듯한 얼굴을 바라보았다. 허세의 더께가 없어 들어오는 감정에 따라 한없이 투명하거나 묵직해질 수 있는 얼굴이었다.

영화 〈동주〉 촬영 전에 일이 너무 안 풀려 유학을 가려고 했다는 게 사실인가요?

사실이에요. '나는 안될 놈이다'라는 생각이 머릿속에 가득했어요. 세상에 화가 나 있었어요. '내가 진심을 안 담고 연기했는데도 왜 오케이하지? 대본 연구도 안 했는데 왜 좋다는 거지?' 한편에서는 오랜만에 만난 친지, 친구들이 '너는 언제 잘돼? 언제 주인공 해? 언제 TV에 나와?' 하면 넋이 나갔어요.

떠날 결심을 하고 원룸 보증금 8천만 원을 빼서 영국 유학 사이트를 알아보는데, 이준익 감독님이 전화를 주셨어요. 헛생각 가득한 제 머리채를 잡아다 윤동주 옆의 송몽규 역할로 앉혔죠. 불과 3년 전이에요.

포기하지 않길 잘했군요!

저는 늘 포기하고 싶어요. 어제도 포기하고 싶었고 오늘 아침에도 포기하고 싶었어요. 포기하지 않는 마음이 조금 더 강할 뿐이죠. 365일 중 65일은 그만둔다고 속으로 소리치면서도, 300일은 버텨요.

65일은 도망가고, 300일은 버티는 마음. 보통 사람인 우리도 그 마음으로 산다.

배우가 되기 전부터, 20대의 박정민은 좌충우돌했다. 수재들만 간다는 공주의 기숙학교 한일고등학교를 졸업하고 고려대학교에 입학했지만, 꿈을 좇아 다시 한국예술종합학교 영상원에 들어갔다. 그렇게 어렵게 들어간 영상원에서 또 한 번 연기로 방향을 틀었다. 전례가 드문 일이었다.

공부만 하던 모범생 아이가 감독이 될 거라고, 배우가 될 거라고 선언할 때마다, 아들이 안정된 직장에서 월급 받길 바랐던 부모님은 여러 번 가슴이 철렁했다. 나중엔 '꽹과리 친다고 전공 또 바꾸면 죽을 줄 알라'며 단념하셨다. 술에 취해서가 아니라 열정에 취해 남보다 더 갈지자로 인생을 걷는 사람이 있다. 고생을 사서 하며.

충동적인 기질이 당신 인생에 도움이 됐나요?

제 거의 모든 행동은 충동적으로 저지르고 반성하고 사과하고… 이 스텝으로 이루어져 있어요. '아끼다 똥 된다'는 말이 있잖아요. 당연히 실수도 하죠. 아니면 말고요(웃음). 서점도 그렇게 충동적으로 저질렀어요. '책과 밤'이라는 작업실을 겸한 작은 책방을 냈는데, 너무 잘돼서 '책과 밤, 낮'으로 확장을 했어요. 자꾸만 저지르고 또 보완하고, 그래요.

연기적으론 어떤가요? 억압되어 있고 불안하고, 뭔가 뒤틀린 인간을 정확하게 묘사하더군요. 역설적으로 자폐 소년(〈그것만이 내 세상〉)을 연기할 때 가장 편안하고 자유로워 보였어요.
(멋쩍게 웃으며)그건 박정민을 가장 잘 숨긴 배역이었어요. 저는 박정민을 뽐내지 못하고 창피해하는 경향이 있어요. 저의 평소 모습에서 멀어질수록 더 신이 나요.
하지만 비슷한 자폐 증세가 있는 사람들에게 상처를 주지 않으려고 무던히도 애를 썼어요. 연기를 못했다는 말을 듣는 건 괜찮지만, 그 친구들의 가족이나 선생님이 보고 불쾌해하면 실패라고 생각했어요. 연습을 거듭할수록 많이 편해졌죠.

함께 한 이병헌과 윤여정 선생이 침이 마르도록 칭찬을 하던데요. 당신의 근성, 당신의 겸손…. 그들과 함께 해서 행복했나요?
(두 손을 맞잡고)저에겐 큰 사치였어요. 이병헌 선배는 수학의 '정석' 같았어요. 완벽한 모범 답안, 사기꾼 콤플렉스가 전혀 없는 사람이었죠. 윤여정 선생님에겐 너무 큰 사랑을 받았어요. 그분들께 실망을 주기 싫어서 더 열심히 했어요.

열심히 할수록 성장한다고 느꼈나요?

(웃으며)아니요. 열심히 한다고 좋아지진 않아요. 적정 포인트에 이르러 뭘 좀 알아야 좋아지죠. 열심히 하는 건 순전히 제 스스로 안정되기 위해서예요. 준비하지 못했다는 불안감을 없애려고요. 몇 시간 대본만 봤다고 연기의 질이 확 달라지는 기적은 없더라고요.

연기의 질이 확 달라지는 기적은 언제 일어나나요?

기적은 오히려 '열심'을 움켜쥐지 않았을 때 홀연히 오더군요. 〈동주〉에서 마지막 형무소 장면을 찍을 때였어요. 촬영 들어가기 전에 중국 용정에 윤동주 선생 생가 등을 다녀왔어요. 윤동주 선생의 비석엔 꽃도 있고 찾아온 흔적이 있는데, 그 옆 송몽규 선생의 비석 주변엔 풀만 무성해서 아쉽더라고요. 한동안 잊고 지냈는데, 마지막 촬영할 때 불현듯 그 외로운 비석이 눈앞에 떠올라서 제 감정을 끌고 갔어요. 그때 느꼈어요. 무엇이든 다져놓으면, 언젠가는 풀려나온다는 걸.

촬영 후 집에 올 땐 어떤 기분이 드나요?

보통은 좋지 않아요(웃음). 후회가 밀려들죠. 가끔은 후련할 때도 있지만, 대체로 '편집을 잘 해주겠지' 정도로 마음을 추스립니다.

"기적은 오히려 '열심'을 움켜쥐지 않았을 때
홀연히 오더군요. 〈동주〉에서 마지막
형무소 장면을 찍을 때였어요.
촬영 들어가기 전에 중국 용정에
윤동주 선생 생가 등을 다녀왔어요.
윤동주 선생의 비석엔 꽃도 있고 찾아온
흔적이 있는데, 그 옆 송몽규 선생의
비석 주변엔 풀만 무성해서 아쉽더라고요.
한동안 잊고 지냈는데, 마지막 촬영할 때
불현듯 그 외로운 비석이 눈앞에 떠올라서
제 감정을 끌고 갔어요.
그때 느꼈어요. 무엇이든 다져놓으면,
언젠가는 풀려나온다는 걸."

배우 박정민

매니저가 운전하는 차를 타지 않고 촬영장까지 직접 운전하며 오가는 이유는 뭔가요?

(경쾌한 목소리로)그게 편해요. 그렇지 않으면 허둥지둥 집에서 나와 차에서 자고, 부스스한 얼굴로 촬영 스태프들을 만나겠죠. 언제부턴가 '제가 잠을 못 자서…' 이런 말로 첫인사를 하는 제가 꼴 보기 싫었어요.

직접 운전대를 잡으니, 일찍 자고 일찍 일어나요. 차 안에선 대사도 연습하고요. 점점 정신이 맑아지고, 사람이 좀 독립적으로 되더라고요(웃음). 매니저는 현장에서 만나고 우린 각자의 일을 하죠.

작은 일이라도 스스로 하는 사람의 삶엔 생기와 리듬이 만들어지는 법입니다. 그렇게 모범생인 자신이 맘에 드나요?

예전엔 싫었어요. 못 노는 인간이라는 프레임을 깨고 싶었죠. 공주의 기숙학교인 한일고에 갔을 땐, 한동안 노는 아이인 척 연기도 했어요. DNA가 안 맞더라고요(웃음). 다시 모범생으로 돌아왔고, 지금은 맘에 듭니다.

요즘엔 무슨 고민을 하나요?

영화 한 편을 만들 때, 어디까지 신경을 써야 할까? 그 영화가 왜 세상에 나와야 하는지, 그 이유를 함께 만드는 역할을 하고 싶었어요. 그런데 제가 열광한 영화는 '시네마'의 범주인데, 요즘엔 어벤져스와 마블이 대세더라고요. 오랫동안 선배 감독들이 닦아놓은 길을 또 어떻게 쓸고 닦아야 하나, 고민입니다.

마지막으로 30대의 박정민은 어디로 가고 있나요?

(골똘히 생각하며)저는 아주아주 깊은 수렁에 빠져 있었어요. 그곳에서 많은 걸 봤어요. 수렁에 빠져보니 고민한다고 해결되지 않아요. 아등바등한다고 좋아지지 않죠. 원하는 방향으로 쉽게 갈 수도 없어요. 그러니 하고 싶은 대로 하고 살아도 됩니다… 그렇다고 될 만한 일만 찾아다닐 수는 없죠. 요즘엔 조진웅 선배의 말을 생각해요. '모든 선택의 기준은 오직 사람이다'.

저는 앞으로도 하고 싶은 일을 하며 살 거예요. 선택의 기준은 오직 사람이에요. 이윤이나 실리만 추구하면 힘들 때 못 버티더라고요. 그리고 인생이 앞으로 어떻게 변할지 모르지만, 일터에서 변하지 않는 저의 다짐은 두 가지예요. '불러주셔서 감사합니다'와 '하기로 했으면 열심히 하자'. 하하하.

그토록 확실한 다짐을 읊고, 박정민이 크게 웃었다. 불안이 조금도 느껴지지 않는 시원스러운 웃음이었다.

우리 모두, 사는 동안 쓸모 있고 싶어 한다. 동시에 '쓸모 있는 인간'으로 인정받기 위해선 대체 얼마만큼의

눈물을, 시간을 갈아넣어야 할까 불안해한다. 그렇게 작은 걱정이 집채만 한 파도로 덮쳐올 때, 억압의 레벨을 슬쩍 낮춘 박정민을 생각한다. 저지르고 후회하고 반성하는, 알고 보면 누구에게나 곁을 주는 꽤 '쓸 만한 인간'을.

2019.11.30.

박정민의 의젓함, 부캐의 인간

박정민에게 〈의젓한 사람들〉 출간 소식을 알리며 '인터뷰 게재' 여부를 조심스레 묻는 메일을 보냈습니다. 어느 새벽, 잠결에 스마트폰을 열어 보니 라트비아에서 답장이 날아왔습니다. 그간 인터스텔라 책이 출간될 때마다 '언젠가는 내 인터뷰도 나올 날 있을까' 궁금해했다는…. 읽는 이의 마음을 녹이는 '후덕한' 편지였습니다.

돌아보면 인간 박정민, 배우 박정민은 늘 그랬던 것 같습니다. 주인공일 때나 아닐 때나 본전 생각 없이 가진 것을 다 줘야 직성이 풀리는 남자. 오래전 영화 〈동주〉에서 윤동주 옆의 송몽규를 연기할 때처럼, 최근 영화 〈하얼빈〉에서 안중근 옆의 우덕순을 연기하는 그를 보며 저는 안도했습니다. 그의 그런 선택들을 보면 느껴지지요. 자기 중심을 벗어날 때마다 더 자유롭게 확장되는 박정민의 중심 잡기가. 인터뷰 이후에도 박정민의 성장은 눈부셨습니다. 책방은 접었지만 출판사 '무제'를 내서 단행본 시장에 뛰어들었고, 단편 영화를 연출했고, 유튜버 침착맨의 스트리머 크루의 일원으로 유튜브 플랫폼에서 시청자들을 만났습니다.

365일 중 360일을 버티는 마음으로 살고, 오로지 덜 불안하기 위해 끝없이 준비했다는 박정민…. 그에게서 탄생한 수많은 부캐를 응원합니다. 더불어 여러 그라운드에 자신을 던져놓고, 달라진 중력에 기민하게 대처하는 세상의 모든 의젓한 플레이어들을 응원합니다.

©장련성

당신은, 당신이 되고 싶은 사람이 되세요

정치인·기업가 플뢰르 펠르랭

"사회적 배경을 기준으로
자기 인생을 제한하지 않기를 바랍니다.
당신은 당신이 되고 싶은 사람이 되어야 합니다.
특별한 비법은 없어요.
다만 주위에 여러분을 믿어주는 사람이
분명 있을 거예요. 그 인연의 끈을 붙잡고
성취하고 싶은 것을 하세요.
기성 사회가 주입한 신념에 순종하지 말고,
능동적으로 삶 그 자체에 뛰어드세요."

정치인·기업가 플뢰르 펠르랭

플뢰르 펠르랭의 에세이《이기거나 혹은 즐기거나》의 첫 문장은 '나는 1974년 3월 1일 프랑스의 르부르제 공항 라운지에서 태어났다'로 시작한다. 그날은 생후 6개월 된 한국 아기가 프랑스에 처음 도착한 날이다. 프랑스인 어머니의 가슴에 처음 안긴 첫날은 눈이 내렸고, 그해 겨울은 유난히 추웠다고 그는 기록하고 있다. 그렇게 자연스럽게 그에게 '도착했다'는 '태어났다'와 동의어가 됐다.

40년이 지난 2013년, 펠르랭은 프랑스의 장관이 되어 인천 공항에 도착했다. '고아로 떠났다 장관으로 돌아온' 그를 한국 신문은 자랑스러운 '국민의 딸'로 대서특필했다. 기자들은 기대에 찬 얼굴로 그에게 마이크를 들이댔다.

"당신은 스스로 한국인이라고 느낍니까? 프랑스인이라고 느낍니까?"

"나는 뼛속까지 프랑스인입니다."

성공한 모든 이를 핏줄로 엮고 싶어 하는 한국인 특유의 정서를 흔드는 그의 쇼맨십 없는 대답은, 과거를 잊은 우리의 무례를 일깨웠다. 아시아인의 외모를 한 성공한 프랑스

여자. 그렇게 플뢰르 펠르랭과 김종숙의 과도한 퍼즐 맞추기는 멋쩍게 끝나는 듯했다.

2016년 공직에서 물러난 뒤 네이버와 함께하는 스타트업 투자회사 코렐리아 대표로 변신한 펠르랭의 행보를 나는 멀리서나마 지켜보았다. 한국과 프랑스의 경계를 뛰어넘듯 공공과 민간의 경계를 자연스럽게 점프하며 사는 그 꿋꿋한 균형 감각은 어디서 오는 걸까?

펠르랭의 자전 에세이《이기거나 혹은 즐기거나》는 국경을 넘어 버려졌던 아이가 어떻게 한 명의 성숙한 인간으로 통합되어 가는가를 보여주는 섬세한 심리 보고서이며, 동시에 동양인, 여성, 서민 출신의 한 여성이 다양한 허들을 넘어가며 프랑스 엘리트 사회로 진입하는 과정을 보여주는 생생한 사회 드라마다.

나는 마치 아니 에르노의 소설을 읽듯이 순식간에 이 치밀하고 우아한 서사에 빨려들어갔다. 자신을 백인이라 착각했던 아이는 장관이 되어서 '게이샤'라고 공격받는다. 서술자로서 그는 심리 밑바닥에 있던 수치심(잘못된 경로로 세상에 진입했다는)과 정당성이 없는 사람이라는 트라우마를 적정한 거리를 두고 바라본다. 그리고 천천히 단번에, 그 복잡다단한 정체성을 꿰는 드넓은 시야를 확보한다.

덕분에 그녀의 이야기는 특별한 성공 스토리에 머물지 않는다. '버려질지도 모른다'는 내적 불안과 더불어 온 힘을 다해 주류 공동체에 진입하고도 '자격이 없다'는 자괴감에 시달리는 세상의 모든 마이너리티를 보듬는 울림 있는 서사로 마음을 만진다.

플뢰르 펠르랭을 만났다. 그가 버려졌던 망원동 317번지는 이미 지도상에서 사라지고 없었다. 그는 생물학적 부모를 찾는 대신, 문화적으로 깊게 연결된 한국인 친구들과 그 골목을 찾아가 웃으며 점심을 먹었다.

︿

'나는 뼛속까지 프랑스인'이라던 당신의 과거 발언을 기억합니다. 이번 책(《이기거나 혹은 즐기거나》의 가제는 '마음은 한국인'이었다)은 오해를 풀기 위한 세심한 편지 같더군요.

(미소 지으며)그 워딩을 기억합니다. 그때는 제 속마음을 정확하게 설명하지 못했어요. 이제 이방인으로서가 아니라 소속된 사람으로 저를 제대로 설명하고 싶습니다.

> *그는 '프랑스 사람으로 느낀다'는 자신의 말에 마음 상한 한국인이 있다는 것을 지금은 이해한다고 했다. 고향과의 관계를 유전자가 아닌 사고와 지성으로 다시 회복 중이라고도 했다.*

책에서 '나는 프랑스의 르부르제 공항 라운지에서 태어났다'고 썼습니다. 그리고 부모님은 '태어났다'는 말 대신 '도착했다'는 표현을 썼다고요. '도착'이란 단어가 새삼 다르게 느껴졌어요.

버려진 채 발견된 저의 시작점은 아이가 받아들이기엔 너무 폭력적이었습니다. 정신적으로 안정된 어른이 되기 위해 저는 인생의 한 부분을 의식적으로 지워야 했죠. 그래서 부모님을 만났을 때를 저의 시작점으로 했습니다.
도착이라는 단어는 부모님이 썼습니다. '너의 출생' 대신 항상 '너의 도착'이라고 하셨죠. '공항에 네가 도착했을 때'라고요.

당신에겐 도착이 곧 출발인가요?
저에겐 모든 처음이 '도착'입니다.

'아이가 도착했다'는 말은 좀 더 쌍방향으로, 진취적으로 느껴집니다.
사실입니다. 내가 오는 것은 일방이 아니라 양방향이죠. 그게 매우 중요하고 아름다운 부분입니다.

'부모와 내가 만나 서로의 결핍을 채웠다'고 했어요. 놀라운 자의식입니다.
글쎄요. 자의식 이면의 무의식에는 부모가 채워줄 수 없는 근본적 결핍이 있었어요. 되돌려 보내질 수 있다는 공포감이죠. 입양아들은 쫓겨나지 않기 위해, 가족과 사회에 받아들여지기 위해 모든 에너지를 다 짜냅니다. 다행히 지금의 저는 인정받기 위해 성공을 추구하지는 않습니다. 안정된 뿌리, 평화, 밸런스를 찾았죠. 그래서 지금이 20~30대보다 더 좋습니다.

어떤 환경에서든 '오염 서사(결국 비참해질 거야)'가 아닌 '구원 서사(결국 잘될 거야)'를 선택했기에, 당신의 스토리는 보통 사람에게 영감을 줍니다. 구원 서사의 실마리는 어디서부터 시작되었나요?

어머니에게 좋은 영향을 받았습니다. 사람들에게 늘 '얘는 특별한 사람이 될 운명이야'라고 말씀하셨죠. 부모님의 서사에서 저는 '생존자'였고, 항상 동화 같은 해피 엔딩의 분위기를 느꼈어요. 하지만 아직도 저와 비슷한 서사로 시작해서 어두운 과정을 겪는 입양인들이 많습니다. 시간이 지날수록 자신의 시작점과 화합하지 못할 수도 있고요.

네 살 때 입양된 동생은 어떤가요?

1986년에 네 살 된 최정아라는 한국 여자아이가 우리에게 왔어요. 동생을 보며 애틋한 마음이 들었지요. '말 한마디 알아들을 수 없는 지구 반대편으로 온 아이의 심정은 어떨까?'. 다행히 어머니의 교육 덕분에 동생은 6개월 만에 프랑스어를 완벽하게 익혔습니다.

한국에서 4년을 살았던 동생은 88올림픽 때 한국을 응원했고, 저는 프랑스를 응원했던 게 기억나네요. 지금은 상황이 달라졌어요. 제가 한국 친구들이 더 많고, 한국을 제 삶의 일부로 받아들였죠. 동생도 그렇게 되길 바랍니다(웃음).

어린 시절에 자신을 백인으로 느꼈다는 고백에 놀랐습니다.

어머니는 늘 '너는 내 몸이고 내가 낳은 것 같은 딸이야'라고 말씀하셨어요. 그래서인지 저는 스스로를 백인으로 인식했습니다. 거울을 봐야 다르다는 걸 알았죠.

프랑스 사회는 다양한 인종이 모여 삽니다. 지하철에 앉아 있으면 북아프리카인과 백인들이 섞여 있죠. 사실 프랑스 사회는 이민자가 많아서 대놓고 차별하진 않습니다. 인도차이나에서 온 이민자들도 지식인이 많고, 아시아인은 근면하다는 긍정 평가도 많고요. 어찌 보면 저 또한 '다른 얼굴'을 갖고 있었기에, 이른 나이에 공직에 등용될 수 있었습니다.

플뢰르 펠르랭은 엘리트 코스인 에섹 경영대학, 파리정치대학, 국립행정학교를 나왔다. 그는 감사원을 거쳐 2012년, 사회당의 올랑드가 엘리제궁에 입성한 뒤 디지털 장관으로 임명됐다. 17명의 남성과 17명의 여성, 역사상 최초로 완벽한 성평등을 이룬 내각이었고 선출직을 경험하지 않은 사람은 펠르랭이 유일했다.

다양성과 양성평등이라는 정치적 과제와 잘 맞아 장관직에 발탁됐지만, 정치 생태계는 생각보다 거칠

었다. 한 주간지는 그에게 '게이샤'라는 성차별과 외국인 혐오 표현을 쓰기도 했다. 동등하게 대우받지 못했고, 계속해서 실력과 실적으로 정당성을 입증해야 한다는 압박에 시달렸다.

어떤 사건들이 있었습니까?

수많은 일들이 있었습니다. 2015년 문화부 장관을 할 때는 풍자 신문 〈샤를리 에브도〉가 테러범의 공격을 당했어요. 많은 목숨이 희생되고 애도의 시간을 보냈죠. 물론 즐거운 시간도 많았습니다. 하지만 정치인은 그 가족까지 24시간 노출되어 있어서, 이 일을 정말 좋아해야 할 수 있는 직업입니다. 그 점에서 저는 모든 정치인을 존경합니다.

4년 동안 장관으로서 어떤 정책을 펼쳐 나갔나요?

디지털 장관을 할 때는 넓은 범위의 프렌치 테크 활성화를 위해서 일했습니다. 휴대 전화 4G, 디지털 파이낸싱, 세금 제재 완화 등을 직접 결정했죠. 미·중의 테크 패권을 앞설 수는 없지만, 유럽과 아시아의 스타트업 연합군이면 가능하다고 생각했어요.

문화부 장관은 전임자가 있었기 때문에, 혁신 정책을 펼치기엔 기간이 짧았습니다. 페스티벌이나 미술관, 베르사유 궁전 보조금 등 매년 들어갈 굵직한 예산은 이미 정해져 있어서, 저는 서민들의 문화 접근성을 높이는 데 주력했죠. 문화 민주주의에 힘을 쏟았습니다.

당신이 겪은 계급 충돌, 가면 증후군, 계층 이탈자 같은 감정에 대해 이야기해 주겠어요? 당신은 피부색과 계층이라는 너무 많은 허들을 뛰어넘었습니다.

사실은 피부색보다 계층의 차이가 더 충격적이었어요. 특정 사회문화로 이동하면서 저는 가족과 멀어지는 기분을 느꼈습니다. 저와 비슷한 가난한 집 출신의 프랑스인들도, 사회문화적 계급이 올라가면서 집안을 배신한다는 감정이 듭니다. 부모님은 저의 성공을 응원하고 자랑스러워하지만, 저는 점점 그분들과 제가 좋아하는 책, 오페라, 클래식 등 지적인 고급문화를 공유할 수 없어지죠. 관계가 한정되는 슬픔이랄까요.

자유, 평등, 박애를 정치적 유산으로 갖고 있는 톨레랑스의 나라지만, 프랑스 사회는 어쩌면 더 계급적이라는 생각이 드네요. 어떻습니까?

맞아요. 예를 들어 프랑스의 그랑제콜은 한국의 수능 시험보다 경쟁이 치열합니다. 고등학교에서 어떤 계열을 선택하고 어떻게 효율적으로 시험을 준비할지 부모가 도와주지 않으면, 학생은 최적의 선택을 하기 힘들죠. 출신 계층에 따라 출발점이 달라질 수밖에 없어요.
한국의 서울대, 미국의 아이비리그에 특권 계층 출신들이 많은 것과 유사합니다. 그랑제콜 학생들도 대부분 좋은 집안 출신들입니다. 그렇지 않은 환경 출신들은 더 많은 노력을 해야 합니다. 보수적인 벽을 넘기 어려워요.

계층 이동의 어려움은 한국의 젊은이들도 겪고 있습니다. 금수저, 흙수저 논쟁에 세습 중산층 사회가 심화된다고요. 해법이 있을까요?
프랑스에서도 골드 스푼, 실버 스푼이라는 말을 씁니다. 도심 외곽이나 빈곤 지역에서 태어난 아이들은 백인 프랑스인들과 같은 기회를 가질 수 없어요. 그 문제로 열띤 토론을 하지만, 한방의 해결책은 없죠. 학교 시스템, 사회보조금, 이민정책 등등… 동등한 실력에 동등한 기회를 줄 방법이 없는지 영국, 프랑스도 비슷한 문제로 고민하고 있습니다.
개인적으로 저는 21세기 클럽의 대표로 활동하면서, 빈곤층 출신의 뛰어난 아이들에게 멘토링을 해왔어요. 차별이 일어나는 위기의 순간을 감지하고, 유리 천장을 깰 수 있도록 무슨 일이든 하려고 합니다.

당신 인생에 가장 큰 장애는 무엇이었나요?
계급을 이탈하는 과정에서 제 성격이 형성됐어요. 제 내면은 다양한 허들의 칵테일입니다. 부정적으로 몰아가면 경계성인격장애 상태가 됐을 거예요. 하지만 저는 이런 복잡성을 저의 장점으로 받아들였습니다. 나라 간의 이동, 인종 간의 이동, 계층 간의 이동… 평범한 가정에서 태어났으면 몰랐을 일들이지요.
결정적인 순간에, 이런 경험은 짐이 되기도 복이 되기도 합니다. 다행히 제가 다크한 길로 빠지지 않도록 부모님이 빈틈없는 사랑으로 저를 지켜주셨어요.

혹 '부유한 가정에 입양되었더라면'이라는 생각은 해본 적 없나요?
(강하게 손짓하며)아니오. 다른 상상은 해본 적이 있어요. 사랑이 없는 나쁜 부모를 만났으면 어떻게 되었을까? 공항에 입양아를 픽업하러 와서 맘에 안 든다고 돌려보내는 사람도 있거든요. 가정 폭력에 노출된 채 자란 입양인도 있고요. 슬픈 일이 많죠.
저는 수줍은 아이였는데, 부모님은 제게 무한신뢰를 보여주셨어요. 부모의 사랑과 신뢰는 부와 무관해요. 만약 부유한 부모가 제게 신뢰를 주지 않았다면, 저는 허들을 넘어서는 힘을 키우지 못했을 겁니다. 저에 대한 의심이 들 때마다 저는 부모님의 희망을 투사했어요. 나보다 나를 더 흔들림 없이 믿어주는 존재를요.

장관 펠르랭에서 벤처 캐피탈 대표로의 펠르랭, 그 변화는 만족스러운가요?

장관일 때는 정책 로드맵과 재원이 매우 어렵고 복잡했어요. 아시아인 외모의 젊은 여성으로서, 저는 좀 더 새롭고 현대적이면서 정직한 정치 스타일을 구현하려고 노력했지요. 때때로 정책 그 자체보다 동료의 모함이나 가십에서 자신을 보호해야 한다는 것도 배웠고요.

민간으로 돌아와서는 훨씬 더 자유로워졌습니다. 벤처 캐피탈을 설립한 이후 새로운 생태계와 만남에 눈을 떴어요. 디지털 장관으로 일할 때와 분야는 비슷하지만, 지적 호기심을 따라 신나게 일하고 있습니다. 유럽과 프랑스 회사가 한국에 잘 투자하도록, 그리고 한국의 기업이 유럽에 잘 안착하도록 돕는 데 보람을 느낍니다.

이제야 제대로 한국과 프랑스의 가교가 된 느낌이라고 했다.

가교가 당신 인생의 결정적 키워드로군요!

맞아요. 장관 시절에도 한불 수교 130주년을 기념하는 일에 함께했습니다.

그 외에도 연결자의 운명을 느낀 사례가 있나요?

문화부 장관 시절에 크리스토퍼 놀란 감독 부부를 만난 적이 있습니다. 원래 영화 〈덩케르크〉를 벨기에에서 촬영하기로 계획했었는데, 저의 설득으로 프랑스 덩케르크 지역에서 촬영했답니다. 프랑스에서 촬영할 경우 세금 혜택을 주는 법안을 제가 통과시켰거든요.
덩케르크는 제2차 세계대전 중 중요한 사건이 일어난 항구도시예요. 영화 촬영 덕분에 지역 경제가 살아나고 주민들이 정말 좋아했지요. 제가 좋아하는 봉준호, 박찬욱 감독도 프랑스에 와서 세금 혜택을 받으며 촬영하면 좋겠습니다(웃음).

경계인이라는 정체성이 당신에겐 축복이군요!
아마도요.

> *그는 '프라버블리, 메이비'라는 단어를 자주 썼다. 어떤 사실도 확정해서 가두기보다 끊임없이 다른 '가능성'을 열어두고 섬세하게 접속해가는 모습은 내가 만난 여성 리더들의 특징이다.*

'이기거나 혹은 즐기거나' 어느 쪽을 더 좋아하세요?
그 둘을 잇는 여정을 좋아합니다. 영화 〈괴물〉을 보면 양궁 선수로 나오는 배두나가 시합에 나가면 항상 2등을 해요. 실망하면서도 또 과녁 앞에서 활을 당기고 조준을 합니다. 영

"성공은 실력과 운의 칵테일이에요.
언제 어떤 식으로 발현될지 모릅니다.
그래서 저는 잘될 때나 안될 때나
그 여정을 함께하는 친구들을
소중하게 생각합니다.
친구가 있으면 즐길 수 있어요."

정치인·기업가 플뢰르 펠르랭

화 후반부에 가서 결정적 순간에 명중을 시키죠.
성공은 실력과 운의 칵테일이에요. 언제 어떤 식으로 발현될지 모릅니다. 그래서 저는 잘될 때나 안될 때나 그 여정을 함께하는 친구들을 소중하게 생각합니다. 친구가 있으면 즐길 수 있어요. 제 친구들은 믿지 않겠지만 저는 야심가가 아니랍니다. 살면서 명확한 목표조차 없었어요.

믿을 수 없군요!

어린아이였을 때나 청소년기에는 부모님을 만족시키기 위해서 애를 썼습니다. 그분들이 행복하길 바랐죠. 비즈니스 스쿨을 다녔고 정치학을 공부했고 정부 일을 했어요. 공공부문에 기여하고 싶은 마음은 있었지만, 어디서 무엇을 할지는 전혀 몰랐어요.
돌아보면 저 스스로가 인생의 핸들을 잡고 운전한 적이 없어요. 배를 타고 흘러온 느낌이에요. 지금까지 그랬어요. 그랬는데… 지금은 목표가 명확해졌습니다. 회사를 성장시키고 싶은 야심, 한국과 프랑스의 다리가 되고 싶다는 실질적인 목표가 생겼죠.

'내가 과거를 생각하지 않는다 해도 과거는 나를 생각한다'는 깨달음은 더 깊어졌나요?

과거가 나를 생각한 덕분에 제겐 가족처럼 소중한 한국 친구들이 생겼습니다. 그게 제 인생의 럭셔리지요.

당신이 버려졌던 그곳 '서울시 마포구 망원동 317번지'는 이제 아무런 의미가 없습니까?

그 주소를 네이버에 검색했더니, 존재하지 않는 곳이라고 나오더군요. 얼마 전 성지순례하듯 들뜬 마음으로 그 주변을 방문했습니다. 핫플레이스로 둘러싸인 세련된 동네에서 친구와 느긋하게 점심을 먹었죠. 특별한 기분은 들지 않았어요. 그 주소는 현실에도 제 내면에도 더 이상 의미가 없습니다.

2016년 공직에서 물러났을 때, 그는 코렐리아와 네이버 덕분에 많은 시간을 고향에서 보냈다. 40번 정도 한국을 방문하는 사이, 고향이라는 말이 입에 붙었다. 비무장지대, 설악산, 제주도 해안 길을 걷고 서예를 배우고 한복을 입고 가족사진을 찍었다. 지인이 생기고 술잔과 우정을 나누고, 삶의 의미에 대해 대화하고, 노래방에서 에디트 피아프의 〈후회하지 않아〉를 불렀다.

거만하게 들릴지도 모르지만, 제 인생에는 한국의 성장 서사가 겹쳐져 있습니다. 제가 입양 보내진 70년대 한국은 지정학적으로 경제적으로 고난의 시절이었지요. 지금은 경제

발전과 함께 놀라운 문화 콘텐츠로 전 세계에 영감을 주고 있고요. 제 운명은 한국의 운명과 비슷해요. 한국을 의인화 하면 제 모습이 될 것만 같습니다(웃음).

자신의 의지와 상관없이 벌어진 과거를 통합하는 당신의 방식은 너무나 정직하고 우아하기까지 합니다. 유전자와 운명, 문화적 재결합까지. 현명함은 어떻게 무르익습니까?

한국에서 만난 친구들을 생각해 보면, 현명함은 분석적인 두뇌보다는 사회적 지성이 아닐까 합니다. 정보를 수용하고 분석하는 능력만큼이나 주변 사람들의 고충과 불편을 감지해서 반응하는 한국인의 '눈치' '배려'가 최고의 현명함이겠지요.

시간이 지날수록 더 현명해지고 있나요?

저는 콤플렉스 덩어리였어요. 외모도 능력도 부족하다고 생각했고, 제가 성취한 것을 하찮게 여겼어요. 가면 증후군에 시달렸죠. 그래도 장점은 알고 있어요. 자기 객관화와 유머예요. 나에게 비판적 거리를 두고, 타인의 비판을 받아들이고, 활짝 웃을 때의 제가 맘에 듭니다.

힘든 시련을 견딜 수 있게 만드는 회복력은 우리를 복합적이고 정교한 사람으로 만든다고 했다.

"저는 콤플렉스 덩어리였어요.
외모도 능력도 부족하다고 생각했고,
제가 성취한 것을 하찮게 여겼어요.
가면 증후군에 시달렸죠. 그래도 장점은
알고 있어요. 자기 객관화와 유머예요.
나에게 비판적 거리를 두고, 타인의 비판을
받아들이고, 활짝 웃을 때의 제가
맘에 듭니다."

생부 생모에 대해서는 변화된 생각이 있으신지요?

(단호하게)없습니다. 생물학적 부모를 찾는 데는 전혀 관심이 없어요. 제 아이들도 알아요. 부모는 핏줄의 DNA보다 가치관, 신뢰, 지속적인 지지와 교육을 베푸는 사람이라는 걸. 뿌리를 찾는 사람도 존중하지만 저는 지금 제 선택이 좋습니다.

플뢰르 펠르랭과 대화하면서, 나는 그가 질감이 풍부한 사람이라고 느꼈다. 인터뷰하는 작은 북카페는 조도가 낮아, 테이블 너머로 그의 흰 얼굴이 어둠 속에 도드라졌다. 검은 눈동자와 붉은 입술에서는 웃음이 햇빛처럼 부서져 내렸다.

나는 그가 발견된 망원동 거리의 쓰레기통과 비행기의 아기 바구니, 공항, 그가 공부하던 그랑제콜과 엘리제궁 등을 머릿속에 그려보았다. 근본적으로 그는 한 번도 길을 잃어본 적이 없는 사람 같았다. 가교의 운명을 지닌 채 도착한 그에게 마지막 질문을 던졌다.

플뢰르 펠르랭 혹은 김종숙의 인생이 한국 젊은이들에게 어떤 영감을 줄 수 있을까요? 회복력 최강자인 당신의 조언을 부탁합니다.

(가만히 허공을 주시하다가)사회적 배경을 기준으로 자기 인생

을 제한하지 않기를 바랍니다. 당신은 당신이 되고 싶은 사람이 되어야 합니다. 특별한 비법은 없어요. 다만 주위에 여러분을 믿어주는 사람이 분명 있을 거예요. 그 인연의 끈을 붙잡고 성취하고 싶은 것을 하세요. 기성 사회가 주입한 신념에 순종하지 말고, 능동적으로 삶 그 자체에 뛰어드세요.

2022.11.12.

플뢰르 펠르랭의 의젓함, 도착한 사람

유년 시절, 저의 정체성은 전학생이었고, 각지를 떠돌아다녔습니다. 서울, 언양, 수원, 다시 서울, 울산… 그러는 사이 제게 동사의 이미지는 '떠났다' '버려졌다' '헤맸다'로 뿌리내렸습니다.

펠르랭을 인터뷰하고 나서 '도착했다'라는 동사의 상호성에 대해 생각했습니다. 수신인 없이 도착했던 '망원동 317번지'의 스산함은, 르부르제 공항 라운지의 따뜻한 수신인에 의해 잊혀졌습니다.

저 또한 그동안 '저의 도착'을 품어주었던 전국 곳곳의 알차고 순한 친구들의 얼굴을 떠올렸습니다. '도착의 순간들'이 늦지 않도록 때맞춰 불어주던 바람과 '도착했다'는 동사가 외롭지 않도록 문을 열고 의자를 내어주던 사람들과 자격을 묻기 전에 물 한 잔부터 건네는 먼저 도착한 사람들과… 그렇게 서로가 소중한 손님으로 수용하고 수용받으며 어찌어찌 살아왔네요.

인생의 8할은
잊어도 좋습니다

노년내과 의사 　가마타 미노루

"인간은 하루에 무려 3만 5천 번이나
결정을 내린다고 해요. 하나하나의 결정,
예를 들어 저녁으로 무엇을 먹을지,
퇴근 후 마트에 가서 무엇을 살지 등등.
그런데 그런 선택은 하루가 지나면
거의 잊어요. 잊어야 살 수 있습니다.
잊어야 기억할 수 있지요.
망각력을 높여가다 보면
지금까지 있었던 분노나 미움도, 혹은
방금 일어났던 화도 6초 만에 사라져요.
하룻밤 자고 나면 더 희미해지겠죠.
생각해 보면 잊는 힘 덕분에 여태껏 중요한
인간관계도 깨지지 않고 이어올 수 있었어요.
망각력이 마음을 가볍게 해주고,
삶을 긍정적으로 바꿔준 거죠."

노년내과 의사 가마타 미노루

도쿄 의과대학 노년내과 의사 가마타 미노루 선생이 쓴 《적당히 잊어버려도 좋은 나이입니다》를 읽었다. 인생 후반을 위한 현실적 생활 조언이 가득해서, 페이지를 넘길 때마다 무릎을 쳤다. 몇 년 전 인터뷰했던 니시나카 쓰토무 변호사의 《운을 읽는 변호사》의 두 번째 버전이 될 거라는 확신이 들었다.

1만 명의 의뢰인의 삶을 분석한 노 변호사가 '운의 좋고 나쁨은 도덕성이 결정한다'는 것을 발견했듯이, 50년간 환자의 뱃속을 들여다본 76세 노 의사는 '몸과 마음의 건강은 근육의 힘과 망각 능력에 달려있다'고 차근차근 증명해 낸다.

나이 들수록 친구는 없어도 괜찮다거나(동네 이웃들과 접점을 유지하는 걸로 충분하다), 콜레스테롤 수치는 잊고 달걀을 먹으라거나, 나이는 얼마든지 속여도 된다거나, 심지어 좋은 사람이 되려고 애쓰는 대신 햇볕을 쬐고 자연을 가까이하면 호르몬 분비가 늘어나 '좋은 사람이 되어있을 것'이라는 '유물론적' 조언은 당장 실천하고 싶을 만큼 유혹적이다.

예컨대 이런 식이다. "몸을 움직이면 심장 박동도 올라가고 체온도 상승합니다. 체온이 올라가면 행복 호르몬인 세로토닌, 쾌감 호르몬인 도파민, 성장 호르몬 분비도 촉진되지요. 행복은 단순해요. 몸을 움직여 심박수를 올리면 됩니다."

실제로 미노루 선생이 꾸준히 주도한 '애쓰지 않는 건강장수 실천' 캠페인으로 2022년 사가현의 여성 건강수명이 일본에서 가장 높게 나타났다. 허벅지 힘과 망각의 힘으로 행복하게 살 수 있다고 믿는 이 관록의 의사를 이메일과 구술을 오가며 인터뷰했다.

'적당히 잊어버려도 좋은 나이입니다'라고 했습니다. 잊는다니, 무엇을요?

저는 올해 76세, 아내는 74세입니다. 2남 2녀에, 손주는 넷입니다. 아내와 저는 둘이 생활하고 있는데 전자레인지를 돌려놓고 깜빡깜빡 잊어버립니다. 식사를 끝내고 나서야 거기에 음식이 있다는 것을 깨닫는 거죠. 그럴 때 우리 둘은 서로를 비난하기보다는 '망각력이 대단하다'며 함께 웃어넘깁니다. 곰곰이 생각해 보니, 잊어버려서 웃어넘길 수 있는 일들이 꽤 많더라고요.

잊는 것이 축복이라고 했다. 인공지능은 인간의 이런 망각력을 따라오지 못할 것이다.

망각에 어떤 유익이 있습니까?

케임브리지 대학의 바바라 사하키안 교수에 따르면, 인간은 무려 하루에 3만 5천 번이나 결정을 내린다고 합니다. 하나하나의 결정, 예를 들어 저녁으로 무엇을 먹을지, 퇴근 후 마트에 가서 무엇을 살지 등등. 그런데 그런 선택은 하루가 지나면 거의 잊어요. 잊어야 살 수 있습니다. 잊어야 기억할 수 있지요. 인공지능은 인간의 이런 망각력을 흉내조차 못 낼 겁니다.
망각력을 높여가다 보면 지금까지 있었던 분노나 미움도, 혹은 방금 일어났던 화도 6초 만에 사라집니다. 하룻밤 자고 나면 더 희미해지겠죠. 생각해 보면 잊는 힘 덕분에 여태껏 중요한 인간관계도 깨지지 않고 이어올 수 있었습니다. 망각력이 마음을 가볍게 해주고, 삶을 긍정적으로 바꿔준 거죠.

선생은 부모에게 버림받은 기억을 잊으셨다고요. 정말 괜찮으신가요?
한국 출신으로 프랑스에 입양된 한 여성과 대담을 한 적이 있습니다. 그가 묻더군요. 과거의 경험이 의사라는 직업에 어떻게 도움이 되었느냐고.
저는 원전 사고로 방사능에 오염된 지역에서 아이들을 구하는 활동을 104번이나 했고, 이라크 난민 캠프에 5개의 병원을 만들어 아이들의 생명을 구하기 위해 노력했습니다. 현재는 우크라이나를 탈출한 아이와 엄마를 돕는 활동을 하고 있고요.
부모에게 버림받은 과거가 있지만, 양부모에게 거두어져 새 삶을 얻었기에 베푸는 사람이 되고 싶었습니다. 저의 친아버지와 친어머니는 이혼하고 힘든 선택을 한 것 같아요. 그럼에도 모두들 살아가기 위해 최선을 다했다고 생각합니다. 나중에 친어머니의 무덤 앞에서 합장하고 '어머니, 낳아줘서 고맙습니다'라고 인사한 것은 제가 미움을 잊었기 때문입니다.

미움을 잊으셨군요!

친아버지는 저를 버렸습니다. 그리고 어느 가난한 부부가 저를 데려가서 구원을 받았죠. 부잣집 아들에 대한 부러움을 저는 양부모님을 통해 잊을 수 있었습니다. 잊는 힘은 정말 중요합니다.

인생의 8할은 정말 잊어도 좋은 것들입니까?

그렇습니다. 제가 열여덟 살 때 대학에 가고 싶다고 하자 양아버지는 '우리 집에는 돈이 없으니 일을 해야 한다'고 하셨어요. 저는 아버지를 설득했고, 아버지는 돈 대신 자유를 주겠다고 하셨죠. 수업료나 교과서 비용은 스스로 해결하라고요. 그리고 한 가지만 약속하라고 하시더군요. '우리처럼 가난한 사람이나 약한 사람을 잊지 말아라'.

그 후로 저는 분노와 질투 같은 인생의 중요하지 않은 80퍼센트의 일은 잊어버리고, 20퍼센트의 중요한 일을 기억하려고 노력하며 살아왔습니다. 지금도 아버지가 말씀하신 '약자를 잊지 말라'는 당부를 잊지 않으려고 의료지원을 계속 하고 있지요.

나를 나답게 만드는 것… 20%만 기억하고 나머지 80%는 흘려보내도 좋다고 했다. 가족과 밥 한 끼 할 수 있는 시간, 산책할 수 있는 체력, 책이나 음악을 즐길 수 있는 공간…. 이 정도면 충분하다고.

그럼에도 일을 해나가기 위한 '작업 기억력'은 중요하다고요. 말씀하신 두뇌 체조는 어떤 원리로 만들어진 건가요?

워킹 메모리(working memory), 일본어로는 작업 기억이라고 합니다. 작업 기억은 전전두엽에서 이뤄지는데, 이곳은 단기 기억의 중심이면서 동시에 감정 조절도 담당하고 있습니다. 전전두엽의 기능이 저하되면 화를 잘 내게 되지요. 자주 화내는 노인은 전전두엽의 기능이 떨어졌을 확률이 높습니다. 전전두엽을 단련하기 위해서는 근육을 움직이는 것이 중요합니다. 공부를 시작하기 전에 스쿼트를 한 청소년 그룹과 그렇지 않은 그룹을 비교해 보면, 스쿼트를 한 그룹이 공부 성과가 높다는 결과도 있지요.

작업 기억을 위해서는 두뇌 체조를 권합니다. 예를 들면 1부터 숫자를 세면서 5의 배수가 나올 때마다 끝말잇기를 하는 겁니다. 1 2 3 4 오렌지, 6 7 8 9 지하철, 11 12 13 14 철학자… 이렇게요.

우왕좌왕 갈팡질팡으로 뇌에 리듬을 주는 것이 목표라고 했다. 잘 잊는 것과 함께 이 관록의 의사가 주목하는 것은 바로 호르몬이다. 우리 몸과 마음이 결국 호르몬에 의해 좌우된다는 것.

50년 가까이 내과의사로 환자의 괴로움과 분노를 접해본 결과, '마음가짐을 바꾸려 애쓰는 것보다 호르몬을 조절하고 몸을 움직이는 게 낫다'는 결론을 내리셨습니다. 다른 의사들도 동의하나요?

저는 이를 '호르몬 우월주의'라고 하는데, 일본 내분비학회에서도 최근 이 용어를 사용하고 있습니다. 물론 삶의 방식을 철학서나 자기계발서로 바꿀 수 있는 사람도 있습니다. 하지만 대부분의 사람들이 그렇게 쉽게 행동 변화를 이루어내지 못합니다. 그런데 행복 호르몬인 세로토닌을 분비하기 위해, 도전 호르몬인 테스토스테론을 분비하기 위해, 예를 들어 발뒤꿈치를 땅에서 들어 올려 떨어뜨리거나 햇볕을 쬐는 것 정도는 누구나 할 수 있지 않나요?

자연을 가까이하고 햇볕을 쬐는 것만으로 행복 호르몬이 나온다고 했다.

"저는 분노와 질투 같은
인생의 중요하지 않은 80퍼센트의 일은
잊어버리고, 20퍼센트의 중요한 일을
기억하려고 노력하며 살아왔습니다.
지금도 아버지가 말씀하신
'약자를 잊지 말라'는 당부를 잊지 않으려고
의료지원을 계속하고 있지요."

좋은 사람이 되려고 애쓰기보다 세로토닌과 옥시토신을 늘리기 위한 습관을 들이면 '좋은 사람이 된다'는 말이 강력한 동기 부여가 되더군요.

행복 호르몬인 세로토닌이 부족하면 짜증이 많아지고 의욕이 떨어지며 불면증에 걸리기 쉽습니다. 가령 아이가 방에 틀어박혀 게임만 하고 햇볕을 쬐지 않으면 세로토닌 분비가 저하되고 행복감도 감소하죠. 이때 정신과에 가면 대개 세로토닌 약을 처방해 줍니다.

그런데 세로토닌은 체내에서 만들어지므로, 야채나 발효식품을 먹어 장내 환경을 개선하고, 햇볕을 쬐면 됩니다. 리드미컬하게 걸으며 '정말 맛있어' '참 예쁘네' 소리 내서 감동을 표현하는 것만으로 다량의 세로토닌이 나오지요. 가벼운 증상의 우울증 환자는 이런 생활 개선만으로도 치료할 수 있습니다.

유대감 호르몬이라고도 불리는 옥시토신은 반려동물인 고양이나 개를 쓰다듬어 줄 때도 분비됩니다. 손자를 안아줄 때 삶의 힘을 얻는 것도 같은 이유지요. 이웃을 다정하게 대접하는 행동도 옥시토신에 영향을 미칩니다. 남에게 도움을 주는 사람이 더 젊고 건강해 보이는 것도 옥시토신의 영향이 큽니다.

두 호르몬을 늘리는 습관만으로 타인에게도 나에게도

다정해질 수 있다고 했다. 약이 아니라 생활 방식의 작은 변화가 삶의 질을 완전히 새롭게 바꿔놓을 거라고.

그토록 중요한 세로토닌이 뇌보다 장에서 더 많이 만들어진다는 게 사실인가요? '장이 제2의 뇌일지도 모른다'는 말씀에서 요즘 유행하는 '마이크로바이옴'과 생체 네트워크 시스템을 생각했습니다. 뇌가 기뻐하는 생활, 장내 세균인 타인의 도움을 받는 생활이란 구체적으로 어떤 생활입니까?

우리 몸의 70%가 넘는 면역 세포가 장에 있습니다. 행복 호르몬인 세로토닌도 장에서 많이 만들어지고요. 똑같은 생활을 해도 감기에 걸리는 사람과 감기에 걸리지 않는 사람이 있는데, 이러한 자연 면역력의 차이도 장 건강의 영향이 크지요. 장 환경을 좋게 만들면 병에 잘 걸리지 않게 되고, 행복감도 높아집니다.

장이 좋아지면 뇌에 영향을 미쳐서 잠을 잘 자거나 인지 기능이 더 나아진다는 논문도 나오기 시작했습니다. 장에 가장 좋은 습관은 버섯, 해조류, 채소, 김치, 낫토, 치즈 등 먹는 것에 신경 쓰는 생활입니다.

예전부터 허벅지 근육의 중요성도 강조하셨지요? 허벅지에는 신경 쓰는 반면, 콜레스테롤, 체중, 혈압은 신경을 끄라는 말은 어떤 의도에서 나왔습니까?

허벅지 앞쪽 근육을 대퇴사두근이라고 합니다. 대퇴사두근은 인간의 근육 중 가장 큰 부피를 자랑합니다. 여기서 마이오카인이라는 근육 작용성 물질이 나오면 혈압과 혈당을 낮춰줍니다. 저는 외래 진료를 볼 때 당뇨병 환자들에게 스쿼트 운동을 지도합니다. 스쿼트 운동을 하면 혈당 수치가 정말 많이 내려갑니다. 혈압 조절이 잘 되는 분들도 많고요.
혈당이나 혈압 수치가 너무 높지 않다면 바로 약을 먹을 것이 아니라 운동을 하면서 하루에 350g의 채소를 먹기 위해 어떤 노력을 해야 하는지 알려줍니다.
최근 들어서는 콜레스테롤이 조금 높은 사람이 콜레스테롤이 낮은 사람보다 더 오래 산다는, '비만 패러독스'나 '콜레스테롤 패러독스'라는 것도 밝혀지고 있고요. 오히려 맛있는 것을 먹고 근육 운동을 열심히 하는 것이 중요합니다.

명의보다 나에게 좋은 의사를 찾으라는 조언에도 고개를 끄덕였습니다. 어떤 의사가 좋은 의사인가요?

좋은 의사는 환자의 이야기를 잘 들어줍니다. 알기 쉬운 말로 친절하게 설명해 줍니다. 약이나 검사보다 생활지도를 중요시합니다. 필요할 때는 전문의를 소개해 줍니다. 환자의 가족까지 생각해 줍니다. 다른 의사의 의견을 듣고 싶다는 환자의 희망에 흔쾌히 응해줍니다. 중병에 걸렸을 때도 숨기지 않고, 충격을 최소화할 수 있게 환자와 가족에게 진

"행복 호르몬인 세로토닌은 체내에서
만들어지므로, 장내 환경을 개선하고,
햇볕을 쬐면 됩니다. 리드미컬하게 걸으며
'정말 맛있어' '참 예쁘네' 소리 내서
감동을 표현하는 것만으로 다량의
세로토닌이 나오지요.
유대감 호르몬이라고도 불리는 옥시토신은
반려동물인 고양이나 개를 쓰다듬어 줄 때도
분비됩니다. 손자를 안아줄 때 삶의 힘을
얻는 것도 같은 이유지요. 이웃을 다정하게
대접하는 행동도 옥시토신에 영향을 미칩니다.
남에게 도움을 주는 사람이 더 젊고 건강해
보이는 것도 옥시토신의 영향이 큽니다"

노년내과 의사 가마타 미노루

실을 잘 알려줍니다. 이 7가지를 중요하게 생각합니다.

얼마 전에는 한국의 명문 의대를 졸업한 한 젊은 레지던트가 제가 있는 병원에 2년 동안 레지던트 수련을 받으러 왔답니다. 서로가 서로를 잘 돌보는 현장을 보고 배우고 싶다고요. 앞으로도 따뜻하고 능력 있는 의사들을 어떻게 키워낼지 많은 교수님들과 논의하고 있습니다.

가마타 미노루 선생은 지역 사회에서 유명한 의사다. 그가 장수 캠페인을 벌인 후, 사가현 여성 건강수명이 일본에서 최고 상승률을 기록했다는 뉴스는 오래도록 화제가 됐다. 50년 전에는 평균수명이 짧고 뇌졸중 환자도 많았던 나가노현도 미노루 선생이 의사로 부임한 후, 평균수명이 일본에서 가장 길어졌다.

뜬구름 잡지 않는 어른의 구체적 조언은 보통 사람의 생활 구석구석에 스며든다.

'마흔 넘어 아르바이트만 전전하는 아들 때문에 괴롭다'는 고민 상담을 받고, 정답이 없는 문제를 다룰 때는 '재고조사'와 '보류' 기법을 사용하라고 했습니다. 무슨 뜻인가요?

재고조사는 꼼꼼한 현실 파악입니다. 자립을 가로막는 원인을 찾는 거죠. 하지만 정말 해결하기 어려운 문제는 미루어 두는 것도 좋습니다. 아들도 어떻게든 하고 싶어 할 것이고,

부모도 어떻게든 하고 싶어 할 것입니다. 결국 서로 부딪히게 되지요. 일단 보류하고 아들이 맥주를 좋아한다면 함께 펍에 가거나, 축구를 좋아한다면 함께 경기를 보러 가세요. 같이 시간을 보내다 보면 사태를 깨닫고 힘든 상황에서 벗어날 기회가 생깁니다.

재해 지역을 찾아가서 슬픔에 빠진 사람들에게 스테이크를 대접한다는 대목에서는 고개를 갸웃했어요. 언뜻 이해되지 않습니다.

피해 지역에는 주먹밥이나 과자, 빵들을 전달하는 경우가 많습니다. 그럴 때 닭고기 꼬치나 스테이크 덮밥 같은 것이 나오면 다들 웃으며 다시 한번 살아보겠다는 표정을 짓습니다. 아주 조금이면 충분하죠.

힘든 일이 있을 때뿐만 아니라 평범한 일상에서도 하기 싫은 일이 반복될 때, 가족이나 지인과 함께 맛있는 것을 먹으러 가면 조금 안도하고 조금 웃고 조금 더 즐겁게 그 시간을 보낼 수 있습니다. 웃음과 운동, 단백질 보충 같은 것이 살아가는 데 꽤 긴요한 기술인 거죠.

책에서 식도암을 앓던 72세 환자 유키오 씨가 죽음을 준비하는 과정도 참 좋았습니다. 곁에서 지켜보며 어떤 감정이 들었나요?

유키오 씨는 가난했지만, 마지막에 수중에 남은 2만 엔(한화 18만 원)으로 무언가 도움을 주고 싶어 했습니다. 그때 완화 병동의 환자 한 분이 '죽기 전에 멜론을 먹고 싶다'고 했고, 병원에서는 유키오 씨가 기부한 돈으로 멜론 파티를 열어 주었습니다.

파티가 열리자 유키오 씨는 한없이 행복한 표정을 지었습니다. 자신이 하는 일이 남에게 도움이 된다는 데서 살아온 의미를 본 것 같았죠. 힘든 삶이었지만 마지막 반전으로 좋은 인생을 살았다고 생각하며 죽어갔습니다.

키워주신 아버지는 간암으로 돌아가시기 전까지 매일 빗자루로 거리를 청소하셨다고요. 면도, 양치질, 거리 청소, 불꽃놀이를 보는 것… 죽기 전까지 좋은 루틴을 유지하는 게 왜 그렇게 중요한가요?

스스로 할 일을 하는 것이 마지막까지 자기다움을 잃지 않는 방법이죠. 기독교인이셨고 누군가를 위해 봉사하고 있다는 점에서 마을 청소는 아버지에게 삶의 보람이었던 것 같습니다. 삶의 보람이 있는 사람은 병이 있더라도 아름답게 자기 인생의 막을 내릴 수 있습니다.

'우리 세대의 의료비와 돌봄도 걱정이지만, 그 문제는 잠시 미뤄두고 다음 세대에 힘을 보탤 수 있는 존재가 되고 싶다'

는 선생님의 마음을 누구나 가질 수 있을까요? 사회의 할머니, 할아버지가 된다는 건 어떤 모습인가요?

후쿠시마에서 혼자 살며 녹내장으로 두 눈 모두 실명하신 분이 제 강연에 오신 적이 있습니다. 자원봉사자가 그녀의 휠체어를 밀어주었지요. 그분은 결혼도 안 하셨고 아이도 없었어요. 그는 자신이 사는 집을 지역 장애인의 사회 복귀를 위한 아파트로 개조해서 써달라고 하셨습니다. 가지고 있는 돈은 지역 복지법인에 기부하셨고요. 그 돈으로 젊고 착한 생명들을 잘 살려주면 좋겠다는 것이 그분의 소망이었지요.

노년에 심부전증이 생겼는데 다음 세대를 생각해서 모든 준비를 마친 후, 추가 수술은 하지 않겠다고 스스로 결정하고 조용히 멋지게 가셨습니다. 다음 세대를 생각함으로써 자기 자신이 구원받는다는 것을 이미 알고 계신 것 같았어요.

'우리 몸속에는 거듭날 수 있는 시스템이 숨어 있다'고 하셨지요. '몸은 당신의 결단을 기다린다'고요. 확신합니까?

그럼요. 자신 있게 말할 수 있습니다. 내 인생도, 내 몸도, 내가 주인공이 되어 결정을 내리는 것을 기다립니다.

무엇을 할 때 가장 즐거우신가요?

도움이 필요한 사람을 응원하러 갈 때, 맛있는 것을 먹을 때 즐겁습니다. 겨울에 스키를 탈 때도 즐겁고요. 이제 몇 년 후면 더 이상 스키를 탈 수 없을 테니, 그 전에 열심히 근력을 다지고 좋아하는 것을 조금이라도 더 즐기려고 노력 중입니다.

마지막으로 '나이듦'을 염려하는 보통의 한국인들을 위해 조언을 부탁드립니다.

저는 나이 들어 백내장 수술도 했고, 귀가 잘 들리지 않아 보청기도 사용합니다. 하지만 내려가는 것을 두려워하지 않으면서 활력이 생겼어요. 나이듦을 두려워하는 것은 아무 소용이 없습니다. 그 속에서 자신만의 즐거움을 빨리 찾아내야 합니다. 한국인들이 좀 더 활기차고 재밌게 살기를 기도합니다.

좋은 의사로 실질적인 조언을 해온 그가 책에서 좋은 환자의 조건으로 덧붙인 대목에서, 나는 포복절도했다. "아직 살아 있는데 의사가 '임종하셨습니다'라고 하면 죽은 척해 준다."고

의사의 실수를 잠시 눈감아주다 "나, 아직 안 죽었는데" 하며 실눈을 뜨면, 놀란 가운데 병실이 웃음바다가 되지 않겠느냐고.

농담 속에 진실이 있었다. 환자도 가족도 의사도 쓸데없는 힘을 빼고 죽음을 맞을 수 있다면 그거야말로 평온한 이별이 아니겠느냐고. 잘 잊고 잘 먹고 잘 걷

고 잘 돕다가 마침내… 곁에 있으니 염려 말라고 말해 주는 좋은 의사 앞에서, 그런 역할을 하게 해주는 좋은 환자가 되어보는 것도 괜찮다고, 미노루 선생은 웃으며 독려한다.

2024.08.16.

가마타 미노루의 의젓함, 호르몬의 기적

가마타 미노루 선생의 인터뷰는 많은 독자들에게 좋은 영향을 끼쳤습니다. 저 또한 아침 산책을 하면서 미노루 선생을 생각합니다. 요즘은 문이 열리기 전 아무도 없는 엘리베이터 앞에서, 뜨거운 물을 기다리는 정수기 앞에서 막간을 이용해 스쿼트를 합니다. 햇빛을 보고 강가를 걷고, 혼밥 점심에 스테이크를 굽고, 잠깐 스쿼트 몇 개를 하는 것만으로도 좋은 인생을 살 수 있다면 마다할 이유가 없지요. 좋은 사람이 되려고 애쓰기보다 '햇빛 속을 걸으라'는 말은 양희은 선생의 조언도 맥을 같이 합니다. 걷다가 돌아오는 길엔 조금 더 나은 사람이 되어있을 거라는 말은, 허공 속의 빈 말이 아니라 호르몬의 구체적인 선물입니다.

"정말 맛있어" "참 예쁘네" 감동을 표현하는 것만으로 행복 호르몬 세로토닌이 쌓이고, 반려동물을 쓰다듬는 것만으로 유대감 호르몬 옥시토신이 나온다면, 그렇게 흘러넘치는 '다정'을 타인에게 두루 선물할 수 있다면, 얼마나 남는 장사입니까.

너무 잘하려고
애쓰지 마세요

시인 나태주

©나태주

"세상이 번쩍거려 보여도
다 별거 없어요. 만족 못 하고 비교하면
너도나도 별수 없어요. 너무 잘하는 거
잘 되는 거 찾아 헤매지 마세요.
좋아하는 거 있으면, 그거 하세요.
보여주려는 마음이 앞서면
자존심 상하고 상처만 입어요.
좋아하는 거 하면, 하다가 그만둬도
상처받지 않아요. 자존감이 남으니까요"

시인 나태주

/

공주에 갔다. 아무런 연고도 없는 도시. 기차를 타고. 풀꽃문학관에 있는 나태주 시인을 만나기 위해서다. 종이책이 고전하는 시대, 몰락한 귀족처럼 시인의 설 자리조차 좁아지는 시대에, 나태주라는 이름이 지닌 '번식력'이 놀랍고 희귀해서다.

풀꽃문학관은 기차역에서 택시로 한참을 들어간 공주 구도심 산 밑에 있었다. 시골 간이역처럼 작고 정다운 얼굴을 하고, 호랑나비가 가는 비를 피해 들꽃 사이를 날아다녔고, 처마 밑 부삽 위엔 빗방울이 고여 동심원을 만들었다. 마당엔 아무 꽃이나 와서 핀다고 했다.

쇠똥구리가 굴려 온 공처럼, 둥근 얼굴로 그가 미소 지으며 들어왔다. 억지 부리지 않고 착실하게 길 따라 잘 굴러온 것 같은 온유한 인상이었다. 매번 떨어지는 바위를 지고 벼랑을 오르는 시시포스처럼, 울분으로 가팔라진 내 얼굴과 비교되었다.

'오래 보아야 사랑스럽다
자세히 보아야 예쁘다
너도 그렇다'

2012년 광화문 교보 빌딩에 걸린 시 〈풀꽃〉은 그가 교장 하던 시절에 아이들을 보며 쓴 시다. 풀꽃이 거름이 되어, 청년들이 모여 사는 SNS 들판에 몇 년 내내 나태주의 시꽃이 무성하게 피어났다. 40권이 넘는 창작 시집을 냈으나 무명이었던 그는, 일흔이 넘어서야 내는 책마다 베스트셀러를 만드는 국민 시인이 되었다.

여든 살의 노인은 어떻게 MZ 세대가 열광하는 소통의 아이콘이 되었을까?
나태주는 소통과 공감이 대단한 게 아니라고 했다. '두렵냐? 나도 두렵다'고 먼저 고백하는 일, 그럼에도 '꽃을 보듯 너를 본다'고, '너무 잘하려고 애쓰지 마라'고, 울고 싶은 군중을 '너'라고 애틋하게 불러주는 일이라고.
그러면서 그는 '유명한 시인이 아니라 유용한 시인이 되고 싶다'고 했다. 시인은 서비스맨, 희극배우라고.

요즘엔 모두가 유명해지길 바랍니다.

늙은이도 젊은이도 사람을 기다려요. 오래 기다리지 못해 유명세를 찾아 나서죠. 젊은이는 유명세를 찾아 나서도 괜찮아요. 하지만 늙은이는 안 돼. 노인은 있던 자리도 내려놓고 양보하고 비워줘야 해요. 그걸 못하면 노추고 노욕이에요. 늙을수록 실수를 만회할 기회도 사라져요.

선생은 70대에 이르러 유명세를 누리고 있지 않습니까?

그건 내 힘이 아니라 독자의 힘이에요. 자력이 아니라 타력이었어요. 천명은 하늘에서 수직으로 주어진 명이고, 인기는 자기 노력으로 들어온 인간의 세운이죠. 수직과 수평이 만나야 베스트셀러가 나옵니다.

저는 무명 시인이었어요. 그런데 어느 날 광화문 교보 빌딩에 걸린 '오래 보아야 사랑스럽다, 자세히 보아야 예쁘다, 너도 그렇다'란 시 구절이 사람들 마음을 움직인 거예요. 그 5~6년 사이에 세상의 흐름도 바뀌었어요. 집단에서 개인 담론으로. 그전에는 출판사에 책을 내달라고 해도 안 내줬어요.

첫 시집은 서울에 있는 출판사에서 내고 싶었으나 머리 둘 곳이 없어, 자비로 700부를 발간했다고 했다. 제작비 16만 원, 쌀 열 가마니 값은 아버지가 농협에서 빌려줘서 할부로 갚았다. 기차로 운송된 첫 책은 어머니가 사주셨다. 책값은 700원. 애처로운 시절이었다.

지금 그의 책은 나오는 것마다 베스트셀러다. BTS 제이홉이 추천했던 〈꽃을 보듯 너를 본다〉는 중국, 대만, 인도네시아 등으로 70만 부가 넘게 팔렸고, 〈너무 잘하려고 애쓰지 마라〉도 순항 중이다. 계절마다 '나태주'의 이름을 달고 나오는 책들이 차고 넘치는데도 청년들은 왜 질리지도 않고 그의 언어에 빠져드는 걸까?

어떻게 늘 젊은 기세를 유지하세요?

저는 30대 젊은 편집자의 말을 잘 듣습니다. 시키는 대로 다 해요. 거부를 안 하죠(웃음). 제 책은 떫고 서툰 것 같은 젊은 여성과 노인이 함께 만든 거예요. 노인이 만든 책은 멋은 있을지 몰라도 안 팔려요. 나는 편집자를 존중합니다. 우리 집 사람은 내 마음속의 쓰레기통을 모르지만, 편집자는 알잖아요. 그래서 편집자가 남 같지 않습니다.

어떤 글이 널리 읽히는 걸까요?

핵심은 감정이에요. 마크 로스코의 그림을 보면 놀랍잖아요. 감정을 직면하면 그림에 시가 있고, 시에 그림이 있어요. 바탕은 음악이지만, 표현은 이미지로 나오니까. 윤동주도 김소월도 폼 잡지 않고 감정을 썼어요. 반면 백석은 이국정서가 강했고, 박목월은 너무 높이 올라가서 읽히지 않았죠.

항상 대중의 눈높이를 생각하시나요?

그럼요. 너무 높이 올라가도 너무 깊이 내려가도 안 돼요. 접근할 수 있는 만큼만 표현해요. 그 눈높이를 가장 잘 맞춘 사람이 윤동주, 김소월이에요. 잘난 척 거룩한 척하면 큰일 나요. 다 도망가 버려요. 허허.

그래서 내 시는 시인들이 높이 평가하지 않아요. '저런 것도 시냐?'고 대놓고 말하고 싶을 거예요. '저 촌놈은 초등학교 교사만 오래 했고, 이론적인 공부도 덜 됐고, 본성이 철이 덜 들었어' 하는 거지. 그런 거 일절 따지지 않아요. 나는 불한당이거든. 불한당은 땀을 안 흘리는 사람이라는 뜻이에요. 독한 놈이지. 하하.

불한당 나태주가 크게 웃음을 터뜨리는 모습을, 나는 땀 흘리며 바라보았다.

나태주의 시는 품이 넓고 그늘이 시원해서 잦은 좌절에 식은땀을 흘리는 젊은이들이 쉬기에 좋았다. 그는 가파르고 고매한 시어로 높은 건축물을 짓지 않고,

보통의 청년들이 SNS 저잣거리에서 쓰는 말을 곱게 접어 순하고 정직한 시로 내놓았다.

'저런 것이 시가 되는 이유'는 못나고 모난 '저런 것들'에 대한 나태주의 애틋한 마음 때문이었다. 갑남을녀 중 하나인 나를 한없이 어여삐 보는 눈길 때문이다. 타인을 향한 가장 심오한 마음인 '친절'이 그의 생활에 소금 간처럼 배어있기 때문이다.

누구를 위해 시를 쓰십니까?

나는 남을 위해 시를 써요. 시인은 희극배우예요. 속으로 울어도 겉으로는 웃어요. 속에 상처가 있고 자기가 형편없이 느껴져도 다른 것으로 풀죠. 독자들은 힘이 드니, 나한테 뭐든 달라고 해요. 유쾌함, 아름다움, 소망 같은 것들. 시인은 그런 게 없어도 만들어서 줘야 해요.

(모자를 가리키며)가령 이 모자 같은 거예요. 나는 모자도 남을 위해 쓰거든요. 모자도 시도 남 좋으라고 쓰는 거죠. 하하. 나는 남 위해 쓰는 모자는 30~40개가 넘는데, 신발은 없어요. 검정 운동화 이거 한 켤레예요.

돈은 벌어서 다 어디에 쓰세요?

남 주는 데 써요. 단체나 남한테 주죠. 그런데 갈수록 잘 나눠주는 것도 쉽지 않아요. 사실 나는 궁해요(웃음). 우리 집도 8천만 원이에요. 그래도 살 만하죠. 풀꽃문학관 아래 집필실도 하나 구했고요. 시인은 평생 서비스맨으로 살아야 해요.

본질은 서비스업이로군요!

그렇지요. 감정의 서비스맨. 그런데 그렇게 노력하지도 않으면서 독자가 떠나면 시를 멀리한다고 세상을 한탄해요. 아낌없이 줘야 해요. 우리 집 앞에는 일주일이 멀다 하고 과일 바구니, 떡 바구니가 와요. 독자들이 고마움을 그렇게 돌려줘요. 그 바람에 우리 집사람 김성예가 좋아하지. 허허.

연을 맺은 연예인들이 많지요?

(미소 지으며)소녀시대 태연, 박보검, BTS 제이홉, 임영웅, 유재석, 이종석 같은 분들이 많이 읊어줬어요. 걸스데이 출신 배우 유라와는 시화집도 냈고, 이종석과도 책을 냈어요. 임영웅은 단독 리사이틀에서 〈들길을 걸으며〉를 낭송했고요. BTS의 노래 〈작은 것들을 위한 시〉로는 제가 노래산문집도 냈어요.

시인은 고독을 자처한 사람으로 알았는데, 떠들썩한 시장 한가운데 계십니다.

내 시의 기본이 너와 나의 이야기예요. 약한 건 마이너스가

"나는 남을 위해 시를 써요.
시인은 희극배우예요. 속으로 울어도
겉으로는 웃어요. 속에 상처가 있고
자기가 형편없이 느껴져도 다른 것으로 풀죠.
독자들은 힘이 드니, 나한테 뭐든 달라고
해요. 유쾌함, 아름다움, 소망 같은 것들.
시인은 그런 게 없어도 만들어서 줘야 해요.
가령 이 모자 같은 거예요.
나는 모자도 남을 위해 쓰거든요.
모자도 시도 남 좋으라고 쓰는 거죠. 하하.
나는 남 위해 쓰는 모자는 30~40개가
넘는데, 신발은 없어요.
검정 운동화 이거 한 켤레예요."

아니에요. 나 혼자 자력갱생이 안 되니 네가 필요하다는 호소죠. 사회학적으로 자력과 타력! 제 시의 주제는 한결같았어요. '내가 할 수 있는 데까지 잘할 테니, 너도 나한테 잘해라'. 담론이 거대했던 운동권 시대는 그런 이야기를 시로 못했어요. 그런데 큰 이야기로 노벨상 고대하던 K 시인도 거대 담론이 깨지는 순간 공중분해 됐잖아요.

상은 너무 욕심내면 안 된다고 했다.

폭탄 만든 사람이 미안해서 주는 상이 노벨상이잖아요. 안달복달할 일이 뭐가 있어요. 밥 딜런은 공연 중에 노벨상 수상 소식이 화면에 뜨니까 '내려라! 지금은 노래할 시간'이라고 노여워했어요. 귄터 그라스도 치과에서 피 흘리다 전화 받고 '어어' 하며 대수롭지 않게 넘겼죠. 명예, 돈, 사람은 기다리면 오지 않아요.

그럼 언제 옵니까? 돈, 명예, 사람은.
어느 날 갑자기 오죠. 안 오는 건 내 몫이 아니에요.

시인은 돈과 권력을 가까이하면 안 된다고 했다. 그 자신, 값비싼 물건은 보기만 해도 불편하다고.

가난한 작가들에게 힘을 실어주기 위해 그가 자비

로 시작한 문학상(풀꽃문학상, 해외풀꽃시인상, 공주문학상, 신석초문학상)이 이미 여럿이다. 근근이 살림 꾸리느라 앓는 소리 하는 지방의 문학단체, 공주 풀꽃문학관도 그의 수중에서 밑천이 나갔다. 인터뷰 중에도 빗길을 뚫고 찾아온 지인이 기어이 책을 상자째 들고 그와 내가 있는 제민천 앞 찻집으로 찾아왔다.

처마 밑에서 비를 피하는 한 사람 한 사람을 나태주는 공들여 소개했다.

찻집을 나와 다시 산 아래 풀꽃문학관에 오르기 위해 다리를 건너갔다. 검은 우산에 불룩한 배낭, 닳은 운동화를 신은 키 작은 노인이 사뿐사뿐 앞장서 걸었다. 여기저기 나태주의 시와 그림이 골목길 담벼락마다 가득했다. 늙은 공주는 풀꽃 시인 나태주의 도시로 젊어졌다. 개천을 내려다보며 그가 말했다.

나는 청둥오리 발밑에서 물고기 잡으러 다니며 컸어요. 지금도 저 오리들이 나는 너무 재밌어요. 사람이 지나가니 긴장한 오리들이 꼼짝도 하지 않잖아요. 여전히 신기해요. 물속의 물고기가 흰 구름 사이로 지나가도 왜 흰 구름은 부서지지 않는지. 세상은 이렇게 아름다운데, 사람은 왜 이리 안타까운지. 만나지 못해 아파하고 만나서 미워하는지.

선생 안에서 아이다움과 어른다움은 어떻게 조화를 이룹니까?

나는 늙은 아이예요. 시를 쓰려고 늙은 아이가 되었어요. 그런데 아이 늙은이는 곤란해요. 젊은 꼰대는 매우 위험해. 지금 70~80대 꼰대는 30~40대부터 꼰대였어요. 정치 뉴스에 빠진 노인들을 보세요. 편향이 갈수록 심해져서 반 실성한 상태예요.

좋은 본은 김수환 추기경이 보여줬어요. 그분은 석굴암의 대불을 보면 가슴이 뜨거워진다고 했죠. 솔직했고, 두려움을 그대로 나타냈어요. 그랬기에 명동성당에 전투경찰이 치고 들어올 때 '나를 밟고 가라'고 할 수 있었어요.

솔직함이 두려움을 이기는 '선방'인지요?

영화 〈명량〉을 보면 이순신 장군이 그러잖아요. "두렵냐? 나도 두렵다. 이 두려움을 용기로 바꿀 수만 있다면…." 누군가 그 말을 해줄 때 신비가 일어나요. '두렵냐? 나도 두렵다' '힘들지요? 나도 힘들어요'. 나한테는 그게 시예요. 이 힘듦을 너와 내가 조금만 더 편안하게 바꿀 수만 있다면.

시를 쓸 때는 쓱 가볍게 쓴다고 했다. 오히려 대중 앞에서 말해야 할 때 신중하게 탐색한다고.

불특정 다수를 향해 말을 한다는 건 에너지가 많이 드는 일인

데요. 대중 강연이 버겁지 않은지요?

강연할 때는 말하는 나와 생각하는 내가 분리되어 머리가 막 돌아가요. 청중이 80명 정도일 때, 청중이 한눈에 잡혀서 좋아요. 10명은 너무 사적인 사이가 되어서 두렵고, 150명 정도는 너무 멀어서 애매해요. 30~40명은 되어야 서로 좀 꿈지럭거릴 수 있지요. 환하게 보이면서 딴짓도 좀 해도 되는… 그런 강연에서 저는 에너지를 많이 받아요.

말할 수 없는 것, 쓸 수 없는 것들은 무엇인가요?

기계나 육식동물은 못 써요. 가로수, 가로등, 버스 정도는 쓰는데 지나친 물질문명은 쓰기 어려워요. 사자도 못 써요. 고양이, 염소, 닭, 비둘기는 쓸 수 있죠. 내 시에 하이에나가 딱 한 번 나와요. 서울 문인들 욕 좀 하려고 썼어요(웃음). 딸에게 '너는 서울 하이에나 되지 말아라'는 문장이 나오죠.

기초는 어떻게 닦았습니까?

젊을 때는 박목월 선생에게 배웠어요. 1971년 신춘문예로 등단했을 때 〈소곡풍〉이라는 시를 목월 선생이 〈대숲 아래서〉로 바꿔주셨죠. 서정주 선생의 시는 블랙홀 같은 서정의 매력이 있어요. 끈끈이주걱 같은 사람이었죠. 윤동주 선생은 나이 먹을수록 더 좋아져요. 젊은 사람이 어떻게 그 정도로 큰지, 무서울 정도예요.

'내를 건너서 숲으로/고개를 넘어서 마을로/어제도 가고 오늘도 갈/나의 길 새로운 길/민들레가 피고 까치가 날고/아가씨가 지나고 바람이 일고/나의 길은 언제나 새로운 길/오늘도… 내일도… '

김소월 선생은 애당초 넘을 수 없는 산이었어요. 언어의 리듬과 상생력을 보면, 한국말에 기적 같은 존재죠.

'산에는 꽃 피네/꽃이 피네/갈 봄 여름 없이/꽃이 피네
산에/산에/피는 꽃은/저만치 혼자서 피어 있네…'

이것이 정말 사람의 말일까, 얼이 쏙 빠져요. 요즘 말로 '약 빨고' 쓴 미친 사람인 거죠. 하하.

숨기는 것도 없고 부끄러운 것도 없는 어른의 말은 앞뒤의 어긋남이 없어 편안하고 향기로웠다. 동석한 내내 결들여진 다과처럼 단 웃음이 배급됐다.

나이 들면 저도 선생님처럼 남을 좀 웃길 수 있을까요?
개그맨 같죠? 하하. 그런데 나이 들어서 웃기는 게 아니라 은혜를 받아야 웃길 수 있어요. 한 번쯤 죽었다 살아나야 해요. 송해 선생이 그랬잖아요. '땡을 맞아봐야 딩동댕의 가치

"영화 〈명량〉을 보면 이순신 장군이
그러잖아요. '두렵냐? 나도 두렵다.
이 두려움을 용기로 바꿀 수만 있다면…'.
누군가 그 말을 해줄 때 신비가 일어나요.
'두렵냐? 나도 두렵다'
'힘들지요? 나도 힘들어요'
나한테는 그게 시예요.
이 힘듦을 너와 내가 조금만 더
편안하게 바꿀 수만 있다면."

를 안다'고. 마이너 없는 메이저 없어요. 고통 없는 웃음이 어디 있어요. 그래서 살아날 보장이 있다면 젊어서 한 번쯤 죽을병에 걸려보는 것도 나쁘지 않은 것 같아요. 62살 때 나는 쓸개가 터져서 뱃속이 다 썩었어요. 10만 명 중 한 명 정도 살아날 병이었는데, 명의를 만나 살았어요. 그후에 《너와 함께라면 인생도 여행이다》라는 시집에 이런 말을 썼어요.

> '버림받은 마음일 때에만 들리는 소리가 있다/힘들고 지치고 고달픈 날들/너도 부디 나와 함께/인생은 '고행'이 아니라/여행이라고 생각해 주면 좋겠구나'

고행을 여행으로 바꾸는 작은 정성에 독자들은 감동하고 지지를 보낸다고 했다.

최근에 나온 시집 《너무 잘하려고 애쓰지 마라》도 제목 그 자체의 울림이 크더군요.

말 한마디에 천 냥 빚을 갚는다고 하죠. 제목은 세운과 관계가 있어요. 사람들은 하고 싶은 대로 해요. 오고 싶은 대로 오죠. 방금도 풀꽃문학관에 누가 수박 갖다 놓았다고 전화가 왔어요.

시는 풀죽은 사람을 일으켜요. 정호승, 안도현, 김용택, 도종환… 시대와 소통했던 시인들이 다 그랬어요. 그런데 시가 끝까지 살아남으려면 결국 시인의 삶의 뿌리가 튼튼해야 해요. 그래야 당장은 시들해도 나중에 새 꽃을 피울 수 있어요.

돈 벌어서 문화 사업하는 곳에 나눠주는 것도 시인들이 있어 우리 사회의 뿌리가 튼튼해지길 바라기 때문이라고 했다. 자녀에게 돈을 물려주면 서로 분쟁만 일어나니, 번 돈은 사회에 다 뿌리고 가겠다고.

인스타그램, 풀꽃문학관, 강연 등 시대에 최적화된 브랜딩을 부러워하던 사람들, '시 같지도 않은 시 써서 책만 많이 판다'고 그를 불편해하는 사람들에게도 그는 웃으며 시로 응대한다. '예쁘지 않은 걸 예쁘게 보는 게 사랑'이라고. 그 자신, 연애편지 쓰듯 독자의 마음을 얻기 위해 애를 쓴다고.

마음을 얻는 게 가장 힘든 일이지만, 너무 저자세는 비굴하다는 느낌도 듭니다만.

불특정 다수를 향한 사랑의 마음. 그게 보편성이죠. 가히 미친 마음이에요. 윤동주는 그 보편성이 뛰어났기에 지금도 읽혀요. 보편성이 있으면 적의 마음도 얻어요. 윤동주, 이순신은 일본 사람도 존경하잖아요. 김광섭의 시 〈성북동 비둘기〉나 〈저녁에〉도 그래요. '이렇게 정다운 너 하나 나 하나는 어디서 무엇이 되어 다시 만나랴'. 얼마나 보편적이고 아름다워요?
그래서 처음부터 시인들이 수위를 어디까지로 정하는지가 매우 중요해요. 〈질투는 나의 힘〉을 쓴 기형도는 섬뜩하고 섬세하지만, 보편적으로 스며들진 못했어요. 그의 꺾임을 아는 고급 독자는 있지만요. 그러면 나는 뭐냐? 나는 결혼식 주례를 해도 저자세를 가르쳐요. '상대가 나에게 과분한 사람이라는 것만 기억하라'는 거죠.
언젠가 일본 절에서 유리 안에 있는 반가사유상을 본 적이 있어요. 어둡고 큰 공간에 홀로 스포트라이트를 받는 모습이 왠지 우울해 보이더라고요. 그런데 자세를 낮춰서 불상을 밑에서 올려다보니 웃고 있었어요. 그때 충격이 《월든》 한 권 읽은 것보다 생생했어요.
세상 사람들은 고자세로 다 굽어보려고 해요. 우울하죠. 아래에서 보면 아름답지 않은 것, 귀하지 않은 것이 없어요. 쓰러지고 비천한 것도 무릎 꿇고 보면 다 예뻐요.

지금은 뭐가 특별히 더 예쁜가요?

지금, 너, 꽃… 이런 단어들. 나는 어떤 시를 쓰겠다는 계획도 없고, 인생 계획도 없어요. 그때그때 발견해요.
꿀벌의 꿀은 본래 꽃의 것이잖아요. 시도 사람 마음 밭에 있는 것을 줍는 거예요. 본래 주인은 세상이죠. 길에서 버려진 쓰레기에서 보석을 줍듯, 누구에게나 있는 시어를 캐서 독자에게 돌려줘요.

아이 엄마가 '나도 꽃필 날 있을까' 하면 그 마음이 안쓰러워 쓰고, 노인이 '정년퇴직하니 넥타이 맬 일도 없어' 하면 또 그 마음이 철렁해서 써요. 나는 거대 담론이 이끌던 시대의 시인 중에 박노해 한 사람이 살아남았다고 생각해요.

박노해 한 사람….

박노해를 인정하는 이유는 '나라가 망하는 길'이라는 시를 읽고서예요.

> '군인이 나약해지면 나라가 망한다/지성이 교만해지면 나라가 망한다/청년이 고개 숙이면 나라가 망한다/정치가 부패해지면 나라가 망한다/언론이 가짜가 되면 나라가 망한다'

중심에 생명이 있잖아요. 악순환은 안 돼요. 소월 선생은 '그립다 말을 할까 하니 그리워/그냥 갈까 그래도 다시 또 한 번'이라고 노래했어요. '하니'와 '다시'는 높이 떠서 고립된 말이 아니라 낮은 채로 부추기는 말이에요. 부지런히 너와 나를 이어주는 말이죠. 상생이고 선순환이에요.

어떤 시가 좋은 시인가요?

모르는 사람이 느껴야 좋은 시예요. 대학교수, 고급 독자만 아는 시를 나는 좋아하지 않아요. 노래도 성악가들끼리만 부르면 뭐해요.
톨스토이는 성장하는 인간에게 3가지 목표를 제시했어요. 바로 소통, 몰입, 죽음을 기억하는 것이에요. 소통에는 자기 소통, 너와의 소통, 세상과의 소통이 있어요. 나는 세상과의 소통을 중요하게 생각해요. 시의 한 구절이 기억되고 남으면 그게 민요죠. 그래서 나는 유명한 시인보다 유용한 시인이 되고 싶었어요.

무용함이 시인의 효용이라고 생각했던 나는 여러 번 그의 말에 허를 찔렸다. 그는 '짤방'이 뜨는 시대에 '시의 가성비'를 이야기했고(소설도 더 짧아져야 한다고 했다), 시의 시대는 이미 와 있으니, 시인은 허튼 데 긁지 말고 독자들의 우울과 불안과 실패의 독을 풀어주는 '시침'을 놓아야 한다고 했다.

바야흐로 소통에 목숨 거는 시대, '시여, 침을 뱉어라'를 지나 '시여, 침을 놓아라'의 시대가 된 것이다.

배설이 아니라 길을 뚫어야 한다?

나만 시원하면 됩니까? 서정은 쏟는 것이고 서사는 펼치는 거예요. 소통하려면 정성껏 삼키고 쏟은 것에서 더 많이 솎

아내고 비워내야 해요. 아는 척, 잘난 척, 성스러운 척은 다 소음일 뿐이에요. 소음이 너무 많으면 악음이 죽어요. 독자들이 '시멍'을 때리려면, 빈 곳을 많이 줘야 해요. 넓은 논밭을 보여주듯 시집은 두껍고 표지는 산뜻해야죠.

커브를 돌듯 이어령 선생 이야기를 꺼냈다.

이어령 선생의 유고 시집《헌팅턴비치에 가면 네가 있을까》를 보면, 그 서문이 명문이에요. 눈 감기 며칠 전 편집자에게 불러줬다지요. 나는 그분이 평생 이야기 장사꾼에 새것만 좋아하는 줄 오해했는데, 그 시를 읽고 감동했어요.

'네가 간 길을 내가 간다/그곳은 아마도 너도 나도 모르는 영혼의 길일 것이다/그것은 하나님의 것이지 우리 것이 아니다.'

먼저 여읜 딸하고 아버지하고 책에서 하나가 됐어요. 그래서 이어령 선생이 돌아가신 후, 한참 마음이 힘들었어요.

풀꽃문학관의 서가 하나를 이어령 선생 책으로 사서 다 채워놨다고 했다.

가장 유명한 팬은 누구인가요? 그리고 가장 무명한 팬은 또 누구인지요?

그건 모르겠고, 가장 가까운 팬은 내 아내 김성예입니다.

부부가 어떻게 팬이 됩니까?

우리는 서로에게 쓰는 은어가 많아요. 우리끼리 있을 때 농담도 막말도 잘해요. 저는 젊은 시절부터 아내와 산책하면서 진한 농담을 자주 했어요. 아내의 마음도 몸도 태도도 기회를 줘야 발견이 돼요. 서로 개간하고 풍성한 말의 곡식을 심어야 부부간에도 새로워지죠.

> *도움을 주는 소중한 팬은 중학교 교사인 김예원이라고 했다. 독자지만 거꾸로 영감을 많이 준다고.*

다시 초등학교 교사로 돌아간다면 무엇을 가르치고 싶은지요?

나는 사람으로 다시 태어나고 싶지 않아요. 마음을 갖고 사는 건 힘든 거예요. 가난하고 무명한 시절에 서울의 메이저 출판사에서 시집을 다 '빠꾸' 맞을 땐 저도 마음을 얼마나 다쳤는지 몰라요. 나는 나무로 태어나고 싶어요.

특별히 지금 아이들을 위해서 하는 건 강연이에요. 나는 강연하려고 글을 썼어요. 강연료가 적을 땐 돈 쓰면서 오가요. 중고등학교 아이들은 뇌 가소성이 높아요. 중요한 시기죠.

그래서 아이들 강연은 거절하지 않으려고 해요. 할아버지들 강연은 돈 많이 줘도 잘 안 가요. 하하.

마지막으로 인생은 어떻게 살아야 좋을까요?
달라이라마는 무욕이 아니라 탐욕만 안 부려도 좋다고 했어요. 세상이 번쩍거려 보여도 다 별거 없어요. 만족 못하고 비교하면 너도나도 별수 없어요. 너무 잘하는 거 잘 되는 거 찾아 헤매지 마세요. 좋아하는 거 있으면, 그거 하세요. 보여주려는 마음이 앞서면 자존심 상하고 상처만 입어요. 좋아하는 거 하면, 하다가 그만둬도 상처받지 않아요. 자존감이 남으니까요

가는 날이 장날이라 공주에 머물던 내내 가는 비가 내렸다. 풀꽃문학관 들창 밖으로 코스모스가 한들거렸고 실내는 오래된 나무 냄새가 가득했다. 나태주가 한쪽에 놓인 풍금으로 연주하며 노래하기 시작했다. '엄마야 누나야 강변 살자…' '올해도 과꽃이 피었습니다…'

풍금 소리는 파이프 오르간만큼 울창했고, 노인의 목청은 높고 청아했다.

인공지능이 시를 쓰는 시대. 어떤 시인은 여전히 고급한 은유로 생의 비참과 범람을 노래하고, 어떤 시인

은 슬픔의 홍수가 휩쓸고 지나간 우묵한 마음에 햇볕을 쬐고 바람을 쐰다. '너의 초록으로, 다시' 일어서라고.

생은 순환하며 나아가고, 우리 모두 각자의 노래가 필요하다. 나태주가 그 보편의 다정으로 헤매는 보통의 마음들을 보듬어주어 고맙다.

2022.09.06.

나태주의 의젓함, 공주의 호젓함

어느 초봄에서 늦여름까지 나태주 선생을 만나러 외가 드나들듯 공주를 뻔질나게 드나들었습니다. 선생과의 만남을 책으로 쓰기 위해 저는 밤마다《어린 왕자》《프레드릭》《긴긴밤》같은 동화를 읽고 또 읽었습니다.

어린 왕자가 살았던 그 작은 별처럼, 선생이 살았던 공주는 작지만 특별한 도시였습니다. 남자는 여자를 섬기고, 여자는 꽃을 섬기고, 꽃은 고양이를 섬기는 독특한 위계 속에서 나태주라는 국민 시인이 나왔습니다.

선생은 저를 '안 예쁜 데 예쁜 당신'이라고 불렀고, 스스로를 '졸렬하고 서투른 사람'이라고 놀렸고, 인생을 '비참한 가운데 명랑한 것'이라고 치하했습니다. 그러니 너무 잘 하려고 애쓰지 말고 '그냥, 살면 된다'고요. 그 봄 한철 인터뷰를 모아 낸 책《나태주의 행복수업》은 놀랄 만큼 팔리지 않아 당황스러웠지만, 또 한 번의 봄이 오자 좋은 추억들이 나비처럼 일상을 날아다녔습니다.

이 인터뷰는 그 책을 쓰기 위한 리허설 같은 것이었습니다. 다녀보니 서로를 함부로 대하지 않는 의젓한 도시가 의젓한 시인을 만들었습니다.

2

의젓한 ______ 인생

‘최고의 결정’은 없어요.
오직 ‘결심이 필요한 순간들’이
있을 뿐이죠

경제학자 러셀 로버츠

"결혼해야 할지 독신으로 살아야 할지,
자녀를 가져야 할지 무자녀로 살지,
이 일을 계속할지 그만둘지는
근본적으로 '답이 없는 문제'입니다.
개인의 삶에는 중요한 변곡점이 될 테지만,
통제의 범위를 넘어선 야생의 문제들이지요.
'완벽한 결정'은 없습니다.
'결심이 필요한 순간들'이 있을 뿐이죠.
인생은 어차피 지도 없이 하는 여행이기에
완벽함의 반대는 '엉성함'이 아니라
'그럭저럭 괜찮음'입니다."

경제학자 러셀 로버츠

흙에 불안을 섞은 존재가 인간이라고 한다. 호구가 되지 않기 위해, 운명의 볼모가 되지 않기 위해 우리는 늘 측정하고 비교한다. 유한한 시간의 소비자로서 나 또한 결정적 순간에 가장 큰 쾌락과 효율을 가져올 선택을 내리고 싶어 했다. 예컨대 '장단점 체크리스트'를 작성해서 불확실성을 제거해 보려고도 했고, 신에게 의지하거나 타인의 의견에 기대는 것으로 '위험 전가'를 시도해 보기도 했다.
불확실성은 상종하기 싫은 적이었고, 통제감은 최고의 쾌락이었다.

그럼에도 삶의 중요한 순간마다 '최고의 결정' 혹은 '손해 보지 않을 결정'을 내리는 건 쉽지 않았다. 근사한 레스토랑, 효과 높은 영양제를 찾는 것은 '별점'과 '후기'라는 도구를 쓸 수 있다. 그러나 결혼(혹은 이혼)을 할지, 직장을 옮길지, 아이를 낳을 지 등등 중대한 인생 문제는 어찌할 것인가.
좋은 선택, 개선된 상황을 원하면 애초에 상류에 가서 세팅을 바꾸는 '업스트림'적 사고를 해야 한다는 것을 나는 그동안 '인터스텔라'에 등장하는 수많은 사회과학자, 인문과학자를 통해 배웠다.
하지만 애초에 결정 그 자체가 두려워 망설인다면? 미국의 경제학자 러셀 로버츠가 쓴《결심이 필요한 순간들》은 '불확실성과 통제감'이 밀당하며 고래 싸움하는 동안, 새우 등 터지듯 자책했던 보통 사람들에게 권할 만한 책이다.

잘못된 결정을 할까 봐 두려웠던 건, 당신 잘못이 아니다. 요는 인생의 중요한 결정들은 '답이 없는 문제'라는 것이다. 답이 없는 문제들은 측정을 거부하고 다스려지지 않는다. 결혼, 육아, 이직 등에 관해 '선택의 효용'을 파고들었던 저명한 수학자, 과학자, 행동경제학자들도 똑같은 딜레마에 처했다. 심지어 다윈마저도.
러셀 로버츠는 중요한 인생 문제는 계량화하는 것이 불가하니 '최고의 결정'에 압도되지 말고, 그저 마음이 인도하는 대로 '뛰어들라'고 조언한다. '옳은 결정은 없다'는 걸 인정한 후 겸허하게 직관, 윤리관, 좋은 습관을 따라가 보라고.
'인생은 해결해야 할 문제가 아니라 경험하고 음미해야 할 미스터리'라는, 우리에게 '완벽한 내일'은 없고 오직 '결심이 필요한 순간들'만 있을 뿐이라는 따뜻한 경제학자를 이메일로 인터뷰했다.

^

최근에 출간된 《결심이 필요한 순간들》의 원제는 'wild problems'입니다. '야생의 문제들'이란 무엇인가요?

결혼해야 할지 독신으로 살아야 할지, 자녀를 가져야 할지 무자녀로 살지, 이 일을 계속할지 그만둘지는 근본적으로 '답이 없는 문제'입니다. 개인의 삶에는 중요한 변곡점이 될 테지만, 통제의 범위를 넘어선 야생의 문제들이지요.

'결정'은 집중해서 결단을 내리는 행위인 동시에 강한 의지로 인내해 내는 것을 포함합니다. 오랜 시간 경제학자로 보낸 후 저는 '완벽한 결정'은 없다는 걸 알았습니다. '결심이 필요한 순간들'이 있을 뿐이죠. 인생은 어차피 지도 없이 하는 여행이기에 완벽함의 반대는 '엉성함'이 아니라 '그럭저럭 괜찮음'입니다.

오랫동안 인간의 삶을 선택과 효율의 계산기로 설명했던 경제학자가 인생을 '답 없는 문제'로 설정한 것 자체가 저는 미스터리라고 생각합니다. '옳은 결정'이란 정말 없습니까?

저는 시카고 대학에서 경제학을 전공했습니다. 삶에서 합리적 선택을 내리도록 돕는 게 경제학이라고 배웠습니다. 기회비용과 트레이드오프가 중요하다고 배웠죠. 결정에는 대가가 따르고 하나를 챙기려면 다른 하나를 포기해야 했어요.

말씀하신 대로 지난 75년간 경제학은 훨씬 더 수학적으로 발전했고, 경제학자들은 자신이 과학자로 불리길 바랐습니다. 그 결과 경제학자들은 훨씬 덜 철학적으로 됐습니다. 예를 들어 교육도 의미 있는 삶을 위한 경로가 아닌 투자로 계산했어요. 그러나 세계는 투자와 예측의 수학적 모델에서 벗어나 복잡성의 세계를 포용하는 문학적 모델로 가고 있습니다.

'아름다운 신비(수수께끼/미스터리)'를 수학 문제로 풀 수 있을까요? 여전히 현대경제학은 '답'을 찾는 경향이 있지만, 저는 나이 들수록 '답이 없는 질문'을 인정해야 각자가 당당하게 인생 문을 열고 나갈 수 있다는 것을 깨달았습니다.

누군가와 결혼하기로 결정할 때, 그 사람과 앞으로 어떤 삶을 살게 될지 상상하기란 어렵습니다. 또 다른 어떤 이(자녀 혹은 직장 상사)와 함께하는 삶이 어떨지 상상하는 것 역시 불가능합니다. 그렇다면 어떤 의미에서 '옳은 결정'이 있을 수 있을까요? 자녀를 키우는 일은 고되고 좋지 않은 날들이 더 많을 수 있지만, 부모가 된 것이 실수였다고 생각하지는 않을 겁니다.

찰스 다윈과 애덤 스미스는 왜 소환하셨나요?

다윈은 역사상 가장 위대한 과학자 중 한 명이지만, 그도 결혼할지 말지를 두고 심각하게 고민했습니다. 결혼했을 때의 장단점을 낱낱이 적어가며 합리적 선택을 위해 고군분투했죠. 하지만 그의 결정은 냉정한 과학적인 방법론이라기보다는 결단력의 비약에 가까웠어요. 그것만 봐도 '결심이 필요한 순간'의 어려움과 도전을 느낄 수 있습니다.

애덤 스미스는 우리가 물질적 행복보다 평판을 더 중요하게 생각할 거라고 가정했어요. 비용이 더 든다고 해도 '기본 원칙을 지킨다'는 것을 인간의 도덕 감정으로 받아들였죠. 애덤 스미스는 자신을 경제학자보다 도덕 철학자라고 생각했을 겁니다.

다윈의 결혼 의사결정 과정과 실제 결혼 생활을 보며 선생은 어떤 영감을 받았습니까?

결심이 필요한 순간에는 어떤 종류의 '뛰어듦'이 필요합니다. 그 이유는 당신의 결정이 어떻게 될지에 대한 결과가 어둠 속에 있기 때문입니다.

다윈은 결혼에 대해 고뇌했습니다. 그의 단점 목록은 장점 목록보다 더 많았습니다. 아내로 인해 시간을 얼마나 뺏길지를 고민했고, 자녀를 결혼에 수반되는 불가피한 피해, 비용과 걱정의 원천으로 기술했어요. 어쨌든 그는 결혼했고,

"결심이 필요한 순간에는
어떤 종류의 '뛰어듦'이 필요합니다.
그 이유는 당신의 결정이
어떻게 될지에 대한 결과가
어둠 속에 있기 때문입니다."

경제학자 러셀 로버츠

좋은 결혼 생활을 했던 것 같습니다. '믿고 뛰어든다는 것'은 감정적으로 보이지만, 비합리적인 것은 아닙니다. 오히려 더 심오하지요. 그렇다고 모든 사람이 그러한 순간에 '뛰어듦'을 행해야 한다는 뜻은 아닙니다. 저는 카프카의 결혼에 대한 우유부단함에 대해서도 글을 썼습니다. 그는 결혼하지 않았고, 그것이 그에게 최선이었을지도 모릅니다.

> *기록을 보면 다윈은 최고의 아내를 찾는 데 많은 시간을 쓰지 않았다. 비슷한 환경에 살며 비슷한 경험을 한 사촌과 결혼했다. 40년 동안 열 명의 자녀를 낳았고, 결혼 생활 중《종의 기원》등 학문적 업적을 이뤘으며, 현명한 조언자인 아내가 없었다면 비참하게 생을 마감했을 거라고 일기에 적었다.*

수학자와 과학자들은 답이 없는 인생의 문제를 어떻게 바라보나요?

승산과 위험 확률 분야의 권위자인 스탠퍼드 대학교의 통계학 석좌교수 다이아코니스의 일화를 들려드리죠. 그가 스탠퍼드에서 하버드로 옮길지 말지 끝도 없이 고민할 때 친구들은 "자네는 의사결정 분야의 최고 권위자이니 '비용 혜택 목록'으로 기대 효용을 계산해 보게."라고 이야기했습니다. 이때 이 석학의 반응은 "이봐. 나, 지금 심각해."였죠.

후에 의사결정 분야의 최고 권위자는 고백합니다. '비용 혜택 목록'은 합리적 의사결정을 위해서라기보다, 그걸 적으면서 자신이 정말 추구하는 게 무엇인지 알게 된다는 점에서 요긴하다고요. 수학자 피트 하인은 딜레마에 봉착했을 때 결심이 서지 않으면 동전을 던지라고까지 합니다.

결혼, 이직, 이민 등 어려운 결정을 앞두고 2만 명이 넘는 사람들이 웹사이트의 가상 동전 던지기로부터 도움을 받았다고 해요. '끊기'의 중요성을 강조한 책 《큇》의 저자 애니 듀크에게 들었습니다.

보통 사람이 보기에 체크리스트나 동전 던지기는 합리와 비합리의 극단 같지만 둘 다 비슷한 효용이 있습니다. 그런 행위가 감정을 자극해서 내가 정말로 원하는 게 뭔지 알려주죠. 동전이 나온 걸 보고 실망한다거나, 장점 몇 개를 단점 목록으로 이동하는 자신을 보며, 진짜 마음을 목격하는 겁니다.

다윈도 그랬어요. 끝도 없이 결혼 장단점 목록을 작성하다, 마침내 데이터를 무시하고 자신의 직감을 따르기로 했지요. 결혼한다, 결혼한다, 결혼한다, 증명 끝. 저는 개인적으로 체크리스트는 나쁘지 않은 방법이지만, 동전을 던져 결정하는 것은 안 된다고 생각합니다.

선생은 안정적인 직장인 스탠퍼드 대학을 떠나서 예루살렘의 샬렘칼리지 총장직을 수락했습니다. 그 의사결정의 핵심은 무엇이었나요?

대개 중요한 결심의 순간에는 받아들일 수밖에 없는 환경의 변화나 거절할 수 없는 조건이 붙기 마련이죠. 사실 제 경우는 간단했어요. 그것이 옳은 일처럼 보였고 거절할 수 없을 만큼 도전적이었기 때문입니다. 소득 감소까지 감수하며 총장직을 수락한 후 아내와 저는 이스라엘로 이주했습니다.

유대인인 저는 아내와 이스라엘 시민이 됐습니다. 들여다보면 그 결정의 진짜 이슈는 바로 정체성과 자아감을 향한 저의 오랜 열망이었습니다. 실제로 겪어보니 이민자가 되어 새로운 업무를 맡는다는 것은 훨씬 더 어려운 일이었죠. 그만큼 보람도 컸고요. 지금까지는 너무나 좋습니다.

《최선의 고통》을 쓴 예일대 심리학자 폴 블룸은 당장의 쾌락보다 고통을 통한 성장을 선택하는 게 진화의 원리라고 하더군요. '선택의 효용' 측면에서 이 부분을 설명해 주시겠어요?

글쎄요. 대체 누가 가슴앓이와 불안을 자처할까요? 제가 보기엔 그게 인간입니다. 스포츠 레저용품점에 가면 판매원이 묻지요. 여행 스타일이 1유형인지, 2유형인지. 1유형은 해변이나 공원 산책 같은 편안한 여행, 2유형은 등산이나 빙하 체험 같은 힘든 여행입니다. 결혼이나 부모가 되는 경험은

2유형에 가깝습니다.
일상적 경험과 인간적 성장, 두 가지를 따로 생각하고, 나는 어떻게 살고 싶은지와 관련해서 두 가지 유형의 매력을 따져봐야죠. 대체로 마음이 찢어져야 더 높은 곳으로 올라갈 수 있습니다.

책에서 언급한 청소부 테오도라의 선택에서 선생이 강조하고 싶은 것은 무엇이었나요?
나의 본질과 관련된 문제라면 '트레이드오프'를 해서는 안 된다는 거예요. 잃어버린 다이아몬드 귀고리를 찾아내 제 아내에게 돌려준 청소부 테오도라는 자신이 옳다고 생각하는 일을 하기 위해 수백 달러를 포기했습니다. 저는 선택의 순간에 종종 청소부 테오도라를 생각합니다.
생각해 보면 우리가 항상 돈을 따르는 것도 아니고, 눈앞의 이익만을 좇아서 모든 일을 결정하는 것도 아닙니다. 테오도라는 자신을 정직한 사람으로 여겼어요.
나의 정체성과 자아감은 경제학에서 말하는 '비용과 혜택' 이상의 것입니다. 선택이 고민될 때는 그냥 '나다움'의 규칙을 따르세요.

일단 미지의 세계에 뛰어들면 상상하지도 못했던 것들을 발견하게 될 것이다. 그것은 새로운 세상이 아니

라 새로운 경험으로 달라진 자신이다.

소설《행복한 위선자》의 주인공을 예로 들며 '착한 척' 연기하며 살았더니 실제로 '성자가 되어있다'라고 했습니다. '더 나은 사람인 척' 하는 것과 위선은 어떻게 다릅니까?

작가인 맥스 비어봄은 위선도 미덕이라고 말합니다. 주인공 조지 헬은 후안무치한 쾌락주의자였지만, 사랑하는 여자와 결혼하기 위해 선한 가면을 쓰고 '착한 척'을 반복하면서 실제로 선한 사람이 되었지요. 되고 싶은 사람이 되기 위해 가면을 썼고, 반복된 행동을 통해 변화를 이뤄낸 겁니다.

선함도 습득되는 기호입니다. 실제는 그렇지 않더라도 덜 자기중심적인 선택을 반복하면 습관으로 강화됩니다. 현명함과 선함의 특징은 '더 나은 사람인 척' 하다가 얻어진 경우가 많아요. 그만큼 어떤 사람이 되고 싶은지 열망하는 건 중요합니다.

인간의 뇌는 그 누구보다 나 자신이 한 말을 가장 잘 듣는다. 스스로가 이타적인 사람이라고 생각하면, 더 너그러워지고 나누는 선택을 하게 될 것이라고 그는 덧붙였다. "선한 사람이 이긴다는 것을 믿으라."던 고 이어령 선생의 유언이 생각났다.

"나의 정체성과 자아감은
경제학에서 말하는 '비용과 혜택' 이상의
것입니다. 선택이 고민될 때는
그냥 '나다움'의 규칙을 따르세요.
내가 어떤 사람인지 정의할
심오한 즐거움은 절대
미리 다 상상할 수 없습니다."

경제학자 러셀 로버츠

그럼에도 '통제 가능성과 확실성'을 추구하는 건 연약한 인간의 본능입니다. 이 부분을 도울 가이드가 있을까요?

빌 벨리칙 감독의 사례를 들어보지요. 그는 미국 프로 미식축구계에서 여섯 개의 슈퍼볼 반지를 가져갔습니다. 매년 드래프트 시즌이 되면 벨리칙은 드래프트 선순위 선발권 한 장으로 후순위 선발권 여러 장을 기꺼이 트레이드했어요. 한 번에 딱 맞는 선수를 골라야 한다는 걱정을 내려놓고 많은 선수를 선발하는 전략을 썼죠.

더 좋은 의사결정을 내리는 데 집중하기보다 분모를 키웠어요. 벨리칙은 '어떤 선수가 이번 시즌에서 최고의 선수가 될지는 알 수 없다'는 무지를 인정했습니다. 일단 맞춰보면서 하나씩 걸러내기로 했죠. 그는 트레이드오프에 대해 깊이 이해하고 있었습니다. 무언가를 얻기 위해 포기하는 것, 벨리칙은 대학에서 경제학을 전공했습니다.

빌 벨리칙 트레이드의 핵심은 뭐죠?

큰 수의 법칙입니다. 선택권의 핵심은 '뭐가 좋을지 미리 알 수 없다'는 걸 인정하고 '주문의 수'를 늘리는 겁니다. 최고를 선택하려고 기를 쓰기보다, '무료 배송 무료 반품'의 룰을 이용하라는 거죠.

삶에도 이 아이디어를 적용할 수 있습니다. '결정 장애'로 인생을 낭비하지 말고, 이것저것 일단 시도해 보세요. 더 많은 경험을 해보고 안 맞는 것은 그만두세요. 헤매더라도 이것저것 해보는 편이, 꼼꼼하게 계획을 세우는 것보다 훨씬 낫습니다.

우리는 때때로 비이성적으로 보이는 결정을 내리는데 그것은 스스로를 배신하지 않기 위해서라는 그의 주장은 매력적이다.

실수의 비용과 좌절은 어찌할까요?

실수란 안초비를 싫어하면서도 계속 안초비 피자를 주문하는 겁니다. 벨리칙 감독은 드래프트가 과학적 절차가 아니라 주사위 던지기에 가깝다는 걸 인정했어요. 답이 없는 문제의 결과가 좋지 못하다고 해도 그것이 내 실수는 아닙니다.

우리는 신이 아니에요. 결과가 나쁘면 빨리 중단하고, 다음 단계로 넘어가세요. 제가 이스라엘로 이민을 갔는데 그곳이 싫다면 다른 곳으로 가면 됩니다. 랍비 조너선 색스가 그랬지요. '결혼을 이해할 유일한 방법은 직접 해보는 수밖에 없다'고. 인생이 나를 지나쳐 가는 것을 피할 유일한 방법은 '실수에 대한 걱정을 그만두는 것'입니다.

최적의 도시, 최고의 직장, 최선의 배우자… 등을 찾는 노력을 그만둬야 할까요?

부디 과도한 부담을 내려놓으세요. 아마존이나 여행사이트에서 상품을 구매하는 거라면 별점과 후기를 참조하면 됩니다. 채용 후보를 고를 때라면 장단점 목록을 작성해서 선택지를 비교하는 것도 나쁘지 않습니다. 하지만 최선의 배우자, 커리어, 도시란 존재하지 않아요. 찾기 어려운 것이 아니라 의미 있는 개념이 아니에요. 사회과학자 허버트 사이먼의 주장처럼 '최적화'는 인간의 한계를 벗어나 있어요.
저는 할 수만 있다면 가장 친한 친구와 결혼하라고 조언합니다. 함께 여행하기 좋은 사람, 죽이 잘 맞고 서로 존중하는 사람과 말이죠. 몇 년 전 결혼정보 사이트의 자문위원회에 몸담은 적이 있어요. 그 회사는 최고의 짝을 찾아주는 알고리즘이 아니라, 단지 꼼꼼한 설문으로 결혼을 진지하게 생각하는 사람들을 연결해서 높은 확률로 매치메이킹에 성공했어요. 간절히 결혼을 원하면, 결혼에 진지한 사람과 데이트하면 됩니다. 간단해요. 더 나은 선택지는 없다는 걸 깨달았다면 그때는 결정을 내려야 합니다. 완벽한 결정은 없어요. 그저 더 나쁘거나 더 나아 보이는 경우가 있을 뿐이죠.

미래학자인 다니엘 핑크가 전 세계 2만여 명의 후회를 모은 '후회 프로젝트' 설문 조사를 했어요. 내린 결론은 '후회하지 않기 위해' 너무 애쓰지 말고, 대세에 큰 지장 없으니 '그냥 해라'였습니다. 동의하시나요?

어쩌면 한 일보다 하지 않은 일을 후회하는 것이 더 쉬울 수도 있습니다. 그러나 무언가를 하지 않는 것보다 무언가를 하는 것이 항상 좋다고 생각하지는 않습니다.

인생이 계획한 대로 흘러가지 않는다는 것이 우리에게 희망일까요?

운이 좋아서(혹은 나빠서) 계획한 대로 커리어를 쌓는 사람도 있습니다. 하지만 대부분은 그렇지 못해요. 내가 추구하는 것, 좋아하는 것, 의미를 주는 것들은 우연한 선택을 통해 하나씩 드러나죠.

답이 없는 문제에 직면할 때는 예술가처럼 사는 것도 나쁘지 않습니다. 예술가는 자신이 뭘 만들어 낼지 모르는 경우가 많아요. 베토벤도 다음에 나올 음을 하나씩 고르면서 나아갔고, 피카소도 일단 그리면서 뭘 그릴지를 생각했답니다.

예술가의 태도로 삶을 살아도 괜찮을까요?

우리는 인생에서 때때로, 어쩌면 거의 항상 명석한 분석보다는 직관에 의존합니다. 그러니 일단 자신의 세계에 대한 이해를 키우세요. 그런 다음 A에서 B로 가는 최적의 경로를 찾으려고 하기 전에, 애초에 B가 내가 가고 싶은 곳인지 생각해 보는 시간을 가지세요.

놀랍게도 저 또한 인터뷰어로 '정처 없는 대화'의 아름다움과 효용을 깨닫기 시작했습니다. 때로는 답 없는 질문도 던지고요. 당신도 그런가요?

노력은 하지만… 저는 그것이 훌륭한 예술이고 잘하기는 어렵다고 생각합니다. 하지만 제가 가장 좋아하는 만남 중 일부는 계획되지 않았거나 의제가 없었던 것들입니다.

한 명의 인간으로서, 경제학자로서 했던 좋은 선택은 어떤 것들이었나요?

당장은 실수처럼 보이지만 후회하지 않으려고 내렸던 결정들… 그것들이 지금 제 모습을 만들었습니다. 그런 결정들은 돌아보면 어떤 필연성을 가지고 있지요. 테드 창의 멋진 단편 소설《당신 인생의 이야기》를 읽어보길 권합니다.

그는 '인생은 당신이 쓰면서 동시에 읽고 있는 한 권의 책과 같다'고 했다.

마지막으로 좋은 선택, 좋은 결정을 내리기 위한 팁 몇 가지를 알려주세요.

가장 간단한 조언은 두려워하지 말라는 것입니다. 휴가를 떠날 때도 세부적인 일정을 짜기보다 돌발 상황에 대비해 여지를 남겨두는 것이 좋습니다. 우리의 삶은 우리가 원하든 원하지 않든 항상 놀라움으로 가득 차 있습니다.
그래서 저는 우리 모두가 예상치 못한 일들을 즐기고 감사할 수 있는 방법을 찾았으면 좋겠습니다. 예상치 못한 일들은 우리가 충분히 예상할 수 있는 일입니다. 그러니 다른 대안적 현실에서 살 수 있는 척을 하기보다는 현실에 대처하세요.

2023.09.29.

러셀 로버츠의 의젓함, 어떤 투항

경제학자 러셀 로버츠는 괜찮은 선택을 위해서는 '모른다'는 투항의 자세가 도움이 된다고 했습니다. 선택의 효용에 평생을 매달려온 경제학자가 우리에게 '완벽한 결정'은 없고, 오직 '결심이 필요한 순간들'만 있을 뿐이니, '답 없는 인생 문제'에 꼭 맞는 정답을 찾으려 힘쓰지 말고 그저 훌쩍 '뛰어들라'고 했습니다. 인생은 해결해야 할 문제 덩어리가 아니라 맛보고 음미해야 할 아름다운 미스터리라고 주장하면서요.

'뛰어듦'이라는 말에 저는 가슴이 두근거렸습니다. 경험상 '뛰어듦'의 세상에는 예측가능한 실패와 예측 너머의 놀라움이 있었습니다. 놀라움은 단지 실패하지 않음이 아니라 한 번도 상상해 본 적 없는 다름의 광대함이지요. 영화 〈엘리멘탈〉에서 극과 극의 성분이었던 불(엠버)과 물(웨이드)이 두려움을 이기고 서로에게 뛰어들었을 때 무지개의 신세계로 나아갔던 것처럼.

효용의 최전선에 있는 경제학자가 '도무지 모르겠다'고 생각될 때는 '뛰어드는 것'이 가장 경제적이라고 결론 내린 근거는 단순합니다. 잘못은 하루 빨리 수정하면 되고, 설사 그리 되지 않더라도 생의 불가사의를 통과하고 수용하는 것만으로도 성숙의 새 장이 열리기 때문입니다.

미국의 코넬 대학교 교수를 지낸 김현철이 《경제학이 필요한 순간》이라는 책에서 무수한 사회 실험과 데이터로 증명하고 있는 것도 '인생 성취의 8할은 운'이라는 사실이었습니다. 넓게 보면 내가 태어난 시대의 운, 국가의 운, 부모의 운, 건강과 성품의 운, 리더의 운, 친구의 운, 업계의 운, 그날의 행운과 불운이 절묘하게 스파크를 일으켜 지금의 내가 있습니다. 그렇게 던져짐과 뛰어듦의 균형을 잡아가며 사는 사이, 사람은 제 잘난 맛에 사는 줄 알지만 대부분 남 잘난 맛에 산다는 의젓한 깨우침도 자리 잡겠지요.

결정권이 나한테 없을 때
최선은, 신경을 끄고
할 일을 하는 겁니다

작가 마크 맨슨

"사는 건 어차피 고군분투입니다.
원하는 것을 이뤘더라도
고통과 문제는 계속되지요.
문제없는 삶이란 없으니까요.
그래서 질문해야 합니다.
나는 어떤 종류의 고통을 견딜 수 있는가?
어떤 것이 내게 가치 있는 고통인가?
고통을 당연한 것으로 여기고,
뇌가 신경 끄도록 자동으로 만든 패턴이
좋은 습관이고 루틴입니다.
그리고 결정권이 나한테 없을 때 최선은,
신경을 끄고 할 일을 하는 겁니다."

작가 마크 맨슨

넷플릭스에 공개된 다큐멘터리 〈신경 끄기의 기술〉에 내레이터로 등장하는 마크 맨슨을 봤을 때, 나는 그가 배우 매튜 매커너히를 닮았다고 생각했다. 회고록 《그린라이트》의 저자이기도 한 매튜 매커너히는 글도 연기처럼 엄청난 하이 상태에서 쓴 것 같았다.

메커너히는 회고록에서 '똥을 밟는 것은 피할 수 없는 일이지만… 나는 나를 행복하게 해주기 위해 온 세상이 공모하고 있다는 증거를 갖고 있다'고 기술했다.

마크 맨슨의 에너지도 만만치 않다. '당신이 어딜 가든 똥 덩어리가 기다리고 있을 거다… 그 중 기꺼이 받아들여야 할 똥 덩어리를 찾아서 신경을 쓰라'고 그는 글로벌 베스트셀러 《신경 끄기의 기술》에서 열변을 토했다.

마라탕과 에너지 드링크를 동시에 들이킨 후 링 위에 오른 복서처럼, 그는 뼈 때리는 빡센 충고로 너덜너덜해진 우리의 신경 세포를 후려쳤다. 그러나 지금 내 앞에 앉아 소리 없이 미소 짓는 마크 맨슨은 온갖 감정을 글로 뿜어낸 후, 맑고 깨끗한 정수만 남은 상태로 보였다. 목소리는 느리고 작았지만, 청회색 눈동자는 깊고 부드럽고 진지했다.

세계에서 둘째가라면 서러울 만큼 '신경 쓰기 고수들'이 모여 사는 한국을 여행 중이었고, 경이로운 K 콘텐츠 이면에 위태로운 한국인의 정신 건강을 탐구 중이라고 했다.

"작은 디테일까지 신경 쓰는 데서 오는 압박과 불안이 엄청날 거다. 그런데 그만큼 섬세한 결과물로 다른 나라의 부러움을 사고 있으니, '한국인의 신경 쓰기'는 양날의 칼 같다."

수많은 선택지와 기회비용 앞에서 목적을 잃어버린 현대인들에게 '신경 끄기'라는 터닝 포인트를 제안한 마크 맨슨을 만났다.

마크 맨슨은 6주 만에 다니던 은행을 그만두고 인터넷 사업을 시작했던 일, 가진 것을 모두 팔아치우고 남미로 떠나기로 했던 결정들을 '신경 끄기 명예의 전당' 상위 리스트로 꼽았다. 우리 삶을 결정하는 건 이런 식의 무신경한 순간들이라고 했다.

젊은 현자는 삶은 대체로 엉망진창이지만 '그래도 상관없다는 마음'으로 좋은 고통을 선택하고 책임지며 살 것을 당부했다. 의도적으로 작은 역경을 초대하는 스토아 철학의 뼈대가 느껴졌다.

'신경 끄기'란 무엇인가요?

중요하지 않은 모든 것을 향해 '꺼져'라고 말하고, 진짜 중요한 것에 집중하는 것입니다. 단순히 무심함이 아니라 역경, 폭망, 비교, 과잉 정보, 두려움에 신경을 빼기지 않는 것이죠.

자기 계발과 가장 거리가 먼 남자 부코스키로 《신경 끄기의 기술》 책의 서두를 열었습니다. 그는 주정뱅이, 노름꾼, 구두쇠, 게으름뱅이였고, 묘비에 '애쓰지 마!'라고 새겨넣었던 괴짜였죠. 그가 신경 끄기의 모델이 된 이유는 뭔가요?

한평생 자신이 생긴 대로 살았던 사람이 부코스키입니다. 부코스키는 50세가 됐을 때 첫 책을 냈습니다. 30년간 우체국 직원으로 살며 음주와 경마로 월급을 탕진하다, 우연히 날아든 출판 기회를 잡아 3주 만에 써낸 장편 소설 《우체국》으로 스타가 됐죠. 그런데 명성을 얻은 뒤에도 그는 변함없이 루저였습니다. 시 낭송회에 만취한 채로 나타나 독자에게 막말을 퍼붓기도 했고요.

그가 성공한 진짜 이유는 세상 사람의 시선에, 그리고 자신

"신경 끄기란 중요하지 않은 모든 것을 향해
'꺼져'라고 말하고, 진짜 중요한 것에
집중하는 것입니다. 단순히 무심함이 아니라
역경, 폭망, 비교, 과잉 정보, 두려움에
신경을 뺏기지 않는 것이죠."

작가 마크 맨슨

의 실패에 신경 쓰지 않고 초연했기 때문입니다. 누구든 자기답게 인생을 살고 싶다면 더 많이 신경 쓸 게 아니라 더 적게 신경 써야 합니다.

대체 어디에 신경을 써야 하나요?

좋은 질문입니다. '원하는 것이 무엇인가?'보다 '그걸 위해, 어느 정도의 고통을 견딜 수 있는가?'에 신경을 써야 합니다. 일례로 나는 청소년기 내내 록스타가 되고 싶었지만, 그 꿈은 실현되지 않았습니다. 나는 무대의 환호성만 사랑했지, 고된 연습과 배고픈 밴드 생활을 감수할 생각이 전혀 없었기 때문이죠.

날씬한 몸을 원하면 체육관에서 땀을 흘려야 합니다. 예술가로 살려면 불안과 가난의 스트레스를 견뎌야 하고요. 고통 없이 얻을 수 있는 건 아무것도 없습니다. 그게 삶을 구성하는 단순한 원리입니다.

하지만 누가 쾌락보다 고통을 먼저 계산하겠습니까?

실제로 우리는 만족감에 젖어 있기보다 고군분투하면서 생의 대부분의 시간을 보냅니다. 사는 건 어차피 고군분투입니다. 원하는 것을 이뤘더라도 고통과 문제는 계속되지요. 문제없는 삶이란 없으니까요. 그래서 질문해야 합니다. 나는 어떤 종류의 고통을 견딜 수 있는가? 어떤 것이 내게 가치 있는 고통인가? 고통을 당연한 것으로 여기고, 뇌가 신경 끄도록 자동으로 만든 패턴이 좋은 습관이고 루틴입니다.

그런데 당신은 마약과 파티와 술로 인생 초반을 탕진했다고 고백하지 않았나요? 좋은 습관과는 거리가 멀었던 걸로 아는데요.
맞습니다. 일찍부터 인생의 쓴맛을 봤지요. 십 대 때 가방에 숨긴 마약을 들켜서 퇴학을 당했습니다. 당시 나는 기능이 결여된 가족과 부모님에게 화가 나 있었던 것 같습니다. 충동성을 조절하지 못했고, 넘치는 감정을 어디에 쏟아부어야 할지도 몰랐죠. 퇴학을 당한 후 20대 초까지 진지한 직업도 갖지 못한 채 술과 파티에 빠져 지냈습니다.
저지르고 치욕을 당하고 자기 파괴적 행동을 했지만, 지금은 아닙니다. 그 모든 경험을 책에 쏟아냈죠. 반면 한국은 바닥을 치면 끝이라는 사고가 지배적인 것 같습니다.

한국에서는 '이생망(이번 생은 망했다)'이라는 말을 초등학생들도 씁니다.
(놀라며)저런! 망하면 끝이라는 프레임은 정말 위험합니다. '망해도 괜찮다, 다시 하면 된다'고 부모들이 반복해서 들려줘야 합니다. 성인이 되어 성공해도 자기 실패를 숨기느냐 드러내느냐에 따라 내적 안정감이 달라집니다.

성숙해진 특별한 계기가 있나요? 신경 쓸 것과 신경 끌 것을 꼼꼼하게 고르는 일을 성숙이라고 했는데.

첫 번째는 친구의 죽음입니다. 친한 친구가 파티장에서 술에 취해 절벽 아래 호수로 뛰어내려 즉사했습니다. 내 인생에 엄청난 영향을 미쳤죠. 어느 날 꿈에서 그 친구를 만나 '니가 죽어서 유감이야'라고 했더니, 일침을 가하더군요. '신경 꺼. 그런 너는 사는 게 무서워서 벌벌 떨고 있잖니'라고요.

두 번째는 미국 밖을 7년 동안 여행한 거예요. 그 경험이 내 성격 형성의 기반이 되었지요. 보통의 미국인은 다른 나라에서 배울 수 있다는 걸 인정하지 않습니다. 다들 미국인처럼 살고 있거나, 살고 싶을 거라고 믿지요. 저는 외국을 떠돌아다니면서 시야가 넓어졌습니다. 이를테면 각 나라와 사회는 저마다 다른 가치를 선택하고 그에 따른 문제를 겪고 있더라고요. 미국인도 한국인도, 다 각자 그 사회가 선택한 가치와 그에 따른 고통을 안고 살지 않나요?

세 번째 성숙의 계기는 아내를 만난 겁니다. 아내 덕분에 이기심이 줄어들고 전념과 헌신의 가치를 알게 되었죠. 수많은 선택지를 거부하고, 신경 쓸 대상을 좁히는 게 얼마나 안정감을 주는지 모릅니다.

인생 중반 이후는 친구와 배우자, 그리고 공동체의 가치관에 크게 영향을 받는군요!

그렇습니다. 각기 다른 방식으로 성숙에 영향을 미치죠.

한편, 타고난 기질 때문에 '신경 쓰기의 무한궤도'에 빠져 고통을 겪는 사람들도 많습니다. 제 경우엔 인터뷰 기사가 나간 후 트래픽에 온 신경을 쓰느라 주말이 통째로 날아가죠(웃음).
(미소 지으며)수치를 챙기는 게 나쁜 건 아니에요. 나도 숫자를 봅니다. 중요한 건 '그걸 왜 신경 쓰느냐'입니다. 전달력 높은 글을 쓰고 독자들에게 가치 있는 걸 주고 싶은 마음에 동기 부여가 된다면 괜찮습니다. 그러나 사회적 위치, 명성, 인정에 불안 신호가 깜박인다면 빨리 중단해야 합니다.

때가 되면 '필요한 사람에게 메시지가 닿을 것'이라고 위로해도, 다급하게 SNS 스크롤을 내리다 보면 '너는 재능이 부족하고, 이미 감이 떨어졌고, 쓸모를 다했으니 버림받을 것'이라는 환청이 들려옵니다.
(빙그레 웃으며)그렇지 않은 작가를 만나본 적이 없습니다. 고군분투하며 만들어 낸 책이나 영상은 다 자기가 낳은 아이니까요. 환영받지 않으면 내가 버림받은 느낌이 드는 건 당연합니다.
그러나 진실은 버림받을 거라는 착각도, 대단한 피드백이 올 거라는 상상도 옳지 않아요. 이미 세상에 내보내면 내 것이 아닙니다. 알아서 자라고 퍼지고 성숙해져 돌아오길 기다려야죠. 결정권이 나한테 없을 때 최선은, 신경을 끄고 할 일을 하는 겁니다.

70편의 소설을 썼던 작가 팀 페리스를 예로 들어서 쓰레기 같은 단어 200개를 쓰다 보면 쓰는 행위 자체에서 영감이 생긴다고도 했습니다. '일단 뭐라도 해'가 정말 그렇게 유용한가요?

처음부터 좋은 걸 시작할 순 없습니다. 좋은 것이 주어지기를 기다린다면 영원히 기다려야 할 수도 있지요. 너무 하찮아 보여도 일단 뭐라도 하면, 그게 실마리가 되어 풀립니다. 나는 이걸 '뭐라도 해' 원리로 부릅니다.

1인 기업을 시작했을 때도 많은 시간을 허송세월로 보냈는데, 부담감에 짓눌려 할 일을 계속 미뤘기 때문이다. 하지만 사소한 거라도 일단 뭔가를 하면, 어려운 일이 차츰 쉬워졌다. 책의 목차를 짜야 한다면 일단 제목이라도 써보는 거다.

팀 페리스도 마찬가지였다. 어떻게 그 많은 작품을 꾸준히 쓰며 영감을 잃지 않느냐고 했더니 "하루에 그저 쓰레기 같은 단어 200개를 쓸 뿐"이라고 했다. '뭐라도 해' 원리를 따르면, 실패가 대수롭지 않게 느껴진다. 대단한 걸 시도한 게 아니라 그저 '뭐라도 한 것뿐'이니까.

사실 당신의 조언들은 힐링과는 거리가 멉니다. "거창한 자아상을 버려."라거나 "남 탓하지 마. 선택을 했으면 책임을 져." "너도 틀렸고 나도 틀렸어."처럼 엉덩이를 걷어차는 충고는 진흙 구덩이에 빠진 사람에게는 가혹하게 들리기도 해요.

(미소 지으며)신경 안 씁니다. 그게 진실이니까요. 인생에서 중요한 말은 나를 고통스럽게 합니다. 여러 번 말해도 부족하지 않아요. 삶은 가치 있는 고통을 선택하고 책임을 지는 겁니다. 내게 메일을 보내는 독자들에게도 계속 이야기하죠. 책임을 받아들이지 않는다면 선택에 의미가 없다고. 책임을 회피하면서 인생이 변할 거라고 기대하지 말라고요.

책임을 수용하려면 '극단적인 자아상'을 버리는 게 좋습니다. 당신은 천재나 유망주도 아니고 비참한 피해자나 실패자도 아닙니다. 자신의 정체성을 희귀한 것으로 정하면, 세상이 더 위협적으로 보입니다. 그럴 땐 그냥 남들과 다르지 않게 학생, 배우자, 이웃, 창작자 정도로 자신을 규정하는 게 좋습니다.

평범하다는 인식이 중요한가요?

중요합니다. 그래야 일상성과 일관성을 유지할 수 있으니까요. 약한 근육을 키우듯, 저지르고 책임지면서 차근차근 훈련해 보세요. 작은 일을 반복하면서 실수하고 망치는 자신을 용서할 수 있게 됩니다.

특별히 그는 미국인들이 다른 나라보다 비합리적일 정도로 긍정적인 문화에 젖어서 '쾌락의 쳇바퀴'를 돌리고 있다고 안타까워했다. 사는 건 '쾌락의 쳇바퀴'를 굴리는 게 아니라 '고군분투'라는 생각이 마크 맨슨의 신경 세포에 강하게 뿌리내리고 있는 듯했다.

행복에 지나치게 신경 쓰지 말라고 가르쳐준 스승이 있나요?

부처입니다. 부처가 내 모든 아이디어의 출발점이죠. '고통이 곧 삶이다'라는 사실을 자기 삶을 던져서 깨닫고 알린 인물이잖아요. 빈자는 가난해서 부자는 부유해서 고통받습니다. 우리를 기분 좋게 해준 것들이 우리의 기분을 해치는 법입니다. 미국 심리학자이자 철학자 윌리엄 제임스에게도 영향을 받았습니다. 유년의 어려움은 통제할 수 없지만, 삶의 종료 시점에서 보면, 벌어진 일들은 내 책임으로 수용해야 한다는 그의 사상에 깊이 매료되었죠. 그는 이 모든 것들을 모아 '지식은 반드시 삶을 향상해야 한다'는 실용주의 철학을 창시했습니다.

좀 더 현실적인 스승은 누구인가요?

비틀스의 전 드러머였던 피트 베스트를 존경합니다. 그는 비틀스에서 쫓겨난 후 우울증을 앓고 소송을 하고 자살 시도를 했지만, 결혼 후 다른 가치를 찾았습니다. 명성에 신경

"책임을 수용하려면
'극단적인 자아상'을 버리는 게 좋습니다.
당신은 천재나 유망주도 아니고
비참한 피해자나 실패자도 아닙니다.
자신의 정체성을 희귀한 것으로 정하면,
세상이 더 위협적으로 보입니다.
그럴 땐 그냥 남들과 다르지 않게
학생, 배우자, 이웃, 창작자 정도로
자신을 규정하는 게 좋습니다.
약한 근육을 키우듯, 저지르고 책임지면서
차근차근 훈련해 보세요. 작은 일을
반복하면서 실수하고 망치는 자신을
용서할 수 있게 됩니다."

작가 마크 맨슨

을 끄는 대신 드럼과 가족에만 신경을 쓰며 단순하게 살았고, 2000년대 초반까지 유럽 순회공연을 했습니다.
반면교사도 있습니다. 바로 기타리스트 머스테인입니다. 머스테인은 엄청난 성취를 이룬 밴드 뮤지션이었지만, 자신을 쫓아낸 이전 밴드 메탈리카에 신경 쓰느라 성공한 뒤에도 스스로를 실패자로 여기며 살았지요. 두 사람 다 중요한 인생 스승입니다.

현재 당신이 가장 신경 쓰는 것은 무엇인가요? 또 신경 쓰지 않는 것은 무엇인가요?
전통적인 미디어 플랫폼에 글을 쓰는 것과 유튜브 콘텐츠를 만드는 것에 집중하고 있습니다. 몰입할수록 정신 사나운 온갖 대안에 휘둘리지 않고 더 나은 기회를 얻게 됩니다. 신경 쓰지 않는 것은 정치인들의 다툼입니다. 정치인이 쓰는 언어의 90%가 대중의 신경을 자극하는 멍청한 것들입니다.

당신에게 가장 유용했던 신경 끄기 비법을 알려준다면?
마음이 가지 않는 초대나 행사는 아무리 중요해도 가지 않습니다. 열정이 없는 것은 거절해도 됩니다. 또 나는 일할 때와 잠잘 때는 핸드폰을 다른 곳에 둡니다.
더 나아가 죽음을 가정해 볼 것을 권합니다. 죽음을 감안하면 장기적으로 무엇을 신경 쓰고 꺼야 할지 가늠이 됩니다.

지금 하는 일을 계속하면 죽기 전에 만족할까? 앞으로 1년만 산다면 가장 후회되는 일은 뭘까? 질문하면 가치가 모이고, 선택의 폭이 좁아지면 집중할 수 있는 능력이 생깁니다.

마지막으로 결코 신경을 끄면 안 되는 것은 무엇인지 조언을 부탁드립니다.

관계입니다. 내 주변의 이웃, 내가 사랑하는 사람, 공동체에 도움이 되는 것이 무엇인지는 반드시 신경 써야 하죠. 그렇다고 나를 포기하면서까지 타인을 신경 쓰라는 말은 아닙니다. 나와 타인 사이에서 균형을 잡는 게 중요하지요. 어렵지만 꼭 신경 써야 하는 것도 타인이고 신경 꺼야 할 것도 타인입니다.

어쩌면 우리는 그 기준을 알고 있다. '써야 할 신경'은 친절이며, '꺼야 할 신경'은 욕망이라는 걸. 인생의 종료 시점을 상상하면 풍요와 인정을 갈망하는 것보다 역경을 극복하는 데서 보람을 찾는 게 결국 '남는 장사'라는 걸.

그럼에도 아는 것이 진짜 뼛속에 각성될 때에야 비로소 우리 뇌도 과소비를 멈추고 신경 쓸 것과 끌 것을 분별할 수 있게 될 것이다.

2023.12.23.

마크 맨슨의 의젓함, 거창한 자아상 버리기

마크 맨슨은 한국을 여행하는 와중에 인터뷰 장소에 나타났습니다. 우리가 만난 어린이전문서점은 골목가 언덕의 3층 주택을 개조해서 만든 미로 같은 건물이었고, 사방에서 햇빛이 쏟아졌습니다. 책과 화초를 곁에 둔 마크 맨슨은 인터뷰 내내 온화하고 수줍은 표정이었지만, 한국인의 우울증과 높은 자살률에 대해서 이야기할 때만큼은 단호했습니다. 유튜브 인플루언서이기도 한 그는 후에 '세계에서 가장 우울한 국가를 여행했다'는 내용의 동영상을 올렸지요. 한국은 유교와 자본주의의 가장 나쁜 점을 불쏘시개로 태워 고속 성장했다는 해석이 가슴을 쳤습니다.

'유교의 수치심과 자본주의의 물신주의'.

100이 아니면 0이라는 분위기, 경쟁적 압축 성장은 우리 각자가 원하는 삶을 위해 스스로 정한 '가치 있는 고통'을 감내할 윤리적 에너지를 빼앗았습니다. '삶은 가치 있는 고통을 선택해서 책임을 지는 것'이라는 마크 맨슨의 말을 기억합니다.

생각해 보면 전업 작가가 되려면 고도의 가난과 스트레스를 감수해야 하기에, 저는 글 쓰는 회사원을 택했습니다. 그게 제가 감내할 만한 '고통의 레벨'이었어요. 그럼에도 매번 '나는 천재도 비참한 실패자도 아니다'라고 마음을 다잡으며 글을 씁니다. 그러다 보면 잠깐씩 독자들의 신뢰와 사랑을 확인하는 짜릿한 시간도 누리지요.

모든 일이 그렇지만 책임을 회피하면서 인생이 변할 거라는 기대는 당치 않아요. 다만 '인기스타 아니면 루저' 라는 식으로 정체성을 극단적으로 설정하면 무책임해지기 쉬우니, 대개의 시간은 근육 단련하듯 '보통의 나'를 받아들이는 겁니다. 최고의 부모도 최악의 부모도 아닌 보통의 워킹맘으로 울고 웃는 나를. 그렇게 조금씩 의젓함의 기초 체력이 쌓이겠지요.

계속할까, 그만둘까
오래 고민했다면
그만두는 것이 낫습니다

의사결정 전문가 애니 듀크

"가치 없는 일에 매달리면서
마음이 꺾이지 않으려 애쓰는 건,
도움이 되지 않아요.
성공은 어떤 일을 단순히 계속한다고
얻을 수 있는 게 아니거든요.
가치 있는 일을 계속하기 위해,
가치 없는 일은 최대한 빠르게 그만둬야 해요.
시간과 에너지는 한정되어 있으니까요."

의사결정 전문가 애니 듀크

우리는 집념과 투지의 시대를 지나왔다. 농경 사회를 거쳐 산업화 시대에 이르기까지 사회적 성공과 시스템의 안착에는 부모 세대의 '인내의 지분'이 녹아있다. 인내를 연료로 우리 삶은 앞으로 나아왔지만, 언제부턴가 똑똑해진 개인들은 '인내의 가성비'에 의문을 제기하기 시작했다.

성실과 끈기는 과연 우리를 더 나은 세상으로 데려가고 있는가? 혹시 낯선 선택지로 안내하는 '리스크 테이크'가 두려워, 관성에 따라 '가짜 성실'과 '억지 끈기'로 제자리를 맴돌며 자신을 학대하고 있지는 않은가?

나에게 가장 처음 포기의 신세계를 알려준 사람은 장기하였다. "제가 정의한 포기는 좀 더 자발적인 거예요. 삶에서도 음악에서도 불필요한 것, 못하는 걸 빼는 행위를 저는 '포기'라고 해요."

그는 손 근육이 마비되는 병을 앓게 되면서 프로 드러머의 꿈을 포기했고, 기타도 못 칠 상태가 되자 작곡과 보컬에만 전념했다. 그 과정에서 〈싸구려 커피〉 같은 명곡이 나왔고, 가수로 이름을 알리게 되었다.

나는 장기하를 통해서 '즐거움'과 '잘함'과 '계속함'의 평형은 '적절한 포기'에서 올 수도 있다는 걸 알았다. 포기는 자기만의 두각을 나타내기 위한 '선택'이었던 것. 그는 못 하는 게 있으면 짧게 절망한 후 자기를 잘 '설득해서' 생의 방향을 틀었다고 했다.

〈부럽지가 않아〉라는 노래를 부르는 그를 보면, 경쟁과 비교의 중력에서 완전히 벗어나 있는 듯했다. 포기할 때는 약간 힘을 빼는 자세가 도움이 된다고 했다.

두 번째 만난 '포기의 달인'은 뮤지션 겸 화가 백현진이다. 그는 말했다. "완성이란 없어요. 그저 손을 뗄 뿐이죠."라고. 다큐멘터리 감독 이길보라는 포기를 지속가능한 연대의 차원에서 접근했다. "편집을 더 하면 더 좋은 게 나올 수도 있지만, 파트너를 착취하지 않기 위해 이쯤에서 그만두는 게 좋겠다고 생각했어요."

이런 식의 '손을 떼는' 태도가 한편으로 완벽주의와 목표지상주의에 대한 경고로 느껴져서 신선했다. 그렇게 '포기와 중단의 미학'에 심취하던 중 시의적절하게 좋은 책을 만났다. '자주 그만두는 사람은 어떻게 성공하는가'라는 부제를 달고 나온 《큇(Quit)》이다.

《큇》은 충격적인 서사로 시작한다.

무하마드 알리는 33세에, 젊고 강한 포먼을 이기면서 '포기를 모르는 권투선수'의 상징이 되었다. 그러나 그 뒤 40세가 될 때까지 신경 손상과 반복적인 판정패 등 '은퇴 사인'을 무시하다가 파킨슨병에 걸렸다. 버티는 것이 항상 최선의 선택은 아니며, 제때 그만두지 못하면 큰 대가를 치른다고, 저자인 애니 듀크는 경종을 울린다.

애니 듀크는 역사상 최고 누적 상금을 수상한 세계적인 포커 플레이어로 거대한 '판돈'이 오가는 스릴 넘치는 포커판에서 '중단의 실전'을 익혔다. 컬럼비아 대학에서 심리학 박사 학위를 받았고, 더 나은 '끈기'를 위한 '끊기'의 기술을 연구했다.

의사결정 전문가 애니 듀크를 이메일로 인터뷰했다. 그가 가르쳐준 '그만두기 코치'와 '중단 기준'이 '그만둘까, 말까'를 고민하는 당신에게도 유용한 가이드가 되기를.

'퀏(QUIT)'이란 무엇입니까?

'퀏(QUIT)'은 어떤 일을 멈추는 것입니다. 동시에 그만두는 데서 그치지 않고 경로를 바꾸는 것이기도 하지요.

인내 없음, 조급함, 변덕스러운 충동과는 어떻게 구별되나요?

충동적으로 그만두는 것은 쉽게 흥미를 잃거나 게으른 '기질' 탓이죠. '퀏'은 최적의 의사결정 스킬입니다. 그만두는 것으로 얻어진 시간과 노력을 더욱 가치 있는 일에 활용하는 적극적 행위입니다.

'끊기'는 더 나은 일에 집중하기 위한 일종의 정리의 기술인가요?

그렇습니다. 물론 인내와 '그릿(Grit 투지)'은 이루기 어렵고 가치 있는 일을 계속해 나가는 데 매우 중요합니다. 하지만 때때로 유해하죠. 매몰 비용에 빠지기 시작하면 현실적으로 이루기 어렵고 가치를 다한 일인데도 손을 떼지 못하거든요. 어떤 일을 하든 인내를 가지고 계속해야 할 때와 그만두어야 할 때를 아는 건 중요합니다.

제때 그만두지 못한 대가의 사례로 든 무하마드 알리의 이야기는 매우 인상적이었습니다. 알리의 에피소드로 책의 서두를 연 이유가 있나요?

무하마드 알리는 20세기의 가장 유명한 스포츠 인물 중 한 명입니다. 사람들은 알리의 투지에 손뼉을 쳤지만, 그의 말년 선수 인생은 끝없는 끈기에 따르는 대가를 선명하게 보여줍니다. 이 인터뷰에서 제가 강조하는 건 하나예요. '끈기는 미덕이고 끊기는 실패'라는 생각을 버리세요. 상황마다 다릅니다.

알리의 끈기는 알리가 세계 헤비급 챔피언이 되는 원동력이었지만, 그는 신경질환을 경고한 의사의 말을 무시하고 권투를 지속해서 파킨슨병 진단을 받았죠. 인내와 투지는 분명 시간이 쌓여 폭발적 성과를 냅니다. 그러나 때로는 자기 파괴적인 역할을 한다는 것도 잊으면 안 됩니다.

에베레스트산에 올라갈 때보다 내려갈 때 사망자 수가 8배나 많다고요. '그만둘 상황에 직면하기 전에, 언제 그만둘지 미리 결정을 내려야 한다'는 문장이 강렬하더군요. 반환 시간을 반복적으로 강조하는 이유가 뭐죠?

그만큼 우리는 그만두는 결정을 '제때 제대로' 못합니다. 특히 반환 시간은 에베레스트산 정상 바로 밑까지 올라갔을 때처럼, 목표 달성이 눈앞에 보일 때 더욱 중요한 역할을 합니다. 실제로 에베레스트산 정상을 불과 90m 남겨 놓고도, 반환 시간을 지키기 위해 베이스캠프로 하산하는 사례도 있습니다. '그만두는 것도 옳은 선택'이라는 강력한 학습 효과가 없다면, 정상을 향해 계속 가려는 욕망을 포기하기 어려워요.

비전 없는 직장에 계속 머물거나, 서로를 갉아먹는 인간관계, 손해만 보는 사업에 집착하게 되겠죠. 이제 그만하세요. 정상을 찍어도 하산하는 도중에 목숨을 잃습니다. 형편없는 대우를 받으며 불만족스러운 직장 생활을 이어가겠죠. 혼자 화를 삭이며 이별을 질질 끌 겁니다. 자본이 바닥나고 채무만 남게 돼요. 인생은 생각보다 길지 않아요. 돌이킬 수 있는 반환 시간을 기억하고, 그 시간에 이르면 그만하세요!

하지만 '포기의 시점'을 안다는 게 어떻게 가능한가요?

정확히는 아무도 모릅니다. 일례로 뉴욕의 택시 기사 2,000명의 운행일지를 분석한 결과, 기사들은 손님이 많을 때 너무 일찍 운행을 중지하고, 없을 때 너무 오래 버티는 패턴 때문에 8~15% 비율로 손님을 놓쳤어요. 그럼에도 불안할 때 버티는 습관을 바꾸기 힘들어했죠. 우리도 살면서 이렇게 비합리적으로 너무 오래 버티거나 너무 빨리 그만두는 실수를 자주 저지릅니다.
그만둘까, 계속할까는 사실 심리전입니다. 스티븐 래빗이라는 사회학자가 어려운 선택 상황에서 동전을 던져 '그만둘까'와 '계속할까'를 결정한 사람들의 만족도를 조사한 적이 있어요. 결과를 보면 그만둔 사람들의 만족도가 훨씬 높았습니다. 그 실험이 말하는 핵심은 이겁니다. 비슷한 비중으로 고민될 때는 그만두는 것이 훨씬 더 나은 선택이라는 것.

주위를 둘러봐도 그 말은 사실이었다. 오랜 고민 후 이직이나 이혼, 이별, 이사를 결심하고 실행한 사람들은 이전보다 더 행복하다고 했다. 그것이 긴 터널처럼 끝없는 고민에서 벗어난 해방감 때문인지, 실제로 새롭게 다가온 기회에 대한 만족감인지는 정확히 측정할 수 없다. 하지만 충동적 결정이 아니라는 것을 전제로, 그들은 한결같이 말했다.

"왜 좀 더 일찍 그만두지 않았을까?"

애니 듀크의 말대로 우리는 정말 너무 오래 참고 있었던 것은 아닐까?

무엇보다 나는 인생을 바꿀지 모를 어려운 결정을 앞두고 2만 명이 넘는 사람들이 웹사이트의 가상 동전 던지기로부터 도움을 받으려 했다는 사실에 매우 놀랐다. 자기 파괴적인 '현상 유지'를 끝내는 데 동전

"우리는 그만두는 결정을 '제때 제대로'
못합니다. 특히 반환 시간은
에베레스트산 정상 바로 밑까지
올라갔을 때처럼, 목표 달성이
눈앞에 보일 때 더욱 중요한 역할을 합니다.
실제로 에베레스트산 정상을 불과 90m
남겨 놓고도, 반환 시간을 지키기 위해
베이스캠프로 하산하는 사례도 있습니다.
'그만두는 것도 옳은 선택'이라는
강력한 학습 효과가 없다면, 정상을 향해
계속 가려는 욕망을 포기하기 어려워요.
인생은 생각보다 길지 않아요.
돌이킬 수 있는 반환 시간을 기억하고,
그 시간에 이르면 그만하세요!"

의사결정 전문가 애니 듀크

던지기의 도움을 받다니!

사람들은 왜 그토록 그만두는 결정을 힘들어할까요? 저 또한 매 순간 그만두는 것의 리스크를 가정하고 감당하는 것이 힘들어서 익숙함에 안주해 온 사람 중 한 명입니다만.

무엇보다 우리는 '중단' 혹은 '포기'라는 단어에 패배감을 떠올립니다. 몸과 마음이 부서져도 스스로 끝내는 건 못난 짓이라는 집단 강박에 사로잡혀 있달까요. 그만두기는 역사적으로, 문화적으로 부정적인 범주에 갇혀 있었습니다. 그렇게 불행한 결혼, 탈진한 직장 생활, 부상당한 선수의 시간이 이어지죠. 타인에게 받을 비난을 상상하는 데 시간을 낭비하면서요.

우리의 본성이 쉽게 그만두지 못하도록 유도한다면, 적어도 '그만두기'와 '계속하기'에 대한 기댓값이라도 객관화할 수 있어야 하는데, 선택의 이해득실을 저울질하는 건 더 혼란스럽습니다.

제 이야기를 해보지요. 얼마 전 저는 오랫동안 일했던 정든 회사를 떠났습니다. 《후회의 재발견》이라는 책을 쓴 미래학자 다니엘 핑크를 인터뷰한 후, 그가 제시한 '대담성 후회'를 최적화하기 위해서였죠. 제가 '성장과 모험을 위해 직장을 그만두고 싶다'는 고민을 털어놨을 때, 10명 중 9명은 '그만두

기'를 만류하더군요. 50대 가장이 튼튼한 조직을 떠나는 일은 위험하다는 거죠. 사랑하는 친구들의 충고를 거스르기 어려웠지만, 제 안의 목소리를 거부할 수 없었고, 그로 인해 오히려 더 많은 준비를 할 수 있었어요. 만약 제가 당신에게 위와 같은 고민을 털어놓고 의견을 구했다면, 어떤 충고를 했을까요?

무엇보다 저는 먼저 지금까지 다니던 직장에서 자기 일에 얼마나 오랫동안 만족감과 행복감을 느꼈는지 물어봤을 겁니다. 예를 들어, 당신이 3개월 동안 만족감을 느꼈다면, 나는 그 3개월 사이에 당신에게 '그만두라'고 말하는 신호는 어떤 게 있었는지 물었을 거예요. 그다음에 '중단 기준'을 함께 작성했을 겁니다.

중단 기준은 중요해요. 일을 중단하거나 프로젝트 목표를 바꿀 때 손실을 줄이기 위한 기준을 뜻하죠. 그 중단 기준을 위해 묻겠지요. '직장을 그만두기 전에 어느 정도의 경제적 여유가 있습니까?' '그만두는 것 외에 다른 선택이 있습니까?'. 최종적으로는 '직장을 계속 다닐 경우, 1년 후에 당신은 얼마나 행복할까요?' '직장을 그만두고 나서, 1년 후에 당신은 얼마나 행복할까요?' 두 상황에 따른 행복과 삶의 만족도를 비교해 본 다음 결정하라고 조언했을 겁니다.

책에서 저는 많은 연봉을 받고 경영 업무를 맡게 된 의사와의 이직 상담 과정을 사례로 소개했어요. 저는 그녀에게 물었어요. '회사를 계속 다니면 1년 후 불행할까요?' '네. 아마도' '이직하면 1년 후 불행할까요?' '아니요. 그건 모르겠어요'. 그녀는 나와 상담한 후 바로 회사를 그만뒀고, 결과적으로 매우 만족했습니다. 저는 그에게 중단 기준과 기대 가치 같은 개념을 적용했어요.

박수 칠 때 떠나야 한다는 말, 자주 그만두는 사람이 성공한다는 말은 쉽지만 결정까지는 엄청난 고민이 필요합니다. 합리적인 선택을 하고 스트레스를 줄이기 위해서라도, 제가 말한 중단 기준과 기대 가치를 꼭 기억해 주기 바랍니다.

중단 기준은 구체적으로 어떻게 만들 수 있나요?

언제 중단하겠다는 구체적인 상태와 시점을 입력하면 됩니다. 'n개월 후에 이 제품의 개발이 완료되지 않으면 개발을 포기하겠다' 'n개월 후까지 상대가 내게 청혼하지 않는다면 혹은 내가 청혼했는데 상대가 받아들이지 않는다면 헤어지겠다' 'n년 후에도 특정 직위까지 승진하지 못하면 이직하겠다'라고 말이지요.

중단 기준의 핵심은 간단합니다. 감당하기 힘든 손실이 발생하기 전에, 그만두겠다는 결정을 이행하는 거죠. 떠밀려서 그만두거나 거대한 손실을 떠안을 때 그만두는 건 의미가 없습니다. 그건 '그만두기가 아니라 상처뿐인 끝이자 종결'에 지나지 않습니다.

중단 기준을 세웠어도 저는 포커 게임을 할 때 그 기준을

100% 준수하지 못했어요. 우리는 나약한 인간이니까요. 하지만 완벽하진 않아도 조금씩 나아질 수는 있어요. 어쨌든 재앙이 닥치기 전에 상황을 체크한다면 점점 더 합리적인 판단에 가까이 갈 수 있습니다.

애니 듀크는 견뎌온 시간과 노력이라는 매몰 비용에 대해 일목요연하게 설명한다. 쉽게 말해 우리는 커진 '판돈'과 들인 '본전 생각'에 함몰된다. 게다가 시작하는 것과 달리 그만두는 건 과거와 현재, 미래를 동시에 계산해야 하니, 그 과정 자체가 대단히 복잡하다.

경험상 우유부단의 기간이 길어질수록 자기 불신도 깊어진다. 견디는 나에 대한 대견함보다 다른 선택지가 없어 버티는 나에 대한 분노가 커지면 자아 존중감마저 곤두박질친다.

과거에 비해 더 똑똑해진 우리가 투입된 시간 · 자본 · 에너지를 비교하는 일에는 왜 그토록 서툴까요?

교육 수준이 낮거나 정보가 부족하거나, 계산을 잘못했기 때문이 아니에요. 매몰 비용은 말 그대로 매몰되는 현상이에요. 인지적 착각 같은 뇌의 인지 오류죠. 화살표 방향에 따라 동일한 길이의 두 직선 중 하나가 더 짧고 다른 것이 길어 보이는 뮐러-라이어 착시현상이라는 게 있어요. 이런 착시현상을 자각한다 해도, 착시현상에서 비롯된 힘이 너무 강력해 벗어나기 힘들어요.
이런 인지 편향을 극복하는 가장 확실한 방법은 '그만두기 코치'를 두는 겁니다. 인지 편향의 힘에 사로잡혀 있을 때, 밖에서 우리를 객관적으로 봐줄 수 있는 사람! 그들이 '당신의 인내심은 더 이상 가치가 없다'고 말한다면 제발 귀를 기울이세요.

그만두기 코치라고 굳이 명명하는 데는 이유가 있겠지요?
뭔가를 그만두려고 했을 때, 혹은 포기하려고 했을 때 사람들이 위로와 용기를 주려고 했던 것을 기억할 겁니다. 하지만 당신에게 절실한 사람은 진실을 말해줄 수 있는 사람입니다. 우리가 듣고 싶은 말이 아니라, 우리가 들어야 할 말을 해주는 사람이어야 하지요.

포기의 본질이 '탐색과 확장'이라는 사실을 당신에게 가르쳐 준 사람은 누구인가요?
구글 혁신 허브 조직 'X'의 CEO 아스트로 텔러입니다. 제가 만나본 최고의 '그만두기 달인'으로, 구글에서 '그만두기의 중요성'을 증명했던 사람이죠.
그는 세상을 바꿀 수 있는 수많은 아이디어들을 만들고 취합하지만, 대부분 폐기합니다. 빠르게 포기하고 자주 그만

"중단 기준의 핵심은 간단합니다.
감당하기 힘든 손실이 발생하기 전에,
그만두겠다는 결정을 이행하는 거죠.
떠밀려서 그만두거나 거대한 손실을
떠안을 때 그만두는 건 의미가 없습니다.
그건 '그만두기가 아니라
상처뿐인 끝이자 종결'에 지나지 않습니다."

의사결정 전문가 애니 듀크

두지만, 대신 가치 있는 일에는 조직 역량을 집중했지요. 특히 '어려운 부분을 먼저 해결하라'는 조언이 제게 큰 영향을 미쳤습니다.

대니얼 카너먼과 리처드 탈러와의 만남은 어땠나요?

평생을 인지 편향과 결정 오류를 연구한 대니얼 카너먼 같은 사람도 제때 잘 그만두기를 어려워했다고 합니다. 그래서 '그만두기 코치'를 곁에 뒀지요. 그 코치가 바로 리처드 탈러였습니다.

세계적인 행동과학자에게도 그만두기 코치가 필요할 정도니, 우리 같은 일반인에게는 말할 것도 없겠죠. 위대한 학자들과의 만남에서 통찰을 얻는 행운이 바로 이런 겁니다. 두 명의 노벨 경제학 수상자가 내게 말해주었듯이 우리도 소중한 사람에게 그만두기 코치가 되어야 합니다.

> *"당신을 사랑하지만 가슴 아픈 말을 해줄 친구를 찾으세요."라고 했다는 대니얼 카너먼의 조언이 가슴에 와 닿았다.*

한편, 의사결정권자의 판단에 큰돈이 오고 가는 기업의 경우, 시작하는 결정과 그만두는 결정을 하는 사람을 따로 두라고 권했는데요. 왜 굳이 분리해야 합니까?

배리 스토(Barry Staw)라는 사회학자가 했던 금융 연구를 예로 들지요. 채무자에게 대출을 실행할 때, 은행은 최초 대출 결정 후에도 여러 후속 결정을 내립니다. '추가 대출을 해줘야 할까?' '조건을 재조정해야 할까?' '재심사를 해서 대출 상환 가능성을 낮춰야 할까?' 같은 것들이죠.
배리 스토가 132개 은행의 대출을 9년간 추적한 결과는 매우 흥미롭습니다. 첫 대출을 승인했던 책임자에 비해, 교체된 책임자가 대출 상환에 문제가 있다는 사실을 더 빠르게 인정했어요. 새로운 책임자들은 대출을 승인한 사람이 자신이 아니기 때문에, 대출금을 손실로 처리하는 사례가 훨씬 많았습니다.
일의 시작을 결정하는 사람(최초 대출책임자)과 중단을 결정하는 사람(새로운 대출책임자)을 따로 두라고 조언하는 이유가 바로 여기에 있습니다.

중단 결정권자가 더 객관적이라는 거죠?
그렇습니다. 이 데이터는 기관투자자들에게 좋은 힌트가 됩니다. 즉, 주식 매입과 매도 시점을 승인하는 위원회를 따로 둬야 한다는 거죠. 큰 조직만의 일이 아닙니다. 그만두기 코치는 당신 개인을 위한 '새로운 대출책임자'이며, '매도 시점 승인 위원회'가 될 수 있습니다.

인생이 숫자로만 이루어진 주식시장 같을 순 없습니다. 그건 그렇고 배리 스토는 왜 9년간이나 은행 대출 문제에 그렇게 끈질기게 매달렸을까요?

배리 스토와 관련한 또 하나의 인상적인 일화가 있어요. 해럴드 스토라는 사업가가 있었습니다. 그는 작은 전자제품 매장에서 사업을 시작해 1960년대에 캘리포니아 남부에서 가장 큰 소매 체인을 소유하게 되었습니다. 그러나 변화에 적응하지 못하고 몰입 상승의 늪에 빠져 수많은 중단 기준을 무시한 끝에 몰락하고 말았죠.

베리 스토는 해럴드 스토의 경영 실패를 비롯해 정부, 금융, 기업 경영 부문에서 몰입 상승과 그 결과를 분석했고, '사람들이 진흙 수렁에 무릎까지 빠지는 이유'라는 제목의 논문으로 발표했습니다. 이름에서 알 수 있듯이 배리 스토는 해럴드 스토의 아들이었어요.

부자지간에도 '그만하세요!'라는 조언은 어려운 일이군요.

그렇습니다. 아버지 해럴드가 K마트 그리고 다른 주주들과의 지는 싸움에 집착하고 있을 때 아들인 배리 스토는 사회학자로서 연구한 거죠. 왜 사람들이 부정적인 신호에도 불구하고 지나치게 오래 버티는지, 어떻게 하면 그만두고 잘 떠날 수 있는지….

멈춤은 더 좋은 시작의 예비 단계이지만, 소중한 사람들에게 '그만하라'는 설득은 늘 조심스럽다고 했다.

설득으로 그만두게 만들 수는 없습니다. 제 목표는 '그만둬도 괜찮다'고 느끼게 하는 겁니다. 그렇게 느낄 만한 적절한 도구를 제시하는 거죠. 이전에 저는 엠파티클(mParticle)이라는 기업에 영업 활동 중단 기준을 컨설팅했습니다. 엠파티클의 사원들은 실패로 끝날 계약을 전혀 감지하지 못했고, 그래서 영업 활동에 진전이 없었습니다.
영업팀과 중단 기준 관련 상담을 하면서 저는 '거래가 성사되지 못할 것이라는 신호는 더 일찍부터 있었다'는 걸 알게 됐어요. 실패를 상상하면서 미래를 내다본 후 원인을 알아내는 작업을 사전부검(premortem)이라고 합니다. 이런 중단 기준을 교육받은 후 엠파티클 사원들은 영업 실패율을 줄이고, 더 나은 기회에 공을 들이는 법을 배웠습니다.

나 또한 인터뷰 인물을 섭외하는 과정에서 '계속할까, 그만둘까'를 고민할 때가 있었다. 과거에는 유명세에 집착해 '열 번 찍어 안 넘어가는 나무 없다'는 마음으로 될 때까지 두드렸지만, 지금은 쿨하게 포기한다. 거절의 몇 가지 징후를 파악한 후, '세상은 넓고 만나야 할 사람은 많다'는 마음으로 새 인물에 눈을 돌리자

더 많은 기회가 찾아왔다.

가만 보면 우리는 자신에게 더 많은 선택지가 있다는 걸 모른 채 살아가는 것 같다. 언젠가 다리뼈가 부러진 채로 기어가서 결승선에 골인하는 일본 마라톤 선수를 보고 놀란 적이 있다. 그에게는 왜 완주만이 유일한 선택지였을까?

때로는 몸이 망가지는 데도 경기를 계속하려는 선수를 보면 안타깝습니다. 그라운드 밖의 감독과 관중이 무리한 '부상 투혼'을 발휘하지 못하도록 도와주어야 하지 않을까요?

맞아요. 저도 다리뼈가 부러진 채로 수십 킬로미터를 달리는 마라톤 선수들을 보고 놀란 적이 있어요. 선수는 사회가 정한 성패의 분위기에 휩쓸려 갑니다. 그래서 목표 설정을 할 때 항상 '그렇지 않다면'이라는 말을 포함해야 합니다.

과정에서 얻을 것과 잃을 것을 계산해야죠. 사회 구성원들도 결승선보다 출발선에서 전진한 거리를 가치 있게 평가해줘야 합니다. 완주하지 못해도 배움과 즐거움을 얻을 수 있다고.

결국 '퀏'은 '그릿'을 보완해서 '지속가능성'을 높이는 새로운 시대정신이로군요.

네. 저는 '퀏'이 새로운 시대정신이 되기를 희망합니다. 많은 분이 '끊기의 중요성'에 새롭게 눈 뜨고 있어요. 그런 이유로 '큇'을 '그릿'에 대한 완벽한 변증법적 보완이라고도 하지요. 세상은 끊임없이 변하는데, 왜 처음에 정한 목표를 수정하지 않습니까? 유동적인 세상에서는 목표도 유동적이어야 해요.

가치가 없는 일을 편집증적인 태도로 수행한다면 우리에게 남는 건 탈진뿐이라고 했다.

혹시 '그만두기엔 너무 늦은 나이'라는 건 없을까요?

시작하기, 계속하기, 그만두기에 결정적인 영향을 미치는 요인은 나이와 무관합니다. 모든 결정은 가장 큰 기대 가치를 제공하는 예측 결과에 기초해야 합니다. 당장 그리고 남은 시간 동안 자신에게 유리한 선택을 하면서 나아가야 합니다.

당신은 자신의 '중단 경력'에 대해서는 어떻게 평가하나요? 인생을 돌아보며 자주 그만둔 것에 만족합니까?

저는 그만두기로 경로 변경을 많이 한 사람입니다. 대학원을 그만두고 포커 대회에 참가했고, 포커 게임을 그만둔 다음에는 책을 쓰기 시작했고, 지금은 대학원으로 돌아와 공부하면서 다음 책을 쓸 준비를 하고 있습니다. 자주 그만두는 사람이지만, 한편으로는 끈기도 있는 사람이라고 생각합니다(당장 책 한 권을 쓰기 위해서는 상당한 끈기가 필요합니다). 일이 잘되기 위해서는 행운 역시 작용해야 하죠.
전문 포커 플레이어였을 때, 제가 했던 모든 게임에는 그만두기 결정을 해야 하는 순간이 있었습니다. 어떤 게임을 계속해야 하는지, 언제 판을 접고 일어나야 하는지 순간순간 결정해야 했죠. 늘 이기진 못했지만, 최소한 중단 기준만은 지키려고 노력했습니다. 그 덕분에 대체로 저는 다른 사람보다 승률이 높았습니다.

마지막으로 인생 경기장에서 꺾이지 않는 마음과 포기하는 마음이 어떻게 서로를 일으킬 수 있을지 조언을 부탁합니다. 한국에서는 한창 '중요한 건 꺾이지 않는 마음'이라는 말이 유행했거든요.
일단 '꺾이지 않는 마음'이라는 말은 정말 멋있군요. 저도 긍정적인 에너지를 느낍니다. 가령 포커 대회에서 결승전에 올랐다고 해보지요. 몇 번 실수하거나 운이 없어서 칩을 많이 잃었다 해도 저는 포기하지 않을 겁니다. 승부욕, 우승이라는 명예, 상금이라는 포상을 위해 '중요한 것은 꺾이지 않는 마음'을 되새겼을 거예요.
하지만 이런 특수 상황이 아니라면, '가치 없는 일'에 매달리면서 마음이 꺾이지 않으려 애쓰는 건, 도움이 되지 않아요.

성공은 어떤 일을 단순히 계속한다고 얻을 수 있는 게 아니거든요. 가치 있는 일을 계속하기 위해, 가치 없는 일은 최대한 빠르게 그만둬야 해요. 시간과 에너지는 한정되어 있으니까요.

2023.02.18.

애니 듀크의 의젓함, 그만두기 코치

요즘도 '끈기'과 '끊기'의 줄다리기 논쟁은 계속되는 것 같습니다. 일례로 배우 이순재는 연말 시상식에서 "여러분, 그동안 신세 많이 졌습니다."라고 해서 뭉클함을 남겼습니다. 희극인 이경규는 "박수 칠 때 왜 떠납니까?"라고 내질러서 산뜻한 카타르시스를 안겼지요. 45년 지속의 힘은 '성실, 침묵, 자기애'라는 타이틀의 이경규 인터뷰 기사에 달린 댓글 하나가 제 눈에 박혔습니다.

'자기애의 끝은 장인'.

맞습니다. 건강한 자기애의 끝은 장인입니다. 자기가 뭘 좋아하는지를 관찰하고 깊이 파고들어 몰두하다 보면 장인의 경지에 이릅니다. 직업이든 취미든, 지금은 조예가 깊어진 개인들이 서로에게 존경을 표하는 상호 팬덤 세상입니다.

그런 맥락에서 제가 생각하는 끈기와 끊기의 기준은 섬세한 자기애입니다. 경험상 계속할까, 그만둘까를 결정하는 기준은 '계속할 만큼 내가 즐거운가'였어요. 애니 듀크의 조언대로 퀏은 더 나은 그릿(투지)을 위한 전술이니까요.

결혼 생활이든 회사 생활이든, 만약 견딜 만한 의미와 즐거움을 찾지 못하고 끔찍한 일이 반복되는 데도 그만두지 못하고 있다면, 상황에 매몰되어 있다는 증거입니다. 메타 인지가 고장 나서 중단 기준조차 찾지 못한다면 서둘러 구조 신호를 보내야 합니다. 다행히 저는 가장 가까운 친구가 '그만두기 코치'가 되어주었습니다. 그 친구의 차를 타고 변호사 사무실을 찾았던 그날의 해방감을 잊을 수 없어요.

품성 기량 시대,
재능보다 품성이 중요해요

조직심리학자 애덤 그랜트

"핵심은 '출발점이 아니라
얼마나 먼 거리를 이동했는가'입니다.
적절한 기회와 배우고자 하는 동기 부여가
있으면 누구든 대단한 성취를 이룰 수 있어요.
성격이 평상시에 여러분이 어떤 사람인지
보여준다면 품성은 힘든 시기에 여러분이
어떤 사람인지 보여줍니다. 품성은 낮은
본능을 극복하는 학습된 기량의 묶음입니다.
지속가능성의 핵심이지요."

조직심리학자 애덤 그랜트

체스는 천재들의 게임으로 알려져 있다. 과연 그럴까? 1991년 봄, 미국 전역의 천재가 모인 중등학교 체스 선수권 대회에서 이례적인 사건이 일어났다. 창단 2년 된 할렘 빈민가 출신의 공립학교 체스팀이 부유한 명문 사립학교 출신의 고도로 훈련된 체스팀을 이긴 것이다.

대부분 유색인종에 한 부모 가정 출신의 빈민가 아이들이 어떻게 신동들로 가득 찬 전통 있는 엘리트 백인 체스팀들을 이길 수 있었을까?

비밀은 공립학교 체스팀 코치 모리스 애슐리의 전략에 있었다. 애슐리는 체스팀을 꾸릴 때 실력이 우수한 아이보다 감정을 스스로 잘 조절하는 침착한 아이들을 선발했다. 상대 팀은 심리적 압박을 받을 때 서두르거나 불안한 감정을 드러냈지만, 애슐리의 팀은 마치 프로 선수들처럼 냉철하게 행동했다. 자제력과 주도력을 갖춘 팀원들은 상대 팀이 허둥대는 사이 급상승했고, 외통수를 찔러 승리했다.

성취를 결정하는 것은 재능일까? 품성일까?

BTS, 블랙핑크 등 전 세계의 이목을 집중시키는 글로벌 K팝 스타들 혹은 손흥민, 김연아 등의 스포츠 스타를 볼 때 우리는 그들의 압도적 퍼포먼스에 열광하지만, 전문가들은 그들이 보여주는 재능 이면의 정서적 역량, 소위 '인성'에 주목한다. 변화무쌍한 무한 경쟁 무대에서 성실함과 인내, 친화력 같은 심리적 자원이 부실하면, 언제 어디서건 돌출하는 리스크를 감당할 수 없기 때문이다.

와튼 스쿨의 조직심리학 교수 애덤 그랜트는 최근작《히든 포텐셜》에서 바로 그 '인성의 신비'를 탐구했다. 그는 수많은 사례와 연구를 통해 '품성이 재능보다 훨씬 중요하다'고 결론내린다. 실제로 세계적인 음악가, 예술가, 과학자, 운동선수들을 심층 면담한 결과, 신동은 손에 꼽을 정도였으며, 그들의 재능은 형제자매나 이웃집 아이와 비교해서 좀 더 나은 정도였다. 그들의 잠재력을 끌어낸 것은 다름 아닌 그들의 품성이었다.

다만 애덤 그랜트는《히든 포텐셜》에서 성격과 품성을 혼동하면 안 된다고 강조한다. 성격이 '평상시에 우리가 어떻게 반응하는가'라면, 품성은 '어려울 때 우리가 어떻게 대응하는가'이다. 우리의 운명을 결정하는 것도 성격이 아니라 품성이다. 성격은 우리의 경향이지만, 품성은 우리가 그 경향을 초월해 원칙에 충실하도록 돕기 때문이다.

로봇이 심장 수술을 집도하는 AI 시대에, 인간의 인지적 기량이 자동화될수록 품성 기량은 더없이 중요해진다. 우리는 지금 '품성 혁명'의 한가운데를 지나고 있다고 선언하는 《히든 포텐셜》의 저자 애덤 그랜트를 인터뷰했다.

애덤 그랜트는 책에서 높이가 아닌 이동 거리를 추출하는 방식으로 한 사회와 개인이 도달할 수 있는 품성 기량의 힘을 짚어냈다.

^

잠재력이란 무엇인가요?

잠재력은 '얼마나 멀리 가느냐'입니다. 핵심은 출발점(재능)보다 '얼마나 먼 거리를 이동했는가'죠. 적절한 기회와 배우고자 하는 동기 부여가 있으면 누구든 대단한 성취를 이룰 수 있습니다. 우리는 이제까지 '눈에 크게 보이는 재능'에 집중했지만, 인생 초기에 보이는 재능은 천차만별입니다.

세상엔 신동으로 태어나 세상을 휩쓰는 모차르트보다 서서히 부상하는 대기만성형 바흐가 더 많다고 했다.

세계적인 피아니스트, 운동선수 중 신동은 손에 꼽을 정도고, 이웃집 아이보다 나을 정도였다는 사실이 허를 찌르더군요.

제 생각에 가장 분명한 사례는 미국 스포츠입니다. 스테판 커리(Stephan Curry)는 NBA 역사상 가장 뛰어난 슈터이지만, 주요 농구팀이 있는 단 하나의 대학에서도 스카우트 제의를 받지 못했습니다.

또 톰 브래디(Tom Brady)는 NFL 역사상 최고의 쿼터백이지만 198명의 다른 선수들이 선발되고 나서야 선발됐습니다. 선발자들은 두 사람 모두 두각을 나타낼 타고난 재능이 없다고 말했죠. 그런데 그들은 톰 브래디가 얼마나 강하게 동기가 부여되어 있는지, 스테판 커리가 얼마나 품성이 뛰어난지 가늠하지 못했습니다.

품성 기량이라는 워딩 자체가 큰 영감을 주더군요. 주도력, 친화력, 자제력, 결의 4가지 기량은 어떤 기준으로 추출된 것인가요?

지난 20년 동안 저는 친화력과 주도력을 파고들었습니다. 이 두 가지 품성이 핵심 동기가 된다고 판단했죠. 그러다 경제학자 라즈 체티(Raj Chetty)의 논문을 읽고 품성이 단순한 성품을 넘어서 기량이라고 확신하게 됐습니다.

라즈 체티는 어릴 때 어떤 유치원 교사에게 배웠느냐에 따라 20대에 돈을 얼마나 벌지 예측 가능하다는 걸 발견했지요. 라즈 체티가 제시한 증거에 따르면 훌륭한 유치원 교사에게 품성 기량을 배운 학생들은 성공할 가능성이 커집니다. 기량에 관한 연구 논문들을 읽으면서, 제가 가장 좋아하는 친화력과 주도력에 자제력과 결의가 합쳐졌을 때 품성 기량이 증폭된다는 것을 알게 됐습니다.

품성과 성격은 어떻게 다릅니까?

성격이 평상시에 여러분이 어떤 사람인지 보여준다면 품성은 힘든 시기에 여러분이 어떤 사람인지 보여줍니다. 품성은 낮은 본능을 극복하는 학습된 기량의 묶음입니다.

얼마나 높이 오르는가가 아니라 얼마나 멀리 가느냐가 중요하다. 지속가능성의 핵심은 품성이다.

한국 속담에 '될성부른 나무는 떡잎부터 알아본다'는 말이 있는데, 품성이 타고나는 것이 아니라 늦게라도 길러질 수 있다는 게 사실인가요?

서아프리카 출신 사업가들을 대상으로 한 실험에서 나타나듯이, 품성 기량을 발달시키기에 너무 늦은 때란 없습니다. 40대와 50대 창업가들을 무작위로 두 집단으로 나눠 한 집단에는 1주일 동안 기회를 예견하고, 변화를 주도하고 장애물을 극복할 계획을 수립하는 등 품성 기량을 연습하도록 했습니다.

2년 후 그들의 수익은 30% 증가했습니다. 재무와 마케팅 같은 인지 기량을 학습한 다른 집단이 올린 수익률의 거의 세 배에 달하는 수치였지요.

인지적 기량이 자동화되면서 우리가 품성 혁명의 한가운데 있다고 했습니다. 생성형 AI 시대에도 유효한 통찰인가요?

제가 그 대목을 쓴 시점이 바로 생성형 AI가 급속히 발전하는 와중이었습니다. 저는 오히려 예전보다 지금이 품성 기량이 한층 더 중요하다고 생각합니다. 우리는 우리의 원칙이 뭔지 결정할 권한을 기계에 맡겨서는 안 됩니다.

성인의 경우 불편함을 마주할 용기, 서투름을 허용할 용기, 실수를 목표로 삼는 품성 기량이 잠재력을 증폭시킨다고 했어요. 특히 외국어 학습에 대한 사례가 놀랍더군요.

맞아요. 다언어 구사자는 제가 가장 좋아하는 사례입니다. 미국에서 10대를 보낸 새라 마리아 해즈번(Sara Maria Hasbun)은 자신은 절대로 외국어를 배우지 못하리라고 확신했다고 합니다. 그녀는 아버지의 모국어가 스페인어인데도 학교에서도 스페인어를 익히지 못했죠. 자신에게 언어 재능이 없는 건지 아니면 어렸을 때 외국어를 학습할 결정적 시기를 놓쳤는지 알 수 없었습니다.

하지만 지금 해즈번은 5개 언어를 유창하게 구사합니다. 게다가 그녀는 20대와 30대 때 그 모든 언어를 습득했지요. 숨은 잠재력을 실현하게 된 비결은 자신을 불편한 상황에 놓이게 만들었다는 점입니다. 스페인어를 배우지 못한 이유는 스페인어로 말하는 것이 겁났기 때문이라는 것을 깨달았지요. 실수하거나 바보처럼 들릴까 두려워서 말하는 연습을 전혀 하지 않은 겁니다.

"잠재력은 '얼마나 멀리 가느냐'입니다.
핵심은 출발점(재능)보다 '얼마나 먼 거리를
이동했는가'죠. 적절한 기회와
배우고자 하는 동기 부여가 있으면
누구든 대단한 성취를 이룰 수 있어요.
지속가능성의 핵심은 재능보다 품성입니다."

조직심리학자 애덤 그랜트

지금 그녀는 새로운 언어를 배울 때, 첫날부터 그냥 그 언어로 내뱉기 시작합니다. 실수할수록 더 빨리 터득하는 원리죠. 성별을 잘못 소개하거나 항문이 멋지다고 칭찬한 적도 있지만, 사람들은 그 노력과 용기를 더 칭찬해 줍니다. 해즈번은 그렇게 눈감고 뛰어들듯 한국어를 터득했습니다. 그리고 70대 후반인 그녀의 부친도 그녀를 따라 한국어를 배우고 있습니다.

비판이나 모욕에 민감한 사람일수록 흡수 역량이 점점 떨어진다고 경고했다. 애덤 그랜트 자신도 남 앞에서 말하기를 끔찍하게 두려워했지만, 좋은 스승을 만나 극복했다고 했다.

당신의 품성 기량을 북돋워 준 사람은 누구였나요?

내성적이고 수줍음이 많던 저는 기적처럼 저의 숨은 잠재력을 간파한 제인 더튼(Jane Dutton)이라는 멘토를 만났습니다. 그분은 제가 마술을 했다는 사실을 알고, '내면의 마술사를 자유롭게 풀어주라'고 격려했죠. 저는 점점 강연 무대를 마술쇼라고 생각하고 청중을 놀라게 할 깜짝 요소와 장난을 도입했습니다. 작은 강의실에서도 사시나무 떨듯 떨던 사람이 10년의 세월이 지나는 동안 TED 무대에서 강연하고 박수갈채를 받는 사람으로 바뀌었습니다.

잠재력을 끌어내 줄 스승이 최고의 스승이군요!

맞아요. 청소년 시절, 스프링보드 다이버 훈련을 할 때도 저는 최악이었습니다. 몸이 너무 뻣뻣해서 팀원들은 저를 프랑켄슈타인이라고 놀렸지요. 높이 도약하지도 못하고 빨리 회전하거나 몸을 뒤틀지도 못했어요. 하지만 기적처럼 에릭 베스트(Eric Best)라는 코치를 만났습니다. 그가 제게 동기를 유발하고 기회를 주었죠.

저는 최악의 다이버였지만 코치는 배우려는 운동선수를 절대로 탈락시키지 않는다고 했습니다. 고등학교를 졸업할 즈음이면 제가 주 결승전에 진출할 가능성이 있다고 했고, 그 목표를 달성하기 위해서 그도 저만큼 투자하겠다고 약속했죠. 그는 제게 몸을 회전시키는 물리학 원리를 설명해 주었고, 저는 뒷마당에 있는 트램펄린 위에서 빨리 회전하는 법을 연습했습니다. 다른 선수들의 동영상을 보여주며 그들이 쓰는 기법을 연구하도록 격려했고요. 결과적으로 저는 예상보다 한 해 일찍 주 결선에 진출했고, 주니어 올림픽 대표 자격을 얻을 수 있었습니다.

최연소 종신교수가 되고 TED 인기 강연자가 되고 글로벌 베스트셀러 작가가 된 것이 온전히 당신 재능의 결과물이 아니라는 거죠?

물론입니다. 자화자찬하고 싶지 않아요. 저는 운이 좋았습니다. 저의 숨은 잠재력을 알아보고, 그 잠재력을 실현하도록 도와준 지도자가 없었다면 다 불가능했어요. 그분들을 실망시키고 싶지 않았습니다. 그들에게 받은 은혜를 다른 사람에게 베풀어 갚고, 저도 끊임없이 더 나아지고 싶습니다.

이즈음에서 빛과 콘크리트의 거장인 건축가 안도 다다오 이야기를 하고 싶군요. 당신 책에서 안도 다다오를 만날 줄은 정말 몰랐습니다. 그를 통해 무엇을 말하고 싶었습니까?

불완전함의 미덕입니다. 저는 안도 다다오를 통해 탁월함은 완벽을 추구하는 게 아니라 적절한 불완전함을 받아들이는 과정이라는 걸 배웠어요. 그가 초창기에 지은 집들을 보면 창문이 없거나, 일부 방은 천장이 없어 비가 오면 방에서 방으로 건너갈 때 우산을 써야 했죠. 집의 기능을 어느 정도 포기하는 대신 '도시 한복판에서 자연과 교감한다'는 자신의 의도를 달성한 겁니다.

안도의 뛰어남은 결함이 필연적이라는 걸 받아들인 거죠. 그런 자제력이야말로 중요한 품성 기량입니다. 학창 시절 가난하고 성적도 별로였던 안도는 권투 선수가 됐고, 링에서 배운 실전 기술을 후에 건축에 활용했어요. 이기고 싶다면 난관을 돌파해야 했죠. 얼굴을 보호하려면 몸은 노출되도록 두고 맞아야 했어요. 그는 완벽함이 아니라 기꺼이 받아들일 만한 정도를 추구했습니다. 불완전함에서 아름다움을 찾는 와비사비를 찾아낸 거죠.

와비사비가 품성 기량이라는 말에 동의합니다. 불가능한 이상을 도달할 수 있는 표준으로 전환하는 자제력이 없었다면, 저도 이 일을 계속할 수 없었을 거예요. 그런데 기술적 태만함과 수용할 만한 수준을 어떻게 분별할 수 있죠?

어떤 결함은 받아들일 만하고, 어떤 결함은 반드시 고쳐야 하는지 저는 다이빙을 통해 배웠어요. 완벽할 필요는 없어요. 단지 분명하고도 높은 목표를 겨냥하면 됩니다. 그런 기준을 내게 알려줄 믿음직한 이들을 곁에 두는 게 중요하고요.

가령 저는 책을 쓸 때 초안을 네다섯 명 정도의 지인에게 보내 점수를 매겨달라고 부탁합니다. 그리고 내가 그 책이 지닌 잠재력을 실현했다고 그들이 만족할 때까지 계속 내용을 수정해요. 중요도가 높은 프로젝트일수록 수정 작업도 많이 하죠. 때로는 그들에게 0~10점까지 점수를 매겨달라고 합니다. 제가 가장 중요하게 생각하는 측면들은 8~9점을 목표로 삼고, 그보다 덜 중요한 측면들은 6~7점 정도면 만족합니다. 하지만 결국은 제 자신이 마지막 판단을 내려야 합니다. 나 자신이 결과물에 자부심을 느끼는가?

자신의 동기 부여와 외부의 동기 부여 중 어떤 것이 더 강력합니까?

어느 쪽이 더 효과가 있는지는 모르겠지만, 스스로 동기를 부여하는 게 훨씬 더 지속 가능하다고 생각합니다. 저는 연구를 통해서 내 행동이 다른 사람들에게 미칠 영향을 가늠할 수 있을 때, 강력한 동기 부여가 된다는 사실을 깨달았지요. 가령 대학 기부금을 부탁하는 일을 한다고 칩시다. 이때 혜택을 받을 학생을 한 사람만 직접 만나봐도 일하는 태도가 달라져요. 기부금이 왜 필요한지 전화 통화에 두 배 이상 시간을 쓰고, 조성하는 기금 액수도 세 배 이상 늘어나죠. 자신이 하는 일이 세상에 일으키는 구체적인 변화를 목격했기 때문입니다.

한편, 잠재력과 교육은 떼려야 뗄 수 없습니다. 잠재력을 높이는 교육 체제로 핀란드 시스템을 높이 평가했는데요. 엘리트 위주의 미국이나 대학 입시 위주의 한국 교육이 먼저 바뀌어야 할 건 뭐라고 생각하나요?
미국과 한국의 교육 시스템 이면에는 승자독식 문화가 깔려 있어요. 그런데 핀란드는 모든 아이가 탁월한 잠재력이 있다고 생각해요. 특히 핀란드는 여러 학년 동안 같은 교사가 같은 학급을 지도하게 되어있어요. 덕분에 학생의 특성에 맞춰 맞춤교육을 할 수 있죠.
엘리트 교육은 탁월함을 위해 학생의 정신건강을 희생시키지만, 핀란드 교사들은 '아이들은 놀면서 배운다'는 의식이

확고해요. 핀란드 학생들은 숙제하는 데 많은 시간을 쓰지 않는데도 국제표준화시험에서 뛰어난 성적을 거둡니다. 기본적으로 배움을 좋아하도록 설계되어 있죠.
저는 아이들이 흥미를 유지할 만한 선택지를 더 많이 가져야 한다고 생각합니다. 독서는 배움을 계속할 기회의 문입니다. 예컨대 고전 읽기를 의무화하지 말고, 학생 스스로 읽고 싶은 책을 선택해서 친구와 토론하도록 독서클럽을 만들어 주는 식입니다.

취재했던 인물 중 특별히 애착이 있는 사람이 있나요?
모리스 애슐리를 존경합니다. 그는 체스 그랜드마스터가 되기 오래전에, 저소득층 소수인종 학생들을 지도해 전국 체스 결승전까지 갔지요. 결승전에서 저소득층 아이들은 고도로 훈련받은 엘리트 팀을 물리쳤습니다.
애슐리는 체스로 품성 기량을 가르쳤어요. 그는 체스팀 학생들에게 주도력, 친화력, 자제력, 결의를 가르쳤고, 그 덕분에 학생들은 체스를 넘어 다른 분야에서도 탁월함을 발휘했습니다.

한 사회가 구성원의 잠재력을 극대화하려면 무엇부터 해야 할까요?
우선, 의사나 변호사처럼 교사를 고도의 전문직으로 만드세요. 잠재력 코칭 훈련을 받지 않은 교사에게 무턱대고 한 세대를 맡기기에, 교육은 너무나 중요합니다. 어떤 유치원 교사에게 배웠느냐를 알면 소득을 예측할 수 있었다는 조사는 과장이 아닙니다.

고용주들은 자격증과 과거의 스펙에 비중을 크게 두지 말고, 학습 능력이 뛰어난 유연한 사람들을 채용하세요. 급속히 변하는 세상에서 민첩함은 경력보다 더 중요합니다.

그러나 대학이나 기업의 면접관들은 여전히 지원자의 잠재력을 식별하는 훈련을 받지 못한 듯합니다. 탁월함으로 전진하는 사람들을 가려 뽑을 방법이 있나요?

지원자의 성장을 예측하려면 평균 학점보다 학점이 그리는 궤적을 살펴보아야 합니다. 시간이 갈수록 능력이 향상했는지가 중요해요. 일례로 어린 시절 힘든 일을 겪고 지금 이 자리에 왔다면, 그 학생은 장애물을 직면하고 극복했다는 증거입니다.

돌파한 난관이 무엇인지, 애초 출발점에서 얼마나 멀리 이동했는지를 눈여겨보세요. 그런 품성 기량을 지닌 사람이 성장하고 조직에 크게 기여할 겁니다.

당신이 생각하기에 의미 있는 성공이란 무엇인가요?

성공은 얼마나 성취하는지 그 이상의 의미입니다. 거기에 이르기까지 얼마나 장족의 발전을 했는지로 가늠해야 합니다. 저는 언젠가는 공상과학 소설이든 추리소설이든 소설을 쓰고 싶은 꿈이 있습니다. 저도 갈 길이 멉니다.

첫 책을 쓸 때 초고 중 10만 2천 개의 단어를 폐기 처분했다는 게 사실인가요? 어떻게 그 쓰라림을 이겨냈나요?

네, 사실입니다. 그래서 책 집필을 계속할지 갈등했지요. 그때 제 출판에이전트인 리처드 파인(Richard Pine)에게 내가 해낼 수 있다고 생각하는지 물었습니다. 그는 '학생들을 가르치듯이 글을 쓰면 된다'고 하더군요. 깨달음의 순간이었습니다.

마지막으로 당장 현업에서 나의 숨은 잠재력을 끌어올리기 위한 꿀팁을 부탁합니다.

첫째, 피드백이 아니라 조언을 구하세요. 피드백을 구하면 사람들은 여러분을 응원하거나 비판하는 데 그칩니다. 최고였던 순간에 박수를 보내거나 최악의 순간을 비판하죠. 하지만 내일 어떻게 하면 더 잘할지 조언해 달라고 하면 그들은 지도자가 됩니다. 당신의 숨은 잠재력을 보고 당신이 더 나은 사람이 되도록 도와줄 거예요.

둘째, 당신이 배우고 싶은 것을 남에게 가르쳐 보세요. 글쓰기든 말하기든, 그 기량에 관심이 있는 누군가를 찾아서 서로 지도해 주세요. 학교에서 학생이 학생을 가르치는 프로그램에서, 가르치는 학생은 배우는 학생 못지않게 실력이 향상됩니다. 다른 사람에게 어떤 개념을 설명하려면 그 사람보다 그 개념을 더 잘 이해하고 잘 기억해야 하거든요.

셋째, 천편일률적인 일상에서 즐거움을 찾으세요. 저는 뛰어난 타악기 연주자 에블린 글레니에게 소중한 걸 배웠습니다. 어느 날 그녀가 작은 북으로 바흐의 곡을 연주하기로 했다는 얘기를 듣고, 원고 편집을 덜 따분하게 할 생각이 번뜩 떠올랐습니다. 제가 좋아하는 여러 작가의 문체를 따라 문장을 다듬는 방법이었죠. 덕분에 잘 마무리할 수 있었습니다.

2024.03.09.

애덤 그랜트의 의젓함, 품성 기량

청소년 시절, 저는 과학상자 조립경진대회에 나갔습니다. 지역 대표로 대회장에 들어서면, 수백 명 가운데 여자는 항상 저 혼자였습니다. 정해진 시간 동안 조잡한 설명서를 보고 군장비나 발전기 등을 조립하거나 창작품을 조립하는 과제였는데, 문과 체질에다 손끝도 야물지 못했음에도 저는 여러 번 큰 상을 받았습니다.

혼자 남아 해가 지도록 과학실에서 볼트와 너트를 조였던 따분했던 시간들…. 그러다 어느 순간 꿈쩍도 않던 프로펠러가 돌아가고, 안 읽히던 매뉴얼의 반대편이 보일 때는 한없이 기쁘기도 했던. 끝나지 않을 것 같았던 그해 사춘기 여름에 제가 가진 품성 기량의 대부분이 생겼습니다.

당장의 실력보다 잠재력을 높이 사는 좋은 스승을 만났고(가난한 저를 위해 과학상자 재료비와 수학 여행비까지 내주셨지요), 덕분에 자제력과 주도력이 무엇인지도 배웠습니다. 애덤 그랜트에 의하면 성격은 평상시의 행동이지만 품성은 힘든 시기를 돌파하는 학습된 기량입니다. 제가 만난 사람 중에는 험난한 현장을 오래 버틴 배우들이 대개 품성 기량이 검증된 사람들이었습니다. 〈하얼빈〉의 현빈과 〈남한산성〉의 이병헌, 〈미나리〉의 윤여정과 〈폭싹 속았수다〉의 염혜란에게서 풍기던 아우라, 그 품위의 근본도 인내였습니다. 다행히 품성 기량을 키우는 데 늦은 나이는 없다는군요.

완벽이란 없습니다

목수 마크 엘리슨

"제 경우엔 기술을 완벽하게 익히는 데
적어도 10년은 걸렸습니다. 처음엔 배울
것이 너무 많지만, 꾸준히 노력하면 조금씩
발전하고, 그 과정을 즐길 수 있게 됩니다.
자신의 약점을 파악할 정도가 되면 완벽함을
추구할 수 있고요. 완벽함은 최종 결과가
아니라 그 결과에 다가가는 과정에서
추구할 만한 가치입니다."

《완벽에 관하여》라는 책을 읽었다. 훌륭한 것을 만들어 내는 뉴욕 목수의 이야기라는 부제에 걸맞게 일과 글쓰기의 핵심을 꿰뚫는 흥미로운 통찰이 많아 서가에 두고 생각날 때마다 펼쳐보았다.

'불길한 시작'으로 시작하는 프롤로그부터 온갖 파란만장한 사건이 인생 전반과 작업장 구석구석에 속출한다. 그의 부모는 아이를 둘 곳이 없어 대학 기숙사 서랍 아래 칸에 뉘어 키웠다(하긴 예수도 말구유에서 태어났고 첫 직업이 목수였다). 늦은 나이에 네 아이를 키우며 의대를 수석으로 졸업한 어머니는 탐탁지 않게 여겼겠지만, 마크 엘리슨은 고교 중퇴 후 수천 개의 문과 벽을 만들며 도면의 구멍을 메우는 목공의 달인이 됐다.

신념, 재능, 연습, 수학과 언어, 부조리, 역량, 관용 등으로 구성된 챕터를 넘기며, 나는 40년간 흙먼지 속에서 수련한 장인의 눈으로 뉴욕 초호화 아파트의 공사 현장을 누비는 진귀한 체험을 했다.

예컨대《완벽에 관하여》에 나오는 백만장자들은 그저 예쁜 집이 아니라 어디서도 보지 못한 희한한 집을 원했다. 구경 온 손님들의 입이 떡 벌어질 만한 구조의 집. 그런 집은 설계하기는 쉬워도 구현하기는 어렵다. 펜트하우스 한가운데 잔디가 깔리고 시냇물이 흐른다거나, 계단이 지지대도 없이 허공에 달려있다거나 회반죽을 칠한 타원형 돔 천장이 있는 그런 집.

붕괴하거나 비틀어질 위험이 다분한 까다로운 설계를 구현해 줄 장인으로 의뢰인들은 결국 수소문 끝에 마크 엘리슨을 찾아냈다. 비싼 구두를 신은 클라이언트와 먼지를 뒤집어쓴 인부들, 부조리한 작업 지시, 약아빠진 도급업자, 마감 직전의 카오스에도 끝내 현장이 정리되고 한잔하러 떠나는 건축 현장의 모습은 마치 목수가 주인공인 무협 영화를 보는 것 같다.

그의 화려한 작업 스토리와 굴곡 많은 인생 이야기는 〈뉴요커〉에 소개돼 '유쾌한 현인이 들려주는 세상 최고의 이야기'라는 찬사를 받았다. 읽다 보면 그가 공사를 맡았던 유명한 집주인들(데이비드 보위, 로빈 윌리엄스, 우디 앨런 등등)보다 현장을 끝까지 마무리하는 마크 엘리슨이 진짜 히어로처럼 느껴진다.

40년간 산전수전 겪은 집수리의 장인답게(미국에선 집수리는 두 번째 이혼 사유라고 할 정도로 고난도 작업이다), 갈피마다 꾸준하게 일 잘하는 법과 어른다운 통찰이 널려있다. 예컨대 다음과 같은 문장들.

'궁전 같은 저택에 손님들이 감탄하면 자부심은 높아지겠지만, 그렇다고 해서 자녀에게 사랑받는 부모가 될 수 있는 건 아니다' '우리는 조그만 균열에도 분개하는 미치광이들이다' '모든 실수는 하나의 문과 같다'.

어쨌든 내가 하는 일도 수많은 변수, 재능에 대한 회의, 마감이라는 괴물과의 싸움이지만, 떨어져 죽을지도 모르는 난간 앞에서도 피자 상자 뒷면에 치수를 계산하고 전문가 동료들과 농담하며 문제를 해결해 나가는 마크 엘리슨을 보고 있노라면, 나도 어찌어찌 글 한 편을 끝낼 수 있을 것 같은 미더운 마음이 생긴다.

그렇게 '일잘러'의 마음으로 놀라우리만치 박식하고 허심탄회한 뉴욕의 현자, 마스터이기를 거부하는 마스터《완벽에 관하여》의 마크 엘리슨을 인터뷰했다.

업계 사람들은 선생을 올림픽 수준의 미학자라고 부르더군요. '뉴욕 최고의 목수'라고도 하고요.

제 소개를 할 때 저는 간단하게 목수나 건축업자라고 합니다. 그 두 가지만이 당당하게 내세울 수 있는 직함입니다. 저는 스무 살에 위스콘신주에서 간단한 시험을 쳐서 고등학교 졸업에 준하는 학력을 인정받았을 뿐, 대학교 학위도 없습니다. 정규 학교 교육도 마치지 못했고요. 여러 번 힘들고 지루한 순간이 있었는데, 그걸 이기지 못했습니다.

다행히 1980년대의 뉴욕시는 활기가 넘쳤고, 열정적인 젊은 남자가 경험 많은 건축업자와 함께 일할 기회를 얻는 것이 그리 어렵지 않았습니다. 그때 만난 건축업자들에게 많이 배웠지요.

일찍 소질을 발견하셨던가요?

아버지의 지하 작업실에서 처음으로 목공 도구를 만져봤습니다. 아버지는 도구 사용법을 몇 번 가르쳐 주신 후, 버려지는 나무 조각으로 원하는 것을 만들어 보라고 하셨죠. 후에 친구 아버지가 집을 리모델링할 때 일을 도울 기회가 있었는데, 그 일이 맘에 들었습니다.
하루의 작업을 끝내고 그날 해놓은 걸 돌아보면 그렇게 뿌듯할 수가 없더군요. 내가 저 벽을, 데크를, 계단을 만들었지, 하는 뿌듯함… 온종일 일한 후에 그날 내가 한 일을 볼 수 있다는 점, 고된 일을 마치고 난 후에 오는 기분 좋은 피곤함이 정말 좋았습니다.

다른 목수들이 꺼리는 특이하고 까다로운 작업만 도맡아 하셨다고요.
저는 똑같은 작업을 반복하는 걸 싫어합니다. 누구도 시도하지 않은 새로운 방법을 만들어 내는 게 좋아요. 맨정신을 가진 목수라면 절대 안 할 일을 20년 넘게 했습니다. 그렇게 하다 보니 제게 가격 결정권이 생겼습니다. 허공에 뜬 계단, 아치형 천장 같은 고난도 작업을 원하는 집주인들은 비용을 개의치 않거든요. 이 일에는 한계가 없고, 복잡한 프로젝트를 맡을수록 수많은 타 분야 장인과 협업했지요.

일하는 것 그 자체를 좋아한다고 했다. 그렇게 40년간 다른 사람들이 못한다고 포기한 일들을 맡다 보니, 자기만의 '틈새시장'이 형성됐다.

스스로를 르네상스 왕족으로 생각하는 억만장자들

은 인부들이 새로 설치한 변기를 썼다고 변기를 뜯어 버리는 괴팍한 선민이다.

어울리지 않는 콘센트를 늘어놓고도 문제를 모르는 무 취향의 소유자, 우아하게 압박하는 데 명수인 법률가. 때론 벽면에 온갖 수식과 배열을 적어놓고 작업하는 그에게 영화 〈뷰티풀 마인드〉에 나오는 노벨상 수학자 존 내시 같다고 치하하는 겸손한 사람도 있지만.

집을 지으며 보낸 40년의 세월은 선생에게 어떤 시간이었습니까?

매일 새로운 자재, 도구, 기술을 접한 시간이었습니다. 뒤처지지 않으려고 건축 서적과 잡지를 열심히 읽었지요. 작업에 필요한 대부분의 기술을 확실히 익히는 데 10년, 사업을 확장해서 유리, 금속, 석재, 플라스틱과 같은 여러 자재를 다루는 데 또 10년이 걸렸습니다. 그러고 나서 작업장 전체를 감독하게 되었죠. 다른 사람들과 긴밀하게 협조하는 게 무엇보다 중요하다는 것을 깨달았습니다.

최근 10년 동안은 무엇에 집중하셨나요?

여러 가지 기술을 통합하는 데 심혈을 기울였습니다. 콘센트, 스위치, 몰딩, 타일, 설비 등을 신중하게 배치하고, 계단, 욕실의 모자이크, 마감재와 같은 것은 마술을 부렸냐는 말을 들을 정도로 특별하게 만듭니다. 공사에 참여한 모든 사람이 특별한 집을 지었다고 느낄 때 가장 행복하지요. 완성된 집을 보면서 저도 감탄할 때가 많습니다.

선생이 보기에 훌륭한 목수는 어떤 목수인가요?

기술에 대한 관심과 열심히 하려는 의지를 가진 사람입니다. 돈만 생각하는 사람은 안 됩니다. 목공은 육체노동의 강도가 매우 높은 편입니다. 목공 일을 좋아한다면 폭염에도 비계에 올라가서 몸을 구부리고 고생하는 것을 감수해야 합니다. 목수는 매년 여름 그렇게 일합니다.

제가 아는 훌륭한 목수는 다 그래요. 그들은 자신의 손과 눈을 믿습니다. 그렇게 훈련받았기에 좋은 목수가 된 거죠. 머리를 써서 새로운 것을 배우고 작업 계획을 세우고, 정밀하게 계산하고, 합당한 처리 과정을 선택하고 결과물을 분석합니다.

최고의 목수가 될 사람은 따로 있을까요?

최고의 목수는 자신의 몸을 빠르고 정확하게 사용합니다. 머리보다 몸을 더 빨리 쓸 줄 알아야 합니다. 현장에서 몸은 가장 유용한 도구니까요. 그런데 모든 사람이 최고의 목수와 함께 일하고 싶어 하는 건 아닙니다. 장인의 뛰어남 때문에 자신의 단점이 두드러지거든요.

어쨌든 선생은 완벽해 보입니다. 완벽을 추구하시나요?

저는 센트럴파크 웨스트의 최고급 아파트에서 거대한 유리창을 깬 적도 있습니다. 그걸 설치하기 위해 크레인까지 가져와야 했고, 2만 달러의 손해를 봤어요. 실수 하나가 엄청난 비용을 초래하는 게 이 비즈니스입니다.

완벽이란 없습니다. 무엇이든 완성되기 위해서는 반드시 타협해야 합니다. 고객에게는 제가 완벽한 작품을 만드는 것보다 프로젝트를 끝내는 게 더 중요합니다.

실수와 별개로 완벽하고 싶은 욕구를 어떻게 해결하나요?

저는 완벽의 목표와 영역, 정도를 쪼개고 한정해서 접근하려고 합니다. 가령 무예를 배울 때를 생각해 보면, 각 동작을 아주 천천히 연습하는 것이 큰 도움이 되지요. 스승은 저에게 움직임의 각 측면을 어떻게 알아볼 수 있는지 예를 들어 주셨어요. 근육과 관절, 혈액과 산소가 어떻게 팔다리를 통해 신체 중심에서 멀어졌다가 돌아오는지를 알려주셨습니다.

무예를 통해 완벽한 흐름을 대리 체험하신다는 거네요?

네. 무예는 근육, 뼈, 장기, 조직의 움직임과 관련이 있어요. 훈련 단계에서는 세포나 분자 수준에서 자신을 면밀히 검토한다고 상상해 봅니다. 어쨌든 무예의 동작 하나하나를 그 정도로 완벽하게 하려고 노력합니다. 균형 잡힌 완벽한 동작은 무예를 배우는 사람이 스스로를 평가하는 기준이 되지요. 모든 방면에서 성공과 실패를 가늠하고 싶을 땐 훌륭한 전문가와 비교해 봅니다. 부족한 면이 드러났다고 해서 스스로를 탓하기보다 지금의 내 상태를 인정하는 편입니다.

마크 엘리슨은 스스로 과할만큼 노력한다고 했다. 놀라운 일을 해내고 싶다면 방법은 하나, 연습뿐이다.

'이만하면 괜찮다'라고 할 만한 기준이나 척도가 있을까요?
일의 척도는 눈과 손입니다. 집이나 공예품을 대할 때 사람들은 눈으로 보거나 손으로 만져보기 때문입니다. 눈과 손이 모두 만족하면 그 작업은 성공한 것이죠. 만약 누군가 현미경을 들고 작업 현장에 찾아온다면, 저는 그 사람에게 바보 같은 짓은 그만두라고 할 겁니다. 이 일은 현미경이 필요할 정도로 정밀한 작업은 아니니까요.

하나의 기술을 마스터하는 데는 어느 정도의 시간이 필요합니까?
제 경우엔 기술을 완벽하게 익히는 데 적어도 10년은 걸렸습니다. 처음엔 배울 것이 너무 많지만, 꾸준히 노력하면 조금씩 발전하고, 그 과정을 즐길 수 있게 됩니다. 자신의 약점을 파악할 정도가 되면 완벽함을 추구할 수 있고요. 완벽함은 최종 결과가 아니라 그 결과에 다가가는 과정에서 추구할 만한 가치입니다.

시키는 대로 일하지 않는 당신의 괴팍한 성정이 비즈니스 모델을 만드는 데 도움을 주었습니까?

결과적으론 그랬어요. 문제의 발단은 뉴욕에서 건축 일을 하는 동안 제가 본 건축 도면의 질이 급격히 떨어졌다는 데 있습니다. 여러 원인이 있겠지만, 그중 하나는 CAD 의존도가 지나치게 높아졌기 때문입니다. 음악 산업도 컴퓨터로 마음대로 편집할 수 있게 되자 결과물이 모두 비슷해졌잖아요. 도면 제작 과정에서도 그런 문제가 발생한 겁니다.

뉴욕의 현대 건축도 같은 틀에서 만든 쿠키처럼 비슷해졌습니다. 저는 최근 15년간 신중한 의사결정을 거쳐서 나온 디자인 도면은 단 한 번도 보지 못했습니다. 개성이라곤 찾아볼 수 없었죠. 처음에는 분노가 치솟았습니다. 그러다 저는 권위에 복종하지 않는 제 결점을 활용해 지난 8년간 수익성 높은 사업 모델을 하나 만들었습니다. 한마디로 남들처럼 줄을 서서 차례를 기다린 것이 아니라 고객과 직접 소통하기 시작한 거죠.

어떻게 그게 가능하죠? 건축가는 목수가 끼어드는 걸 달가워하지 않을 텐데요.

저는 단 몇 분 동안 건축가의 도면에서 오류를 수십 개 이상 찾아냅니다. 그러면 고객은 저에게 의사결정 과정에서 건축가보다 높은 권한을 줄 수밖에 없어요. 건축가는 자존심이 상하겠죠. 건축가에게 맡긴 일을 수정하느라 목수인 제게 또 돈을 지불하는 상황이 되었으니까요. 하지만 비싼 돈을 들여서 수천 가지 문제가 있는 집을 짓는 것보다는 이렇게 하는 편이 낫다는 걸 고객은 금방 알아챕니다. 건축을 시작하기 전에 설계 도면의 오류를 찾아내지 않았다면, 고객은 그 집에 사는 내내 수천 가지 오류를 꾹 참아야 할 테니까요. 다소 이례적인 과정이지만 고객은 공사의 효율을 높일 수 있고, 나는 돈을 벌 수 있습니다. 나와 계속 일해온 건축사들도 이제는 내가 도면 오류를 찾아내 주면 고마워합니다. 게다가 그들이 설계한 주택이 유명한 건축 잡지에 등장할 때면 그들에게 모든 찬사가 돌아가죠.

현장 서열의 은밀한 재조정이로군요!

뉴욕시에서 초호화 건축 공사는 계급 구조와 떼려야 뗄 수 없는 관계입니다. 고객들은 최고 부유층에 속한 사람들이죠. 먹이사슬에서 가장 높은 자리를 차지하고 있습니다.
건축가는 대부분 아이비리그 출신이고, 자신이 남다른 성공을 거두었다고 생각하는 데 익숙합니다. 이들이 두 번째 계급을 차지합니다. 그리고 뉴욕시에서 잘 알려진 총괄 건설

업체는 이미 수십 년 동안 그 일을 해왔습니다. 프로젝트 책임자, 현장 감독자, 믿고 일을 맡길 수 있는 하청업체의 명단을 확보하고 있으며, 그들을 동원해서 깔끔하게 일을 처리합니다. 이 계급 구조에서 목수는 맨 아랫부분에서 고작 몇 단계 올라와 있을 뿐입니다.

이쯤에서 황당했던 펜트하우스의 '달팽이 수로 사건'에 대해서 이야기해 주시지요.
그 이야기는 책에서 직접 읽어보는 편이 나을 겁니다. 많은 분이 정말 재미있게 읽었다고 하셨어요.

> *그 유명한 '달팽이 수로 사건'을 요약하자면 이렇다. 젊은 건축가가 펜트하우스 고객의 비위를 맞추려고 황당한 도면을 만들었다. 데크에 잔디를 심고 시냇물을 흐르게 한 뒤 콜라라도 조약돌을 깐 것. 잔디는 햇빛에 말라 죽고 돌 위엔 녹조만 가득해지자, 건축가는 작업자를 시켜 돌을 소독하고 수영장 업체를 불러 염소 약품과 pH 농도를 맞추는 장치를 설치한다.*
>
> *그래도 녹조가 해결되지 않자, 식물학자, 생태학자, 엔지니어가 모여 궁리 끝에 멕시코에서 달팽이를 수입하기로 한다. 2주 만에 도착한 달팽이가 녹조를 먹어 치워주길 기대하며 시냇물과 조약돌 위에 풀어놓*

았다. 그러나 주말을 보내고 온 작업자들을 맞은 것은 시체 썩는 끔찍한 냄새였다.

열기에 썩은 달팽이는 악취를 풍기고 직원들은 방진 마스크를 쓰고 대대적인 청소를 벌였다. 하지만 불행하게도 죽은 달팽이 포대 10개가 수직 쓰레기통에 낙하 도중 터지면서 재앙은 일파만파가 된다. 주민들은 대피하고 경찰차와 소방차가 출동하고…. 이 모든 게 세상에 하나뿐인 디자인을 원한 맨해튼 부자의 허세와 겁 많은 건축가에서 비롯된 해프닝이라니.

지금은 웬만한 일은 차근차근 해결할 만큼 노하우가 생겼지만, 마크 엘리슨도 초기엔 자신의 역량을 넘어서자 겁을 먹고 도주한 적도 있다고 했다. "집주인도 아무런 연락이 없었다. 솔직히 그 집이 어떻게 되었는지 지금도 모른다."

함께 일해 보니 뉴욕의 부자들은 어떤 사람들입니까?

평범한 사람은 상상하기 어려울 정도로 돈이 많은 사람들입니다. 어떤 고객의 연봉은 제가 평생 번 돈의 100배나 되더군요. 제가 맡은 공사는 거의 다 집주인의 명성이나 부를 한껏 과시하는 데 쓰였습니다. 그들은 세상에 없는 집을 원합니다. 집을 그저 예술적으로 아름답게 꾸미는 것이 아니라 주인이 얼마나 부자인지 보여주는 일종의 광고 수단으로 만들길 원하죠.

그런 목적으로 진행하는 공사는 시간이나 자재 낭비가 심합니다. 사람의 가치는 사치스러움을 통해 정해지는 게 아닌데 말이죠.

돈이 많다고 후한 사람들은 아니었다. 나는 책에서 집주인의 지시에 완성된 차고를 갈아엎고 '이제는 망했다'고 우는 작업자를 보고 가슴이 저렸다.

그들을 관찰하며 뭘 배우셨나요?

가장 확실하게 배운 점은 돈이 아무리 많다고 해도 그게 행복을 가져다주진 못한다는 거죠. 발로 뛰는 우리 같은 사람은 함께 어울려 일하는 것에서 즐거움을 얻습니다. 힘든 일이 생기면 서로 힘을 합쳐 극복하지요. 개중에는 정중하고 합리적인 사람도 있었지만, 공사를 맡긴 사람들 대부분이 거만하게 불만을 드러냅니다. 그들보다 대체로 우리가 훨씬 더 행복한 것 같습니다.

장인은 어떤 사람들인가요?

장인은 섬세한 균형을 만들어 냅니다. 장인이 좋은 자재로 완성한 아름다운 결과물은 부르는 게 값입니다. 장인들은 이런 섬세한 작업으로 생계를 꾸립니다. 부자는 장인의 경제적 필요를 채워주는 훌륭한 고객이고요. 역사를 돌이켜보면 거의 모든 예술가와 장인이 부자들을 위해 일하면서 생계를 꾸렸습니다.
스트라디바리가 부자들을 위해 만든 바이올린은 지금까지도 사람들의 마음에 깊은 감동을 주는 음색을 냅니다. 저는 그 정도로 뛰어난 장인은 아니지만, 사람들이 제 손을 거쳐 간 건물을 보고 영감을 얻기를 바랍니다.

여전히 마스터라고 불리길 거부합니까?
마스터가 그리 좋은 표현이라고 생각하지는 않습니다. 그 말을 들으면 제가 어떤 수준에 그냥 머물러 있는 상태로 느껴집니다. 새로운 분야에 도전할 때면, 저는 항상 초보자가 됩니다. 언제나 그랬듯이 가장 낮은 단계부터 시작합니다.

특별히 계단에 관해서는 거의 모든 형태를 실험해 보셨더군요.
맞아요. 그런데 얼마 전에 제가 만든 천공 강철 계단에서 고객이 키우는 개가 다쳤습니다. 계단에 6밀리미터 크기의 구멍이 수천 개나 있는데, 개가 계단을 내려가다가 발톱이 끼인 거죠. 발을 빼내는 과정에서 발톱이 뜯겨나갔어요. 다시 생각해도 정말 끔찍한 일이에요. 계단에 관한 다른 기술적 문제들이 워낙 많아서 거기에 신경을 쓰느라 그런 사고가 생길 거라고는 상상도 못했습니다.

"가장 확실하게 배운 점은
돈이 아무리 많다고 해도 그게 행복을
가져다주진 못한다는 거죠.
발로 뛰는 우리 같은 사람은
함께 어울려 일하는 것에서 즐거움을 얻습니다.
힘든 일이 생기면 서로 힘을 합쳐 극복하지요.
개중에는 정중하고 합리적인 사람도 있었지만,
공사를 맡긴 사람들 대부분이
거만하게 불만을 드러냅니다.
그들보다 대체로 우리가 훨씬 더
행복한 것 같습니다."

목수 마크 엘리슨

사실 계단을 설치하면서 개는 절대 이 계단으로 다니지 않을 거라는 농담도 주고받았죠. 그러나 뭔가 놓치는 상황은 언제든지 발생합니다.

변수가 많이 발생하는 일일수록 어떤 사람과 해나가는 것이 좋습니까?

수백만 달러 규모의 공사는 여러 가지 문제가 뒤따르기 마련입니다. 얼마 전 공사에서는 고객이 고용한 정원사가 지붕 배수구를 막아서, 고객이 그 집으로 이사한 지 불과 일주일 만에 온 집이 물바다가 되기도 했죠. 이렇게 모든 공사에는 예상치 못했거나 독특한 문제와 어려움이 발생합니다.
미국에서 리노베이션은 두 번째로 큰 이혼 사유라고 해요. 그러니 문제가 생기더라도 서로 잘 지낼 수 있는 사람들과 손잡고 일하는 것이 가장 좋습니다. '3년간 이 사람들과 피지로 여행을 떠난다'고 상상했을 때 괜찮겠다는 판단이 들면, 그 공사는 큰 문제없이 마무리됩니다.

문득 궁금합니다. 재능이 없는 사람도 한 분야의 장인이 될 수 있나요?

사람들은 특별한 재능을 찾아내서 세상에 널리 알리는 데 집착하는 경향이 있습니다. 특히 나이 어린 사람이 특별한 능력을 갖추고 있으면 '천부적인 재능'이 있다고 추켜세우죠. 그런 찬사가 비뚤어진 목표를 만듭니다.
어떤 기술이나 예술적 특성을 발전시키는 데 몰두하는 힘은 평생 추구할 만한 태도예요. 관심사를 깊이 탐구하면 누구나 진정한 자긍심을 느낄 수 있습니다.
여러분도 이런 만족감을 경험할 자격이 있습니다. 재능이 없다며 아예 시도조차 안 하는 사람이 저는 정말 안타깝습니다.

요즘 선생은 무엇에 도전하고 있습니까?
저는 목수이지만 음악을 만듭니다. 《완벽에 관하여》라는 책을 내기 전까지 100곡 정도를 작곡했습니다. 첫 책과 함께 첫 번째 음반 〈Miles of Dirt〉를 제작했지요. 사진작가 릴라 바스의 사진집과 함께요. 나무와 황동으로 수작업한 5개의 특별 에디션입니다. 저는 이 프로젝트에 12년 이상 공을 들였고, 그래서 결과물이 완벽에 가깝다고 생각합니다. 사람들이 듣든 안 듣든 제가 하는 일 중에서 가장 만족감이 큰일입니다.
글쓰기도 꾸준히 하고 있습니다. 지금 마무리 단계에 있는 원고의 가제는 '방화범, 중퇴자, 시인을 위한 행복'입니다. 그런데 책을 쓰는 동안 안타깝게도 부모님의 건강이 나빠져서 결국 돌아가셨습니다.

매우 특별하고 강인한 아버지와 어머니를 두셨더군요. 그분

들에게 무엇을 배웠습니까?

어머니는 1967년에 의과대학에 입학했습니다. 당시 아이가 넷이나 있었고, 각각 네 살, 다섯 살, 일곱 살, 아홉 살이었는데도 수석으로 졸업하셨어요. 어머니는 제게 몸과 마음과 정신을 다하면 무엇이든 해낼 수 있다고 가르쳐 주셨습니다. 제가 선택한 일에 대해 진심으로 기뻐하신 것은 아니지만, 나중에는 제 적성에 맞는 일이라고 인정해 주셨죠.

아버지는 캐나다와 강 하나를 맞대고 있는 뉴욕주 북부 지방 출신입니다. 그곳 사람들은 신앙심이 강하고 성격이 센 편이죠. 아버지도 엄격하고 까다로운 분이셨어요. 그래도 아버지 덕분에 도구를 만지거나 직접 손으로 만드는 일을 좋아하게 됐고 야외 활동을 즐기는 사람이 되었습니다. 아버지는 스스로에게 엄격하셨고 조직적으로 일하셨습니다. 결단력도 있었고요. 다 훌륭한 자질이죠.

육체노동의 어떤 면에 그토록 매료되었습니까?

사람의 몸은 움직이도록 만들어졌습니다. 잘 훈련받은 무용수나 운동선수는 일반인과 움직임 하나하나가 다르죠. 저는 체중이 127kg인 62세 남성입니다. 저를 보고 타고난 운동선수나 무용수라고 착각하는 분은 없겠지만, 저는 운동도 춤도 열심히 배웠습니다.

저는 유연하고 재빠르고 정확하게 움직이려고 애를 씁니다.

이제는 그렇게 움직이는 게 편하고 즐겁고요. 작업실에서 몸을 움직이고 나면 피곤해도 즐겁습니다. 깊은 잠도 잘 수 있고요.
영어 단어 중에 '은혜(grace)'와 '감사함(gratitude)'이라는 말은 그 어원이 같다고 합니다. 제 인생의 마지막 순간이 온다면 저는 오랫동안 꾸준히 노력한 끝에 제 몸과 마음에 은혜가 깃들게 되었다고 말할 겁니다.

구도자 같으시군요!

인생은 연습, 노력, 인내심이 전부라고 해도 과장이 아닙니다. 친절과 양보, 포기할 줄 아는 태도도 필요합니다. 저는 후자가 중요하다는 점을 깨닫기까지 정말 오랜 시간이 걸렸습니다.

명확한 목표, 끈끈한 동지애, 고도의 기술 습득, 자율성, 두둑한 보너스…. 무엇에 이끌려 일하셨나요?

가족에게 먹을 것과 쉴 곳을 제공하는 것이 제가 이 일을 해온 가장 큰 이유입니다. 자녀가 태어난 후 더 진중한 태도를 갖게 되었죠. 아버지란 그런 존재니까요. 자녀들 덕분에 일이 잘 안 풀리고 인간관계에 어려움이 생기고 사건·사고가 터질 때도 할 일을 끝낼 수 있었습니다.
보너스라는 말은 들어도 현혹되지 않습니다. 기대도 하지 않고요. 저는 관심 가는 요소가 있는 프로젝트만 수주하고 아끼는 동료들과 일합니다. 그리고 다른 사람이 따라할 수 있는 모델을 만들고 싶습니다. 주택 건설업이 파괴적인 일이 아니라 지속할 수 있는 유익한 일로 자리 잡을 방법을 연구 중이에요.

예상치 못한 문제에 맞닥뜨렸을 때 어떻게 해결해 나갔습니까?
제가 만드는 특이한 조립품은 대부분 시제품입니다. 저처럼 부품을 직접 만들어 쓰는 사람은 없어요. 이런 프로토타입 하나를 시장에 선보이려면 수년 아니 수십 년이 걸릴 겁니다. 일일이 만들어 쓰다 보니, 계산 결과를 3번씩 재확인하고 장인에게 조언을 받은 후에도 일이 잘못될 때가 있습니다.
하나의 문제를 해결하는 데 두세 가지 방법을 시도하죠. 동료들에게 좋은 아이디어를 내보라고 부탁할 때도 있고요. 어떨 때는 다 버리고 처음부터 새로 시작합니다. 처음부터 철저히 분석해서 이 공사가 가능하다고 판단하면, 결국에는 그 일을 해낼 방법을 찾게 됩니다. 그게 요점이에요.

이제껏 해본 최고의 경험과 최악의 실수는 무엇입니까?
즐거운 일도 많았고 힘든 일도 적잖았어요. 하지만 지난 수십 년을 돌이켜보면 일을 하면서 사람들과 우정을 쌓은 것이 가장 기억에 남습니다. 수많은 벗과 매우 힘든 공사를 함께 하면서 고생했고, 멋진 주택을 완성한 후에 함께 기뻐했습니다.
휴일을 같이 보내기도 하고 결혼식이나 이혼과 같은 중대사를 겪을 때 응원해 주었습니다. 경기 침체를 함께 버텼고 고객이 거칠게 대할 때 함께 견뎠습니다.
서로의 자녀가 커가는 모습을 지켜봐 주었고 병이나 사별을 겪을 때 함께 울어주었죠. 우리는 평생 서로의 곁을 지켜주고 응원했습니다. 나이가 들수록 돈 많은 부자들의 집을 지어주는 일에 대한 흥미는 줄어들었습니다. 하지만 벗과의 우정은 더 돈독해지고 더 소중하게 느껴집니다.

어떤 일이든 효율성을 높이는 당신만의 고유한 규칙을 알려주세요.

첫째, 신중하게 계획하고 철저히 계산합니다. 예를 들면 모든 자재는 한꺼번에 주문합니다. 그리고 가장 좋은 방법을 선택하죠.
둘째, 앉아서 이것저것 따지는 데 많은 시간을 보내지 않습니다. 먼저 계획을 실행에 옮깁니다. 일단 일을 시작하면 작업 방식에 의문을 품지 않습니다.
셋째, 비슷한 작업은 같이 진행합니다. 수치를 측정할 때는 가능한 여러 번 측정하고 반드시 기록을 남깁니다. 자재를 운반할 때는 가능한 한 많이 운반하되, 관련 있는 도구에 가까이 놓습니다.

넷째, 각 단계를 정확히 마무리합니다. 미완성 상태로 두는 부분이 없도록 합니다.
다섯째, 아주 가끔은 순서를 지키지 않고 어떤 작업을 먼저 끝냅니다. 효율적인 방법은 아니지만, 완성된 결과물을 볼 때 큰 만족감을 느끼며, 거기서 새로운 영감을 얻기도 해요.

선생은 잘난 체하지 않고 몸으로 세계를 돌파한 시대의 현인입니다. 마지막으로 어떻게 즐겁게 일하며 생을 밀도 있게 보낼지 조언을 부탁드립니다.

간단히 말하자면 성공적인 커리어를 만드는 방법은 두 가지입니다. 첫 번째는 학교에서 좋은 성적을 받는 거죠. 명문대에서 학위를 받고 좋은 회사에 취직하는 겁니다. 업무 환경은 견딜 만하면서 연봉이 높은 회사 말입니다. 열심히 일하면서 자기 계발을 하다가 나중에 은퇴하면 장기 투자에 묶어둔 약간의 자금에서 나오는 돈으로 살겠죠. 그러나 어떤 사람은 이렇게 생을 보내고 싶지 않다고 생각합니다.
그런 사람은 고집스럽게 자기 마음이 이끄는 대로 따라갑니다. 자신의 관심사를 추구하다 보면 어려움도 겪겠지만 하루하루가 의미 깊은 시간이 될 겁니다. 그리고 자신에게 끊임없이 투자합니다. 새로운 도구를 사거나 작업장을 마련하거나 새로운 것을 만들어 보고 사색에 잠기는 것 말입니다. 이런 활동은 다 해볼 만한 가치가 있습니다.

이 두 번째 방법을 선택한 사람은 부모의 말이나 좋은 의도로 충고하는 친구, 재무 설계사의 말을 듣지 않습니다. 1등이 되어야 성공한다는 말도 믿지 않습니다. 그런데 알고 보면 이 방법이 더 안전한 길입니다.

저는 두 번째 방법으로 인생을 살았습니다. 물론 모든 사람이 그렇게 살아야 한다는 말은 아닙니다. 살다 보면 수많은 실패와 어려움을 겪게 되거든요. 하지만 그에 뒤따르는 보상이 정말 크다는 것도 꼭 기억하시기 바랍니다.

2025.01.18.

마크 엘리슨의 의젓함, 부자보다 좋은 것

벽, 창, 문, 바닥, 지붕, 계단… 복잡한 건축물이라도 요소는 단순합니다. 이 요소들의 크기와 재료, 조합의 패턴이 다를 뿐이지요. 마크 엘리슨은 문과 계단을 좋아했습니다. 문이나 계단은 사람 사이를 오가는 관계를 만드니까요.

마크 엘리슨은 부자들을 위해 거의 불가능에 가까운 수준의 독특한 문과 계단을 수도 없이 만들었지만, 그 문과 계단을 이용하는 부자들보다 공사판 먼지를 함께 뒤집어쓰며 울고 웃던 동료들이 더 행복해 보였다고 합니다. 무엇보다 일과 인생, 행복과 효율에 관한 한 마크 엘리슨처럼 재밌게 말하는 현자는 당분간 만나기 힘들 것 같습니다.

기억을 잃어도 서로 사랑하고
사랑받고 있다는 건
느낄 수 있어요

신경과학자 리사 제노바

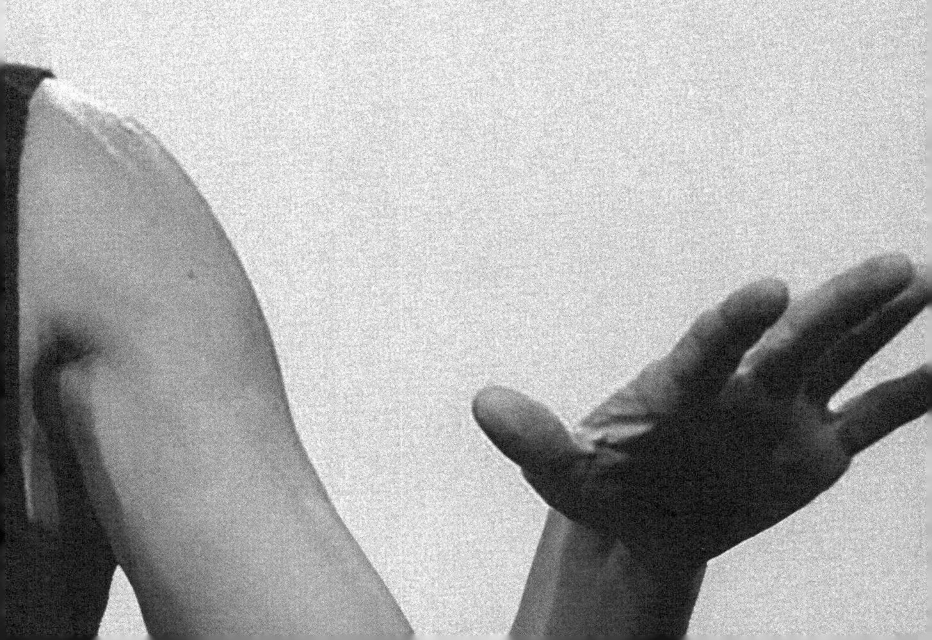

"알츠하이머병을 진단받았다고 해도
삶은 계속됩니다. 기억이 없어도 우리는 서로
사랑하고 사랑받고 있다는 걸 느낄 수 있어요.
감정 기억은 사라지지 않고 사랑과 기쁨을
이해하는 능력은 더 예민해집니다.
만일 아버지가 치매에 걸려서 당신이 한 말을
기억하지 못한다고 해도, 당신이 아버지께
전해드린 감정은 기억하실 겁니다.
내 친구 그렉의 기억은 엉망이지만,
그는 여전히 나의 가장 좋은 친구이듯이."

신경과학자 리사 제노바

/

전철 타고 신도림동 친구 집에 간다던 팔순의 아버지는 밤늦도록 경기도 어딘가를 배회했다. 애가 타서 전화할 때마다, 오히려 아버지는 다른 방향 전철을 갈아타고 점점 멀어져 갔다. 제발 택시를 타고 오라는 말도 통하지 않았다. 자정이 다 되어 5시간 만에 기적처럼 돌아온 당신의 손을 붙잡고, 병원에 가서 MRI를 찍었다. 치매였다.

군데군데 하얗게 번진 염증과 가장자리 빈터가 선명한 아버지의 뇌를 보며, 나는 순환선과 국철을 갈아타며 돌고 돌던 그 밤의 정처 없음과 공황에 가슴이 미어졌다. 친구들 부모님 중 다섯에 네 명이 치매니, 호들갑 떨 일도 아니었으나, 어느 시점에 '딸도 잊을 것'이라는 사실에 맥이 풀렸다.

230만 명이 본 미국의 신경과학자 리사 제노바의 TED 강연은 이렇게 시작한다.

"85세 노인들 중에서 둘의 하나는 알츠하이머병에 걸려 있다. 당신은 아니었으면 좋겠다고? 그렇다면 당신은 그를 돌보는 보호자로 살고 있을 것이다."

리사 제노바가 쓴 책《기억의 뇌과학》은 인간이 기억하고 망각할 때 뇌 속에서 벌어지는 일을 매혹적인 스토리텔링으로 탐구했다. 문장은 유익하고 정밀하며 관대했다. 예컨대 그는 시간의 힘을 견뎌낼 만큼 의미 있는 기억만이 살아남는다고 쓰고 있다.

알츠하이머병에 걸린 자신의 할머니를 모티프로 쓴 그의 첫 소설《스틸 앨리스》는 동명의 영화로 만들어졌다. 줄리앤 무어는 이 영화로 아카데미 여우주연상을 수상했다.

치매에 관해서라면 우리는 구멍 난 배에 물이 차는 것을 막을 순 없지만 늦출 수는 있다고 했다.

평소 인생은 기억과 기분과 기대의 하모니라고 생각하던 나는 그중 가장 큰 지분을 가진 기억의 대가에게 인터뷰를 요청했다. 리사 제노바는 하버드 대학에서 신경과학 박사학위를 받았다.《기억의 뇌과학》은 발간 즉시 뉴욕타임스 베스트셀러에 올랐다.

우연인지 필연인지 인터뷰 답신은 '아버지의 치매'를 접한 다음 날 도착했다. 모든 답변이 사려 깊고 적절했다.

영화 〈스틸 앨리스〉는 당신 인생에서 어떤 사건으로 기억되고 있습니까?

오스카 시상식 날 매튜 매커너히가 '〈스틸 앨리스〉의 줄리앤 무어'라고 여우주연상 수상자를 호명하던 순간을 정확하게 기억해요. 세 아이 다음으로, 제가 가장 뿌듯함을 느끼는 유산입니다.

기억이란 무엇인가요?

기억은 신경망 형태로 머릿속에 존재하는 물리적 실체입니다. 제 할머니는 2002년에 알츠하이머병으로 돌아가셨어요. 할머니를 떠올리면 저의 뇌는 시각피질에 있는 할머니의 모습을, 청각 피질에 있는 할머니의 웃음소리를, 후각 피질에 있는 할머니의 그린 페퍼 양파볶음 향을 활성화합니다.

MRI 스캐너에 들어간 사람에게 특정 기억을 떠올리게 하면 원하는 정보를 찾아 나섭니다. 말 그대로 '뇌를 뒤지는' 모습이 관찰됩니다. 처음에는 여기 번쩍 저기 번쩍, 뇌 여기저기가 활성화되죠. 기억한다는 것은 여기저기 흩어져 있는 물건들을 최대한 많이 모아야 이기는 게임을 하는 것과 비슷합니다.

기억은 우리 인생에서 얼마나 중요한가요?

기억이 없으면 내가 당신과 인터뷰했다는 사실도 내일이면 잊히겠죠. 정보와 경험도 간직할 수 없고요. 새로운 사람을 만나도 평생 낯선 얼굴로 남을 겁니다. 기억에 의존할 수 있기 때문에 잊지 않고 엄마에게 전화를 걸고, 오늘 저녁 퇴근길에 마트에서 화장지를 사 올 수 있지요. 옷을 입고, 양치질하고, 지금처럼 글을 읽고, 테니스를 치고, 운전하는 일에도 기억이 필요합니다.

눈 뜨는 순간부터 잠자리에 들 때까지 기억을 사용하며, 그 후에도 기억 프로세스는 바쁘게 일합니다. 우리는 기억을 통해 내가 누구이고, 어떤 존재로 살아왔는지 감지할 수 있습니다.

우리의 날들 중 뇌에 기억이라는 이름으로 보관되는 분량은 대략 어느 정도인가요?

오늘 경험한 대부분을 내일 잊습니다. 1년 동안 세세한 부분까지 기억하는 날은 10일 내외입니다. 가까운 과거도 기억에 저장되는 분량은 3%가 채 되지 않죠. 결국 인생 대부분을 잊어버린다는 얘기입니다.

우리나라 65세 노인 중 치매를 앓고 있는 환자는 열 명 중 한 명, 이 숫자는 가파르게 증가해 2026년 기준 100만 명을 넘어선다고 한다.

고령사회에 이르면서 한국은 점점 더 알츠하이머병에 대한 공포가 커지고 있습니다. 어떤 질병입니까?

알츠하이머병은 아밀로이드 베타 단백질이 시냅스에 찌꺼기를 형성하면서 시작되는 신경 변성 질환입니다. 아밀로이드 찌꺼기가 침착되어 급변점에 도달하기까지 15~20년 정도의 시간이 걸리죠. 그 후에는 분자가 연쇄 반응을 일으켜 신경섬유 엉킴, 신경염증, 세포 사멸, 그리고 임상 증상을 유발합니다.

단순 건망증과는 어떻게 구별할 수 있나요?

알츠하이머병은 해마라는 뇌의 한 부분에서 시작됩니다. 해마는 새로운 저장 기억을 형성하는 데 꼭 필요한 구조지요. 그래서 이 병에 걸린 사람은 같은 이야기나 질문을 반복합니다. 최초 증상은 주로 조금 전의 일이나, 다른 사람이 몇 분 전에 말한 내용을 잊어버리는 거예요.

열쇠를 손에 들고서도 찾았다면 건망증입니다. 열쇠를 냉장고에서 발견하고 잠시 동안 어디에 쓰는 물건인지 의문이 들었다면 아니죠. 알츠하이머병 환자들은 점심으로 무엇을 먹었는지 모르면서 60년 전 등굣길 일은 정확히 기억해 내곤 합니다.

가장 큰 공포는 무엇인가요?

병이 더 진행되면 전두엽과 전두피질의 신경 회로가 손상되어 논리적인 생각, 계획, 문제 해결 능력에 장애가 발생합니다. 그다음은 기분과 감정을 조절하는 편도체와 변연계가 끈적끈적해져서 슬픔, 분노, 욕구를 절제하는 게 어려워지고요.
가장 마음 아픈 단계는 오래된 기억을 저장하는 뇌의 회로가 망가지는 겁니다. 이 회로에는 모든 정보가 담긴 의미 기억, 개인의 역사가 간직된 일화 기억이 있습니다. 저희 할머니도 이 단계에 이르렀을 때 제가 누구인지 더는 알아보지 못했죠. 병이 소뇌를 침범하는 단계에 이르면 신체 균형과 협응력이 손상되고, 음식을 씹고 삼키거나 호흡하는 게 어려워집니다. 극초기 증상이 나타나고 사망까지 걸리는 시간은 평균 8~10년입니다.

노인들은 기억을 잃는 것보다 감정적으로 육체적으로 완전히 퇴행해서 가족과 사회에 부담을 지우는 일을 걱정합니다. 왜 종종 순한 사람조차 치매에 걸리면 가족을 의심하고 성격이 고약해지는 걸까요?

자신이 치매에 걸린 사람이라는 관점에서 생각해 보면 치매 환자의 심정을 이해하는 데 도움이 될 거예요. 아들이라는 사람이 곁에 있다고 해도, 그 사람이 누구인지 기억하지 못합니다. 그런데 그 사람이 종일 내 집에 머물면서 내 통장을 살펴보고 내 음식을 먹는다고 상상해 보세요. 그 사람을 수상쩍게 바라보는 마음이 이해가 가죠. 이 남자는 누구지? 내 통장을 갖고 뭘 하는 거야? 이런 생각이 들 테니까요.
말했듯이 증상은 끝내 전두피질에서 편도체까지 영향을 미쳐요. 뇌가 원초적이고 원시적인 감정을 더는 제어하지 못하게 되는 겁니다. 아기들의 감정이 얼마나 폭발적인지 생각해 보세요. 아기는 전두엽이 편도체를 제어할 만큼 아직 발달하지 않은 상태입니다. 요는 치매 환자들이 성격이 고약해지는 게 아니에요. 침식 당한 뇌가 감정 폭발과 제어를 감당하지 못할 뿐이죠.

실제 뇌는 치매에 걸렸지만, 일상에서 이상 징후를 보이지 않았던 수녀들의 사례가 놀라웠습니다. 어떻게 그게 가능했나요?
그 사례에서는 수녀들의 '인지적 비축분(Cognitive Reserve)'이 높았기 때문입니다. 제대로 기능하는 시냅스가 더 많았다는 뜻이죠. 정규 교육 수준이 높고, 글을 읽고 쓰는 능력이 우수하고, 정신을 자극하는 활동에 규칙적으로 참여하는 사람은 그렇지 않은 사람보다 인지 예비용량이 더 높습니다.

그런 사람일수록 신경 세포 연결이 풍부합니다. 일부 시냅스가 손상된다고 해도 추가분의 백업 신경 세포 연결이 많으면 문제가 나타나지 않기도 하지요.

익히 알려진 것처럼 낱말 퀴즈를 많이 풀고 레드 와인을 마시는 습관은 기억력 유지에 별반 도움이 되지 않는다고요.

낱말 퀴즈나 레드 와인이 알츠하이머병 발병 위험을 낮춘다는 근거는 전혀 없습니다. 낯선 환경을 경험하고 피아노, 외국어, 글쓰기 등의 과제를 배우는 일이 인지적 비축분에 도움을 줍니다. 새로운 신경 세포 연결이 생성되면 치매 진단을 받아도 뇌의 기능을 보호할 수 있습니다.

부모가 알츠하이머병을 앓았다면 자식의 발병 우려는 어느 정도입니까?

진단 사례의 98%를 보면 물려받은 유전자와 생활 방식이 맞물려서 유발됩니다. 생활 방식을 조절하면 발병 우려를 현저하게 낮출 수 있고요. 불량한 수면 습관, 건강하지 않은 식사, 운동 부족, 스트레스가 알츠하이머병의 발병 위험을 높입니다. 급성 스트레스는 기억을 방해하고 만성 스트레스는 해마를 쪼그라들게 하죠.

반대로 올바른 수면 위생, 건강한 지중해식 식단, 규칙적인 운동, 마음 수련과 요가 수련은 치매 예방에 실제로 도움이 됩니다. 심장병과 심장마비 위험도 놀라운 수준으로 낮출 수 있고요.

리사 제노바는 알츠하이머병의 발병 가능성을 현저히 낮출 수 있는 신약을 소개했다. 그것은 바로 잠이라는 약이다.

밤에 깊은 잠을 자는 동안 신경 세포는 가장 중요한 청소 임무를 수행한다. 아밀로이드의 처리다. 또한 잠은 새롭게 부호화된 기억이 사라지지 않도록 저장 버튼을 누르는 역할도 한다. 임상적으로 매일 7~9시간 숙면과 함께 20분 정도의 파워 낮잠은 기억력 향상에 획기적인 도움을 준다고 했다.

나아가 잘 기억하려면 불필요한 걸 잊어야 한다. 잘 기억하는 것만큼 잘 잊는 것도 축복이라고.

주로 어떤 것들이 기억되고 어떤 것들이 사라집니까?

뇌 활동의 기본 설정값은 부주의입니다. 부주의한 뇌는 멍하니 있고 딴생각하고 지금껏 하던 일을 기계적으로 되풀이합니다. 의식의 배후에는 끊임없이 생각들이 흐르고 있고요. 뇌는 의미 있는 것들만 기억하도록 진화했어요. 주의를 기울인다는 것은 의식적으로 노력한다는 의미죠. 그래서 우리는 무엇에 집중할지 신경 써서 골라야 합니다. 먹구름에만 초점을 맞추면 햇살이 눈부신 순간이 와도 알아차리기 힘들어요. 우리는 보고 싶은 대로 보거든요.

생애 마지막 같은 결정적인 순간에 기억 극장은 어떤 장면을 인출해 내나요?

뇌는 감정을 자극하고 예측을 벗어난 경험을 기가 막히게 가져옵니다. 첫 키스, 대학 졸업식 날, 자녀의 탄생 같은 주요 장면들…. 이런 일화 기억의 사건들은 대개 15~30세에 몰려있어요. 첫사랑, 첫 직장 등 첫 경험이 가장 많기 때문이죠. 긍정적인 사람의 기억 극장은 웃음과 경외로 편집되어 있고, 부정적인 사람의 기억 극장은 비극의 이미지로 플레이되겠지요.

기억과 행복의 차원에서 이야기하자면, 저는 나쁜 기억을 잊고 싶은 욕망이 큽니다. 부정적 기억을 어떻게 처리할까요?

많은 사람이 과거의 트라우마를 반복 재생하면서 고통을 겪습니다. PTSD(외상후 스트레스 장애)를 겪는 사람들은 성폭력, 교통사고, 참전 경험에 대한 기억이 머릿속에 계속 떠오릅니다. 잊고 싶어도 잊을 수 없는 고통이죠.

원치 않는 기억의 일부분, 특히 경험의 감정적 측면이 활성화되는 걸 막아서 기억이 희미해지게 할 수 있습니다. 기억을 재설계할 수도 있고요. 고통스러운 기억을 부분적으로 떠올려서 두려움을 유발하는 상세 기억을 탈락시키는 거죠. 목표는 사건 당시의 고통스러운 기억을 더 온건하고 중화된 버전으로 바꾸는 겁니다. 기억 수정은 주로 숙련된 심리치료사가 진행합니다만, 노력하면 개인도 가능해요. 떠올린 후 바꿔서 다시 저장하거나 삭제 버튼을 누를 수 있어요.

뇌에 '잊어버려, 담아두지 마, 흘려보내'라는 명령이 정말 효과가 있나요? 뇌는 우리 말을 잘 듣습니까?

네. 그런 명령은 효과가 있습니다. 물론 훈련이 필요하죠. 다시 말씀드리지만, 뇌는 우리가 집중하는 일을 기억하고 재활성화합니다. 부정적인 생각이 기억을 재활성화시키는 순간, 그 느낌을 알아차려야 해요. 그리고 인지력을 동원해 뇌에 멈추라고 명령하면 뇌는 그렇게 실행합니다.

명상 수련을 하는 사람은 자신의 생각을 관찰하는 기술이 있어요. 원치 않는 기억이 활성화되기 시작하면 뇌가 다른 생각을 더는 하지 못하게 제어하죠. 그다음, 부정적인 생각을 더 긍정적인 생각이나 만트라로 바꾸는 연습을 합니다.

잊고 싶은 나쁜 기억은 소환하고, 기억하고 싶은 좋은 추억은 잊는 불균형 때문에 오늘의 기분과 내일의 기대가 흐려지곤 합니다. 어떻게 조화를 찾을까요?

무엇보다 무심코 나쁜 기억을 강화하는 습관을 멀리해야

"뇌는 의미 있는 것들만 기억하도록
진화했어요. 주의를 기울인다는 것은
의식적으로 노력한다는 의미죠.
그래서 우리는 무엇에 집중할지
신경 써서 골라야 합니다.
먹구름에만 초점을 맞추면 햇살이 눈부신
순간이 와도 알아차리기 힘들어요.
우리는 보고 싶은 대로 보거든요."

신경과학자 리사 제노바

합니다. 반대로 내가 가진 행운, 기적 같은 기회를 계속 발굴하고 되뇌어 보세요. 혼자 있을 때라도 큰소리를 내어 감사를 표현하면, 뇌가 사실로 인지해서 기쁨과 만족감을 불러옵니다.

최고의 언어학자였던 저의 스승은 말년에 글을 쓰려 해도 단어가 생각나지 않는다며 괴로워했습니다. 나이가 들면 기억력은 반드시 나빠지나요?

단어가 혀끝에 맴도는 설단현상은 나이가 들수록 늘어납니다. 뇌의 처리 속도가 느려지니까요. 단서 없이 떠올리는 자유 회상 능력은 떨어져도, 전에 있던 사람과 사건을 떠올리는 재인 기억은 크게 영향받지 않습니다. 뇌의 처리 속도는 삼십 대부터 떨어지지만, 다행히 나이가 들수록 기억에 장밋빛 필터를 끼울 수 있어요. 좋은 일은 자주 떠올리고 나쁜 일은 잊는 지혜가 생깁니다.

첼리스트 요요마가 근육 기억으로 수만 개의 음표를 저장했지만, 택시에 첼로를 두고 내렸다는 일화는 묘한 안도감을 주더군요. 이 에피소드는 무엇을 의미합니까?

미래 기억은 나중에 해야 할 일에 사용되는 기억입니다. 뇌의 '해야 할 일 목록'이라고 할 수 있죠. 이 기억은 쉽게 꺼져요. 얼마나 똑똑하든 일의 경중이 어떠하든 간에, 모든 인간의 미래 계획 기억은 신뢰성이 낮습니다.

기억의 윤곽을 더 선명하게 만들기 위한 방법이 있을까요?

그냥 외우는 것보다 소리 내 묻고 답하면 훨씬 더 잘 기억됩니다. 공간적인 맥락을 파악하는 것도 도움이 되고요. 왜 여기 왔는지 기억이 안 나면 이전 장소로 돌아가세요. 무엇보다 집중하세요. 대화하면서 스마트폰 채팅을 하고 넷플릭스를 보면 뇌가 기억을 만들 수 없어요. 뇌는 의미를 좋아하니, 의미를 부여한 후 충분히 반복하세요.

현대인들은 내비게이션과 스마트폰 때문에 암기력이 바닥을 친다고 자책합니다. 기억하려고 뇌를 다그치지 않고 검색 기능을 계속 사용해도 될까요?

물론입니다. 전화번호를 외우지 않고 기기에 저장한다고 해도 기억력은 약화하지 않습니다. 저는 과거의 지식에 의존하는 대신 무엇이든 검색해서 정보를 얻습니다. 검색을 활용하면 좀 더 많은 걸 배우게 되죠. 만약 〈스틸 앨리스〉에 출연한 여배우의 이름이 생각나지 않을 경우, 검색해서 궁금증을 해결하면 뇌가 다른 문제를 해결하거나 현재의 일에 집중할 수 있습니다.

더 많이 기억하고 싶은 청년, 더 빨리 기억하고 싶은 중년, 더

오래 기억하고 싶은 노년에게, 각각 기억과 망각에 유용한 힌트를 부탁드립니다.

모든 연령대에 동일한 조언을 드립니다. 밤에 7~9시간 잠을 푹 자고, 뇌 건강에 좋은 건강한 음식을 먹고, 매일 운동하고, 만성 스트레스에 대한 반응성을 낮춰 주는 명상을 하세요. 계속해서 새로운 걸 배우고 새로운 경험을 하고, 새로운 사람을 만나는 일과 같은 평생 학습을 해야 합니다. 과거로 플래시백하는 것을 멈추고, 현재에 머무르는 연습, 지금 이 순간에 몰두하는 연습을 하세요.

그럼에도 불구하고 당신은 85세 이후 우리 모두는 알츠하이머병 환자 혹은 보호자 둘 중의 하나가 될 거라고 했어요. 위로가 되는 것은 당신의 할머니 그리고 친구 그렉과의 일화였습니다. 할머니는 모든 가족을 잊었고, 딸조차 자신이 집안에 들인 노숙자로 알았지만, 스스로 사랑받는 사람이라고 느꼈다는 것. 저널리스트였던 그렉은 알파벳을 잊고, 젖은 옷을 입고 올 정도로 모든 일상 기억을 잊었지만, 여전히 유머 감각이 풍부했다는 것. 당신은 이 사실로 무엇을 전하고 싶었습니까?

손녀이자 친구로서, 그리고 《스틸 앨리스》를 쓰기 위한 자료 조사로 알츠하이머병 환자 27명을 알아가면서 저는 깨달았습니다. 인간의 감정과 유대감은 알츠하이머병이 파괴할 수 없다는 것을. 병의 후기에 접어든 사람도 여전히 사랑, 외로

"밤에 7~9시간 잠을 푹 자고,
뇌 건강에 좋은 건강한 음식을 먹고,
매일 운동하고, 만성 스트레스에 대한
반응성을 낮춰 주는 명상을 하세요.
계속해서 새로운 걸 배우고 새로운 경험을 하고,
새로운 사람을 만나는 일과 같은
평생 학습을 해야 합니다.
과거로 플래시백하는 것을 멈추고,
현재에 머무르는 연습,
지금 이 순간에 몰두하는 연습을 하세요."

신경과학자 리사 제노바

움, 기쁨, 슬픔, 분노, 평온함 등 인간의 모든 다양한 감정을 느낄 수 있더군요.
알츠하이머병을 진단받았다고 해도 삶은 계속됩니다. 기억이 없어도 우리는 서로 사랑하고 사랑받고 있다는 걸 느낄 수 있어요. 감정 기억은 사라지지 않고 사랑과 기쁨을 이해하는 능력은 더 예민해집니다. 만일 아버지가 치매에 걸려서 당신이 한 말을 기억하지 못한다고 해도, 당신이 아버지께 전해드린 감정은 기억하실 겁니다. 내 친구 그렉의 기억은 엉망이지만, 그는 여전히 나의 가장 좋은 친구이듯이.
알고 보면 인간은 평범하고 당연한 일을 일일이 기억하지 못하는데, 실은 평범하고 당연한 일을 하면서 대부분의 나날을 보냅니다. 정작 인생의 매 순간을 기억하면서 사는 사람은 아무도 없죠. 기억은 전부이면서 아무것도 아니라는 아이러니를 받아들여야 해요. 기억을 소중히 여기되 너무 무겁게 받아들이지 말라는 거죠.

마지막으로 우리가 반드시 기억해야 할 것이 있을까요?
치매가 걱정된다면 건강하게 먹고 열심히 배우고 푹 주무세요. 그러나 진짜 기억해야 할 것은 당신은 자신의 기억보다 더 큰 존재라는 겁니다.

2022.06.11.

리사 제노바의 의젓함, 기억보다 큰

치매 진단을 받고 울산으로 돌아가신 아버지는 종종 기억을 잃고 거리에 쓰러졌습니다. 집 앞 식당에서 발견될 때는 이웃의 도움을 받았지만, 멀리 방어진 바닷가를 배회할 때는 새벽에 경찰이 출동했습니다. 밤마다 사촌에게 전화해 삼촌 험담을 하거나, 1층에 세든 외국인 세입자에게 이미 낸 방세를 언제 줄 거냐고 호통을 쳤습니다. 모든 관계가 다 끊어지기 직전이었습니다.

서울 병원에 모셔온 날, 아버지 손에 약봉지를 쥐어주면서 말했습니다.

"아빠, 저는 아빠를 사랑해요. 사랑하는 우리 아빠가 약을 잘 먹고 건강하게 오래 살면 좋겠어요. 약이 제대로 들으려면 이제 술도 그만 드셔야 한대요."

"알았다… 아부지, 이제 술 안 묵는다."

사랑한다는 말 덕분인지 아버지의 대답에 윤기가 돌았습니다. 그리고 그날로 아버지는 거짓말처럼 술과 담배를 입에 대지 않았습니다. 한두 잔 곁들이던 반주도 끊고 제때 약을 먹자 증세는 한결 좋아졌지요. 그토록 거부하던 노인유치원에 가서 하루 1시간씩 운동을 시작했다고 전화기 너머로 큰 소리로 자랑도 쏟아냅니다.

기억이 사라져도 사랑하고 사랑받는 느낌은 선명하다는 리사 제노바의 말은 사실입니다. 좋은 기억은 인생을 달리게 만드는 최고급 기름이지요. 그리고 저는 오랫동안 저를 괴롭혔던 유년 시절 아버지에 관한 나쁜 기억을 잊었습니다.

당신의 부고는 당신이 직접 쓰세요

부고 전문 기자　제임스 R. 해거티

"당신 인생을 가장 잘 아는 사람은
당신밖에 없습니다. 내 부고를 나보다
잘 쓸 수는 없지요. 자신의 전기 작가가 되면
오로지 나만이 알고 있던 치욕도 영광도
겸허하게 직면할 수 있습니다.
너무 늦기 전에 우리가 경험했던 사소한
것들을 그냥 쓰세요. 혹시 당신이
스무 살이고 죽음이 너무 멀리 있다고
느껴지더라도 지금 시작하세요.
쓰기 전까지는 당신의 인생 이야기는
세상에 존재하지 않습니다. 맞춤법이
틀리거나 디테일을 놓쳐도 괜찮습니다.
쓸수록 쌓이고 쌓이면 나아집니다."

부고 전문 기자 제임스 R. 해거티

전기적 관점으로 인터뷰를 쓴다는 점에서 나는 부고 전문 기자에게 깊은 동지애를 느껴왔다. 40년 커리어의 관록의 언론인 제임스 R. 해거티는 월스트리트 저널 유일의 부고 전문 기자다. 그는 지금까지 천여 명의 죽음을 발굴해서 알렸다. 21세에 사고로 죽은 그의 친구부터 69명의 아이를 키운 여성, 감동적인 부고 기사 후 성 추문이 밝혀진 자선사업가까지….

타인의 부고를 쓰는 것 혹은 읽는 것은 '애도'라는 여비를 지불하고 한 인간의 인생 터널을 관람하는 '가성비 높은' 체험이다. 수많은 죽음을 접한 그가 살아있는 이들에게 당부하는 것은 무엇일까?

바로 '당신의 부고는 당신이 직접 쓰라'는 것이다.

만약 부모가 병석에 누워 돌아가실 날을 기다리고 있다면, 하루라도 빨리 부모를 인터뷰해서 그들이 인생에서 이루고자 했던 것을 기록하라고 권유한다. 가족의 인생 이야기조차 쓰기 전까지는 세상에 존재하지 않기 때문이다. 다행히 제임스 R. 해거티가 쓴《그렇게 인생은 이야기가 된다》에는 망자를 묘사하는 신랄하고 유머러스한 수많은 부고가 샘플로 등장한다.

오토바이로 사망한 형을 향해 '다정한 사람'이자 '어쩌면 동부에서 가장 지독한 짠돌이였을지도 모른다'고 묘사하는 동생, 시아버지의 놀라운 업적과 함께 '잼 병에 든 싸구려 와인을 즐겼다'고 쓴 며느리, '1년의 애도 동안 꽃 대신 모두가 검은 완장을 차고 공공장소에서 통곡해 주기를 요청했다'고 자기 부고의 첫 문장을 웃기며 시작한 기자, '모든 아이를 사랑했으나, 얼마나 깨끗하게 면도했는지에 비례해 사랑했다'고 어머니의 위트를 표현한 아들….

죽기 전에 내 인생, 가족의 인생을 '이야기'로 보존하는 모든 방법-예컨대 녹취 시간은 30분씩 끊어야 좋다-을 알려주는 친절한 부고 가이드 제임스 R. 해거티를 이메일로 인터뷰했다.

^

매일 아침, 죽은 자를 찾고 탐색하는 게 당신 일의 시작인가요?
그렇습니다. 저는 아침 6시쯤 일어나서 커피를 마시고 죽은 사람을 찾아다녀요. 우리 집 주방이나 뒷마당은 아니고 인터넷으로요. 주로 유명하진 않지만 매력적인 인생을 살았던 사람들의 이야기를 찾습니다. 저는 특히 우리들 대부분을 좌절하게 했던 장애물을 극복하는 방법을 찾아낸 사람들을 좋아합니다.
보통 하루 종일 그리고 저녁까지 일하는 편입니다. 대신 중간에 낮잠을 자거나 소프트볼을 하고 반려견 닥스훈트를 산책시키며 짧은 휴식을 가지고요. 취침 전에는 맥주 한 병을 마시면서 노래를 듣거나 책을 읽는 것을 좋아합니다. 제가 지금 읽고 있는 책은 토머스 맬런(Thomas Mallon)의 《Yours Ever: People and Their Letters》입니다.

부고 전문 기자로서 당신의 일을 사랑합니까?
사랑합니다. 잊힐 뻔했던 누군가의 특별한 인생을 찾아내고 미래 세대를 위해 보존하는 작업을 저는 매우 자랑스럽게 생각합니다.

왜 '나의 부고는 내가 직접 쓰라'고 하십니까?
부고 기자의 경험으로 보면 유가족들이 고인을 사랑하면서도 고인에 대해 아는 게 별로 없어서 놀라울 때가 많았습니다. 당신 인생에 대해 가장 잘 아는 사람은 당신밖에 없습니다. 내 부고를 나보다 잘 쓸 수는 없지요. 자신의 전기 작가가 되면 오로지 나만이 알고 있던 치욕도 영광도 겸허하게 직면할 수 있습니다.

부고를 쓰기 전에 당신이 던지는 3가지 질문이 있다지요?
저는 항상 질문합니다. 첫째, 이 사람이 본인의 인생을 살면서 이루고자 했던 것은 무엇이었을까? 둘째, 왜 그걸 목표로 삼았을까? 셋째, 성공했을까? 이 질문들은 제가 고인에 대해 쓰려고 했던 이야기의 핵심을 찾도록 도와줍니다.

천 개에 가까운 부고 기사를 쓰면서 공통으로 발견한 것이 있는지요?
성공한 사람들은 대부분 낙관적이었다는 사실입니다. 그들의 부고를 쓰다 보면 인생의 긍정적인 요소에 더 많이 집중하고 스스로를 훈련했다는 사실을 발견합니다. 거꾸로 자신의 능력을 믿지 않고 세상이 내일 망할 것이라고 생각한다면, 누군들 위험을 감수하고 열심히 일하겠습니까? 두려움과 공포에 사로잡혀 죽음만 기다리겠지요.

타인의 부고 기사를 읽는 것이 왜 내게 도움이 될까요?

다른 이들의 성공과 실패, 처음과 끝을 보면 배우는 게 많습니다. 어떤 이는 당신보다 더 심각한 문제를 겪었음에도 연약한 이웃을 도우며 존경받을 만한 삶을 살다 가기도 하고요. 왠지 안심되지 않나요? 물론 그 반대도 있습니다. 최고의 반면교사지요.

당신이 쓴 가장 마음에 드는 부고 기사의 첫 문장은 무엇이었나요?

마음에 드는 첫 문장보다는 특별히 기억하는 부고 기사가 있습니다. 끊임없이 쏟아져 나오는 온갖 뉴스와 논평으로 사람들이 시달리고 있는 이런 시대에, 아이리스 웨스트먼(Iris Westman)은 소셜 미디어에 접속하지 않으며 텔레비전도 거의 보지 않았다고 합니다. 아마 이것이 그녀가 115세까지 놀랍도록 평온하게 살 수 있었던 이유가 아닐까 싶습니다.

요즘 한국에도 SNS에 부모의 사망 소식과 함께 짧게 고인의 삶을 요약해서 올리는 사람들이 있습니다. 어떻게 쓰면 좋을지 가이드를 줄 수 있을까요?

누군가는 부고를 써야만 합니다. 만약 당신의 어머니나 아버지가 본인의 이야기를 미리 알려주거나 최소한 메모라도 남겨준다면 최고로 좋겠죠. 그럴 가능성이 없다면, 그들이 아직 대답할 수 있을 때 몇 가지 질문을 던지고, 그 자리에서 받아적으세요.

어떤 삶을 꿈꾸었는지? 언제 가장 눈부셨는지? 살면서 얻은 가장 큰 교훈은 무엇인지…. 대답을 주저한다면, 명확하게 답할 수 있는 또 다른 질문을 계속하면 됩니다. 젠틀하지만 끈기 있게. 하루에 30분씩 며칠에 걸쳐서. 당신의 관심을 보여주세요.

부고마저 재미없다면 죽는 데 무슨 낙이 있을까, 라고 하셨어요. 농담이나 실수담이 추도사나 부고에 꼭 필요한가요?

그렇습니다. 유머는 남은 이들이 고인을 생생하게 기억하도록 도와줍니다. 제가 아버지에 대해 웃긴 이야기를 할 때면, 그가 어떤 방식이든 여전히 우리와 함께 있다는 것이 느껴집니다. 기분도 훨씬 나아지고요. 무의식중에 습관화된 가장 우스꽝스러운 점이 우리의 성격을 반영합니다. 완벽했던 사람보다 진짜 그 사람 자체를 기억하는 것이 중요하니까요.

당신은 스스로의 부고를 '나는 사망했다'라고 시작할 거라고

했습니다. 죽었다, 하늘로 돌아갔다, 천국 여행을 떠났다, 고인이 되었다… 어떤 동사가 적절한 동사인가요?

그야말로 '개인 취향'입니다. 저는 간결하고 직접적인 표현을 좋아하기 때문에 '죽었다'라는 단어를 사용하고 싶습니다. 하지만 완곡한 표현을 사용할 때 편안함을 느끼는 분들도 있으니, 자유롭게 쓰세요. 당신을 안심시킬 창의적인 완곡 표현을 수집하는 것도 좋습니다.

연세가 많은 유명인의 부고 기사는 미리 작성해 둔다고 들었습니다. 만약 일론 머스크와 도널드 트럼프가 사망한다고 가정하면 그들의 부고 기사 첫 문장을 어떻게 시작하실지 궁금합니다.

고령의 유명인사의 경우 사전에 부고 인터뷰를 합니다. 우리 모두는 당연히 더 오래도록 당신과 함께하길 기대하고 바랍니다. 하지만 언젠가 당신이 죽는다면, 신문들은 당신의 인생에 대한 이야기를 다룰 것이니 모든 것들의 사실 여부를 확실히 하고 싶다고 말하죠. 일론 머스크나 도널드 트럼프는 아직 그 그룹에 속하지 않았습니다. 더 입체적인 연구가 필요하겠지요.

'인터뷰는 느슨한 탐색'이라는 말에 많은 부분 동의했습니다. '무엇이 당신을 웃게 하나요?' '조금만 더 얘기해 주세요'도

제가 좋아하는 단골 질문입니다. 묻기 좋은 마지막 질문으로 '더 할 말이 있으신지요?'를 택한 이유는 무엇입니까?

우리는 종종 인터뷰이가 진짜 말하고 싶어 하는 것들에 관해 물어보지 않습니다. 당신 앞의 상대는 때때로 당신이 전혀 상상도 못했던 것들에 대해 말하고 싶어 합니다.

얼마 전 저는 배우 매튜 매커너히가 쓴 회고록 《그린 라이트》를 읽고 눈물과 폭소를 터뜨렸습니다. '똥을 밟는 것은 피할 수 없는 일이지만… 나는 나를 행복하게 해주기 위해 온 세상이 공모하고 있다는 증거를 갖고 있다… 어머니 아버지는 무기는 버렸지만 대결 태세를 유지한 채 서로를 노려보았다… 우리는 껴안고 입 맞추고 씨름하고 다퉜다. 우리는 앙심을 품지는 않았다…'. 솔직할수록 생생해지더군요. 당신이 읽은 최고의 회고록은 무엇인가요?

직업상 수많은 회고록을 읽어서 다 기억해 내기는 어렵습니다. 최근에 즐겁게 읽었던 것은 유명한 아동작가인 로알드 달의 《단독 비행(Going Solo)》과 시인 짐 해리슨의 《오프 투 더 사이드(Off to the Side)》입니다. 해리슨은 자신의 젊은 시절을 연대순으로 대략 서술한 다음에 술, 사냥, 종교, 스트립쇼 등 주제별로 나머지를 구성했지요.

미국 대통령 제임스 뷰캐넌이 사망한 뒤 나온 뉴욕의 〈올버니

이브닝 저널〉의 부고는 정말 짓궂더군요. "그를 위해 슬퍼하는 과부는 없을 것이고, 눈물 흘리는 부상 군인은 없을 것이며… 철저히 이기적으로 살았고 죽은 뒤 홀로 남겨졌다." 이렇게 미화하지 않는 부고도 가능합니까?

네. 가능하긴 하지만 저는 항상 모든 사람에 대해 긍정적인 무언가를 발견하려고 노력합니다. 인생을 살면서 매 순간 악당인 사람은 없거든요. 그래서 사람들이 어떻게 자신의 잘못된 행동을 풀어내려고 하는지 찾아내고자 합니다. 물론 모두가 그렇지는 않지만요.

당신이 본 최악의 부고는 무엇입니까?

아마 제임스 뷰캐넌 부고일 겁니다.

최고의 영감을 준 사람은 누군가요?

한 명만 꼽을 수는 없지만, 97세의 나이에도 여전히 저널리스트로 일하고 있는 저의 어머니입니다. 최악의 진실을 전할 때조차 완곡하게 표현할 수 있다는 걸 보여주셨죠.

유언하는 것과 부고를 쓰는 것은 어떻게 다른가요?

유언을 남길 때 당신은 당신의 돈으로 무엇을 해야 할지 결정합니다. 부고를 쓸 때는 더 소중한 무언가를 지키려고 합니다. 대대로 전해질 나의 이야기죠. 돈을 잃었다면 언제든

"유언을 남길 때 당신은
당신의 돈으로 무엇을 해야 할지 결정합니다.
부고를 쓸 때는 더 소중한
무언가를 지키려고 합니다.
대대로 전해질 나의 이야기죠.
돈을 잃었다면 언제든 돈을 더 벌 수 있다는
꿈을 꿉니다. 자신의 인생에 대해
아무것도 이야기하지 않고 죽는다면,
그건 영원히 사라지는 겁니다."

부고 전문 기자 제임스 R. 해거티

돈을 더 벌 수 있다는 꿈을 꿉니다. 자신의 인생에 대해 아무 것도 이야기하지 않고 죽는다면, 그건 영원히 사라지는 겁니다.

최근에 저는 〈더 웨일〉이라는 영화를 보고 충격을 받았습니다. 죽음을 앞둔 고도비만 환자(직업이 글쓰기 강사)가 어릴 때 헤어진 10대 딸을 불러 에세이를 완성하는 이야기인데요. 그 영화를 '죽기 전에 최고의 에세이를 쓰는 법'으로 부르고 싶더군요. '매일 매일 더 수정해서 나아지라'고 가르치던 그가 죽기 직전에 전한 진실은 이거였어요. '개소리일지라도 그냥 지금 가장 솔직하게 쓰라'. 어떻게 생각합니까?

무언가를 완벽하게 써야 한다는 걱정을 하면 안 된다는 당신의 이야기에 동의합니다. 우리 인생은 그렇게 하기에 시간이 충분하지 않거든요. 너무 늦기 전에 우리가 경험했던 사소한 것들을 그냥 쓰세요. 혹시 당신이 스무 살이고 죽음이 너무 멀리 있다고 느껴지더라도 지금 시작하세요. 쓰기 전까지는 당신의 인생 이야기는 세상에 존재하지 않습니다. 맞춤법이 틀리거나 디테일을 놓쳐도 괜찮습니다. 쓸수록 쌓이고 쌓이면 나아집니다.

유머와 교훈, 의미와 아름다움 중 무엇을 선택하시겠어요?

유머, 교훈, 의미, 아름다움 모두요.

마지막으로 천여 명의 인생 이야기를 쓰면서 깨달은 점이 있다면 나눠주시지요.

제가 얻은 가장 중요한 깨달음은 사람들은 다른 이들이 본인에게 바라는 모습보다 자기 모습 그대로 기억되기를 원한다는 사실입니다.

2023.09.09.

제임스 해거티의 의젓함, 부고 기자처럼

유머, 교훈, 의미, 아름다움 중에 무엇을 택하겠느냐는 질문에 그는 '유머, 교훈, 의미, 아름다움 모두'라고 답했습니다. 저라면 유머를 택했을 겁니다. 고인의 우스꽝스러운 면을 발견해 사랑스럽게 공유할 수 있는 기자…. 정말 선물 같은 존재겠지요. 더불어 최악의 진실을 전할 때조차 완곡하게 표현할 수 있기를 바랍니다.

최근에 제가 접한 가장 인상적인 부고는 노벨경제학상을 수상한 의사결정의 대가 대니얼 카너먼의 기사였습니다. '유족이 그의 사망 장소를 밝히길 거부했다'는 뉴욕타임스의 부고 기사(2024년 3월 27일) 이후 1년 뒤, 월스트리트에서 카너먼에 관한 완전한 부고 기사가 나왔습니다. 대니얼 카너먼은 '가장 아름다운 끝이 가장 강렬한 경험'으로 남을 거라는 자신의 '피크 엔드 법칙'을 몸소 실천하며, 90세에 스위스에서 조력사를 결정했다는 내용이었습니다. 소란을 피하기 위해 일정 기간 비밀에 부쳐달라고 지인들에게 미리 이메일을 보냈다고요. 평소 '나는 매몰 비용이 없소'라는 말을 즐겨했지만, 애니 듀크(《퀏》의 저자)는 끝까지 카너먼을 말렸다고 합니다. 월스트리트 칼럼니스트이자 카너먼의 친구였던 제이슨 츠바이크가 쓴 기사의 제목은 '결정을 연구한 최고의 사상가가 내린 마지막 결정'이었습니다.

안타깝지만 내 인생이든, 타인의 인생이든, 제대로 보려면 조망의 시야가 필요합니다. 가장 멀리서 가장 사랑스럽게 지켜보는, 내 인생의 부고 기자처럼 오늘도 의젓하게 살아봅시다.

지난 겨울에서 초봄까지, 고양이 두 마리가 많이 아팠습니다. 캔 따는 소리만 들리면 비호처럼 달려와 그릇 바닥까지 싹싹 핥던 고양이 남매가, 새벽이면 아작아작 사료 씹는 소리로 행복한 알람을 대신해 주던 아이들이, 순식간에 먹지도 싸지도 않더군요. 간과 콩팥에 문제가 생긴 두 마리를 24시 동물병원에 차례로 입원시켰고, 퇴원 후엔 집에서 콧줄로 영양액을 넣어주며 간호했습니다. 죽을 거라던 고양이들은 차례로 기력을 되찾았고, 캔 앞에서 다시 입맛을 착착 다시고 있습니다.

수순처럼 봄이 오고 여름이 왔습니다. 그 사이 넷플릭스 드라마 〈폭싹 속았수다〉를 보며 '저 곳에는 의젓한 사람들 천지로구나' 감탄했습니다. 쌀 떨어진 애순이의 장독에 매일 눈치 못 채도록 한 끼 분의 쌀을 부어놓던 주인집 할머니가 유독 생각납니다.

멀리 떨어져 사는 딸을 그리워하고, 곁에 두고 사는 아들을 '수발들며' 《의젓한 사람들》을 마감했습니다. '타인에게 의젓한 사람이 되어보라'던 김기석 선생의 말이 이 책을 시작한 처음이자 끝이 되길 바랍니다.

저에게 최고의 '전문가 동료'이자 '그만두기 코치'이며, 한없이 무용한 책동네 나그네들을 섬기는 대모, 편집자 윤현숙에게 깊이 감사합니다.

의젓한 사람들

다정함을 넘어 책임지는 존재로

초판 1쇄 발행 2025년 6월 15일

지은이 김지수
펴낸이 윤현숙

디자인 위드텍스트
마케팅 G점토, 이혜영

펴낸곳 양양하다
출판등록 2024년 12월 26일 제2024-000255호
주소 경기도 고양시 일산동구 중산로 70
전화 070-8098-7190
팩스 02-2137-0954
이메일 yyhdbooks@gmail.com
인스타 @yyhdbooks

ISBN 979-11-992195-0-2(03810)